# El corazón del Tártaro

**Rosa Montero** (1951) nació en Madrid y estudió Periodismo y Psicología mientras colaboraba con grupos de teatro independiente como Tábano y Canon. Ha publicado en diversos medios de comunicación y desde 1976 trabaja en exclusiva para *El País*. En 1980 ganó el Premio Nacional de Periodismo para Reportajes y Artículos Literarios. En 2005 obtuvo el Premio Rodríguez Santamaría de Periodismo en reconocimiento a los méritos de toda una vida profesional. Es autora de las novelas *Crónica del desamor* (1979), *La función Delta* (1981), *Te trataré como a una reina* (1983), *Amado amo* (1988), *Temblor* (1990), *Bella y oscura* (1993), *La hija del Caníbal* (1997, Premio Primavera), *El corazón del tártaro* (2001), *La loca de la casa* (2003, Premio Grinzane Cavour de literatura extranjera y Premio Qué Leer), *Historia del Rey Transparente* (2005, Premio Qué Leer), *Instrucciones para salvar el mundo* (2008), *Lágrimas en la lluvia* (2011), *La ridícula idea de no volver a verte* (2013) y *El peso del corazón* (2015). También ha escrito un libro de relatos –*Amantes y enemigos* (1998)–, novelas y cuentos infantiles y varios vinculados con el periodismo: *España para ti para siempre* (1976), *Cinco años de país* (1982), *La vida desnuda* (1994), *Historias de mujeres* (1995), *Entrevistas* (1996), *Pasiones* (1999), *Estampas bostonianas y otros viajes* (2002), *El amor de mi vida* (2011) y *Dictadoras* (2013).

www.rosamontero.es

Biblioteca
# ROSA MONTERO

## El corazón del Tártaro

**DEBOLS!LLO**

Primera edición en Debolsillo: octubre, 2015

© 2001, Rosa Montero
© 2015, Penguin Random House Grupo Editorial, S.A.U.
Travessera de Gràcia, 47-49. 08021 Barcelona

Printed in Spain – Impreso en España

ISBN: 978-84-9062-921-5 (vol. 1100/6)
Depósito legal: B-18.885-2015

Impreso en Novoprint, Sant Andreu de la Barca (Barcelona)

P 6 2 9 2 1 5

Penguin
Random House
Grupo Editorial

*A mi madre, que me enseñó a narrar; a mi hermano,
que me demostró que era posible escribir novelas;
y en memoria de mi padre, que me inoculó el amor
por la lectura.*

El niño es el padre del hombre.
WILLIAM WORDSWORTH


Ningún mortal atraviesa intacto su vida sin pagar.
ESQUILO


Intenta disfrutar de la gran fiesta de la vida
con los demás hombres.
EPÍCTETO

Lo peor es que las desgracias no suelen anunciarse. No hay perros que ululen al amanecer señalando la fecha de nuestra muerte, y uno nunca sabe, cuando comienza el día, si le espera una jornada rutinaria o una catástrofe. La desgracia es una cuarta dimensión que se adhiere a nuestras vidas como una sombra; casi todos los humanos nos las apañamos para vivir olvidando que somos quebradizos y mortales, pero algunos individuos no saben protegerse del temor al abismo. Zarza pertenecía a este último grupo. Siempre supo que el infortunio se aproxima con callados e insidiosos pies de trapo.

Aquel día, Zarza se despertó antes de que sonara la alarma del reloj y enseguida advirtió que se sentía angustiada. Era un malestar que conocía bien, que padecía a menudo, sobre todo por las mañanas, en la duermevela, al salir del limbo de los sueños. Porque se necesita cierto grado de confianza en el mundo y en uno mismo para suponer que la realidad cotidiana sigue ahí, al otro lado de tus párpados apretados, esperando con mansedumbre a que te despabiles. Aquel día, Zarza no se fiaba especialmente de la existencia, y permaneció con los ojos cerrados, temerosa de mirar y de ver. Estaba boca arriba en la cama, todavía atontada y sin haber acabado de ensamblar su personalidad diurna, y el mundo parecía ondularse a su alrededor, gelatinoso e inestable. Ella era una náufraga tumbada en una balsa sobre un mar tal vez plagado de tiburones. Tomó la tozuda decisión de no abrir los ojos hasta que la realidad no recobrara su firmeza. En ocasiones regresar a la vida era un viaje difícil.

Desde la oscuridad exterior llegó un largo gemido y Zarza apretó un poco más los párpados. Sí, en efecto, era una queja casi animal, un ronco lamento. Ahora se escuchaba otra vez. Agitados murmullos, llorosos soliloquios, luego una cascada de suspiros. Súbitamente, crujidos de madera, como un velero zarandeado por el viento. Voces de hombre. Gritos. Golpes resonantes de carne sobre carne y más crujidos rítmicos. A pocos metros de los ojos cerrados de Zarza, de la cama de Zarza, del dormitorio de Zarza, una pareja debía de estar haciendo el amor. Incluso cabía la posibilidad de que estuvieran engendrando un hijo. A estas horas, pensó con incredulidad y desagrado. Al otro lado de la pared explotaba la vida, mientras Zarza emergía pesadamente de un mar de gelatina. El ruido de los cuerpos proseguía, toda esa exageración, ese blando jaleo. Reducido a este barullo vecinal, descompuesto en roces y gemidos, el acto sexual resultaba ridículo y absurdo. Una especie de espasmo muscular, un empeño gimnástico. El chillido estridente de la alarma del reloj coincidió con el alarido final de la pareja. Malhumorada, Zarza abrió lentamente un ojo y luego el otro.

Lo primero que vio fue el despertador. Negro, cuadrado, de plástico, anodino. Bufaba todavía, domesticado y olvidable, marcando las 8:02. Reconfortada por esa visión inofensiva, Zarza dejó resbalar la mirada por el cuarto. En la penumbra de la mañana invernal reconoció el feo marco de aluminio marrón de la ventana, los visillos lacios y grisáceos, el armario empotrado, una silla indefinida, la mesita de cabecera con su lámpara, unas estanterías simplísimas. Todo tan impersonal como un cuarto de hotel. O como el dormitorio de un pequeño apartamento amueblado, lo que en verdad era. Zarza reconstruyó mentalmente la otra habitación: el sofá verde oscuro, la mesa redonda de mala madera, tres sillas hermanas de la del dormitorio, un aparador demasiado grande para el tamaño de la pieza. No había ni un cuadro, ni un cartel, ni siquiera un calendario en toda la casa. Y tampoco objetos decorativos, floreros, ceniceros. No había más huellas personales que el ordenador portátil, sobre la mesa de la sala, y unos cuantos libros por todas partes. Bien podría haberse acabado de mudar, pero lo cierto es que ya llevaba dos años en el apartamento. A Zarza le gustaba que su mundo fuera así, impreciso, elemental, carente de memoria, porque hay recuerdos que hieren como la bala de un suicida.

Frunció el ceño, hizo acopio de resignación y encendió la lámpara. Detestaba tener que prender la luz eléctrica durante las oscuras mañanas invernales: bajo el resplandor de esas bombillas extemporáneas las cosas adquirían un aspecto lúgubre. De nuevo contempló, ahora bien iluminados, los visillos polvorientos, la ventana de aluminio, el armario de contrachapado barato. Sí, no cabía duda de que su casa era su casa. No cabía duda de que Zarza había regresado del mundo de la noche. Paulatinamente, en círculos, concéntricos, fue asimilando los detalles precisos de su realidad. Era día laborable, ella trabajaba, tenía que levantarse. Era invierno, tal vez Navidad, no, era el 7 de enero, justo después de Reyes. El final de las fiestas navideñas. Era martes, era miércoles, ¡no!, era sin duda martes, faltaban tres días para el fin de semana. Eran las ocho y pico de la mañana, ella entraba a las nueve, la empresa estaba en las afueras de la ciudad, tenía que levantarse. Ella trabajaba como editora y correctora en una gran casa editorial, tenía treinta y seis años y se llamaba Sofía Zarzamala. Se llamaba Zarza. Eso era todo. Ni un paso más allá. Ni un pensamiento innecesario. Tenía que levantarse.

Apagó el despertador, que todavía alborotaba sobre la mesilla, y se sentó en la cama. El aire del dormitorio se acomodó flojamente alrededor de su cuerpo, como una chaqueta que no termina de ajustar. A esas mismas horas, en ese mismo instante, miles de personas solitarias se levantaban, metidas en el caparazón de sus casas vacías. Zarza sintió el peso del resto del mundo sobre sus espaldas. Si sufriera un repentino ataque cardiaco y se muriera, tardarían por lo menos un par de días en descubrirla. Pero Zarza no disponía ahora de tiempo para morir. Tenía que levantarse.

Chancleteó por el dormitorio hacia el cuarto de baño, que carecía de ventanas. Encendió la fila de bombillas que enmarcaba el espejo y se miró. Siempre la misma palidez y la sombra azulosa rubricando los ojos. Aunque tal vez fuera efecto de la luz artificial, tal vez bajo una violenta luz solar no tuviera ese aspecto lánguido y morboso. La gente decía que era hermosa, o al menos alguna gente aún lo decía, y ella se lo había creído mucho tiempo atrás, en otra vida. Ahora simplemente se encontraba rara, con esa mata desordenada de pelo rojizo veteado de canas, semejante a un fuego que se extingue; con la piel lechosa y las ojeras, y con una mirada oscura en la que no se podía reconocer. Un vampiro diurno. Hacía mucho tiempo que no conseguía reconciliarse con su aspecto. No se sentía del todo real. Por eso jamás se hacía fotos, y procuraba no mirarse en los espejos, en los escaparates, en las puertas de vidrio. Sólo se asomaba a su reflejo por las mañanas, todas las mañanas, en su cuarto de baño. Se enfrentaba al azogue, con los párpados pesados y la boca sabiendo todavía al salitre de la noche, para intentar acostumbrarse a su rostro de ahora. Pero no, no avanzaba. Seguía siendo una extraña. A fin de cuentas, tampoco los vampiros pueden contemplar su propia imagen.

A las 8:14, Zarza entró en la ducha. Había algo en la repetición de los pequeños actos cotidianos que le resultaba muy consolador. A veces se entretenía en imaginar cuántas veces más en su vida abriría de la misma manera el grifo del agua caliente de la ducha; cuántas se quitaría el reloj y luego se lo pondría de nuevo. Cuántas veces apretaría el tubo del dentífrico sobre el cepillo, y se embadurnaría de desodorante las axilas, y calentaría la leche del café. Todas estas naderías, puestas unas detrás de otras, terminaban construyendo algo parecido a una vida. Eran como el esqueleto exógeno de la existencia, rutinas para seguir adelante, para ir tirando, para respirar sin necesidad de pensar. Y así los días se irían deslizando con suavidad por los flancos del tiempo, felizmente vacíos de sentido. A Zarza no le hubiera importado que el resto de su biografía se redujera a un puñado de automatismos, a una lista de gestos rutinarios anotada en algún librote polvoriento por un aburrido burócrata: «A su muerte, Sofía Zarzamala se ha cepillado los dientes 41.712 veces, abrochado el sujetador en 14.239 ocasiones, cortado las uñas de los pies 2.053 mañanas...». Pero a las 8:15 de aquel día, mientras comenzaba a enjabonarse, sucedió un hecho inesperado que desbarató la inercia de las cosas: sonó el timbre del teléfono. El teléfono sonaba rara vez en casa de Zarza y desde luego jamás a semejantes horas. De modo que cerró el grifo de la ducha, salió del baño pegando un resbalón sin consecuencias, agarró una toalla al vuelo y fue dejando un apresurado reguero de agua por el parqué hasta alcanzar el aparato de la mesilla.

—¿Sí?

—Te he encontrado.

Zarza colgó el auricular con un movimiento brusco y ni siquiera se entretuvo en secarse. Recogió del suelo la ropa interior que se había quitado la noche antes y se la puso; luego agarró las mismas botas, el pantalón de pana, el jersey grande gris, el chaquetón de piel vuelta. Abrió el cajón de la mesilla, sacó todo el dinero que tenía y lo metió en el bolso. El teléfono estaba sonando nuevamente, pero no contestó. Sabía que, de hacerlo, volvería a escuchar la misma voz de hombre, tal vez la misma frase. Te he encontrado. La llamada había puesto en funcionamiento un cronómetro invisible, el inexorable tictaqueo de una cuenta atrás. Fue tan ligera Zarza en sus movimientos que apenas tres minutos después de haber recibido el mensaje ya estaba lista. A las 8:19 salía por la puerta de su apartamento sin saber si podría regresar alguna vez, mientras a sus espaldas repiqueteaba, retador, el timbre del teléfono, invasor triunfante de la casa vacía.

Cuando volvió a tener conciencia de la realidad y dejó de estar simplemente concentrada en el esfuerzo de la huida, Zarza se descubrió en mitad de la autopista de circunvalación, haciendo el mismo trayecto que realizaba cada día para ir a su trabajo. Había bajado las escaleras de su casa en un vuelo, alcanzado su coche en tres zancadas y atravesado media ciudad culebreando por el denso tráfico entre las protestas de los demás conductores, pero ni siquiera después de tanto correr había podido dejar atrás la sensación de catástrofe inminente que la llamada le había provocado. Aquí estaba ahora, aún sobrecogida, en plena autopista, como todas las mañanas. Pero hoy no era un día normal. Para ella se habían acabado los días normales. Aunque, a decir verdad, Zarza siempre había desconfiado de la normalidad; siempre había temido que la cotidianidad fuera una construcción demasiado frágil, demasiado fina, tan fácilmente desbaratable como la vaporosa tela de una araña. Durante años, Zarza había intentado apuntalar el tenderete con sus rutinas, pero ahora el armazón se había venido abajo y era necesario que ella hiciera algo. Por lo pronto, no podía acercarse a la editorial. Si *él* conocía su domicilio, también conocería cuál era su empleo. Dio un volantazo y abandonó la autovía por la primera salida. Tenía que poner en orden sus ideas. Tenía que reflexionar sobre lo que hacer.

Unas cuantas calles más allá detuvo el coche. El azar, ese novelista loco que nos escribe, le había hecho pasar frente a un café que Zarza frecuentaba antiguamente. Eran las 8:50 y el lugar estaba recién abierto y casi vacío, adornado aún con unas desmayadas guirnaldas de Navidad. Se sentó al fondo, justo enfrente del velador que solía ocupar cuando iba por el café, tantos años atrás. Su antigua mesa también estaba libre, pero no se atrevió a utilizarla. Había algo que se lo impedía, un pequeño e incómodo recuerdo atravesado en la boca del estómago. Se instaló enfrente, pues, en una de las maltratadas mesas de mármol y madera, junto a la ventana, y durante un buen rato se concentró tan sólo en respirar.

—¿Qué va a ser?

—Un té, por favor.

Respirar y seguir. En los peores momentos, Zarza lo sabía, había que aferrarse a los recursos básicos. Respirar y seguir. Había que desconectar todo lo superfluo y resistir, agarrarse a la existencia como un animal, como un molusco a su roca contra la ola. Además, siempre había sabido que esto llegaría. Debería haber estado preparada para ello. Pero no lo estaba. Zarza desconfiaba de sí misma y de su manera de encarar los problemas. Años atrás, *él* solía decir que Zarza tenía una personalidad fugitiva. Tal vez tuviera razón; tal vez ella no supiera enfrentarse de manera directa con las cosas. Ni siquiera con el recuerdo de las cosas. A veces pensaba que se había hecho historiadora para poder apropiarse de la memoria ajena y escapar de la propia. Para tener algo que recordar que no doliera. El historiador como parásito del pasado de otros.

Precisamente desde la ventana del café se veían las torres de la universidad en la que Zarza estudió la carrera; aquí, en este local, era donde se solían reunir al salir de clase. Ella se hizo medievalista; *él* se especializó en historia contemporánea. Pero eso fue mucho tiempo atrás, en otra vida. Antes de que apareciera la Reina. Zarza volvió a sentir un revuelo de náuseas en el estómago: quizá fuera el cadáver a medio digerir de su propia inocencia, se dijo con burlona grandilocuencia. Aunque ella nunca había sido verdaderamente inocente. La infancia es el lugar en el que habitas el resto de tu vida, pensó Zarza; los niños apaleados apalean niños de mayores, los hijos de borrachos se alcoholizan, los descendientes de suicidas se matan, los que tienen padres locos enloquecen.

¡Respirar y seguir! Tenía que endurecerse y concentrar sus fuerzas. Tenía que prepararse. Como los guerreros antes de la batalla. Por ejemplo, debería comer algo: no sabía cuándo podría volver a hacerlo. Apartó la taza de té, que apenas si había probado, y llamó al camarero.

—Por favor, un bocadillo de tortilla y un café.

Era lo que solía tomar con *él*, cuando venían aquí. Un bocadillo de tortilla con el pan tostado. Por entonces todavía disfrutaban comiendo, y existían las alamedas soleadas, y el olor a tierra mojada en las tormentas, y la tibia pereza de las mañanas del domingo. Ella nunca fue inocente, pero aquella vida de antes era casi una vida.

Podía intentar huir. O, por el contrario, podía enfrentarse a él. Ésas eran en realidad sus dos únicas opciones.

Escaparse o matarlo. Zarza sonrió para sí con amargura, porque las dos alternativas le parecieron absurdas. De nuevo se encontraba sin salida. Aunque, quién sabe, quizá después de todo *él* no viniera a vengarse. Quizá la hubiera perdonado.

Una familia acababa de sentarse en la mesa de enfrente, en su antigua mesa, sin advertir que estaba manchada de recuerdos. Se trataba de un padre y una madre de la edad de Zarza; una niña de unos diez años, otra quizá de seis, un bebé varón. El padre había puesto a su lado a la niña mayor, que era una princesita de cabellos largos y ondulados; la madre se instaló junto a la hija pequeña, pero enseguida se levantó para sacar al bebé de su carrito y mecerlo entre los brazos. La pequeña quedó sola en uno de los extremos de la mesa, sola y devorada por la soledad, toda rizos oscuros. Era más bien feota. Nadie parecía hacerle el menor caso, como a veces ocurre con los hijos medianos; pero era papá, sobre todo papá, quien concentraba todo su desconsuelo, ese papá que sólo tenía ojos y palabras para la princesita. La princesita y papá hacían un aparte amoroso e interminable, perfil con perfil, casi labios con labios, y la mano de papá acariciaba la melena dorada de la bella, los hombros, la cintura de esa nínfula cimbreante de caderas presentidas y prepuberales. La niña feota les miraba embobada con redondos ojos pedigüeños, pero los demás ni siquiera advertían su mirada. Entonces la feota derramó el vaso de leche sobre la mesa, pero eso sólo le valió un brevísimo rapapolvo del padre, ni siquiera medio minuto de interés; y luego papá siguió devorando con la mirada a su princesita, mientras mamá, ciega y sorda, se concentraba en arrullar al bebé, y la niña mediana, la olvidada, con un mugriento cartel de Feliz Navidad sobre la cabeza, añoraba la atención y el cariño de su padre hasta la más total desesperación, hasta la herida. Hasta desear, Zarza lo sabía, que papá viniera también a ella alguna noche; que la acariciara aunque fuera de aquella manera, de aquel extraño modo, con sus dedos cosquilleantes y pegajosos; aunque ella tuviera que callarse y todo fuera oscuridad, pero que papá la tocara y la quisiera, para poder calmar ese dolor.

Respirar y seguir. De repente, Zarza se sintió asfixiada. Necesitaba salir del café, notar el aire frío de enero en las mejillas, caminar por la calle. Tragó el último mordisco de su bocadillo, pagó en la barra para no perder tiempo y abandonó el local. Eran las 9:35. Estaba decidido, se marcharía. Era lo mejor que podía hacer. Largarse de la ciudad, desaparecer al menos durante algunos días. Una vez lejos y a salvo, podría pensar con tranquilidad y encontrar una solución más definitiva. Sólo lamentaba poner en riesgo su empleo. A Zarza le gustaba su trabajo. Era una de las pocas cosas de su vida que le gustaban. Sacó del bolso el teléfono móvil que le habían dado en la empresa y llamó a la oficina; contestó Lola, la otra editora de la colección de Historia.

—Lola, no puedo ir a trabajar.

—¿Qué te pasa?

—Cuestiones familiares. Una crisis. Mi hermano, ya sabes —improvisó.

—¿Pero es algo grave?

—Bueno, no sé, cosas de mi hermano. Al parecer está algo enfermo y me necesitan. Oye, una cosa, si alguien me llama... Si alguien me llama, tú di que me he ido de viaje fuera de la ciudad.

—¿Cómo?

—Que si me telefonea alguien le digas que me he ido de viaje fuera de la ciudad, o, mejor, fuera del país, y que no sabes cuándo volveré.

—¿Y eso?

—Nada, cosas mías. Lo más probable es que tenga que faltar varios días, díselo a Lucía.

—Se va a poner furiosa. Vas muy retrasada con el libro.

—Da igual. Tú díselo.

—No, si terminaré pringando yo... —escuchó refunfuñar a Lola mientras colgaba. Nunca se habían llevado bien. Tampoco mal. Zarza no podía, no quería tener amigos.

Pero tenía a Miguel. Zarza advirtió que sentía una súbita necesidad de verle. No quería marcharse sin despedirse. No podía desaparecer sin más ni más. Las 9:40. Las visitas comenzaban a las 10:00. Subió al coche y condujo a través del todavía abundante tráfico hacia la zona Norte, bajo un cielo triste de aspecto mineral. Por las ventanillas de los otros vehículos asomaban unas caras de expresión tensa y sombría, caras de resaca de fiesta, abrumadas por ese exceso de realidad que se precipita sobre las cosas en las desnudas mañanas del invierno.

Nadie había recogido las hojas caídas el pasado otoño en el pequeño jardín de la Residencia, y ahora la alfombra vegetal estaba toda embarrada y medio podrida tras las últimas lluvias. Tampoco recortaban los setos lo suficiente, ni replantaban el césped. A juzgar por el jardín, la Residencia era un lugar un tanto descuidado. Se trataba de un mazacote rectangular construido en los años treinta; la puerta principal se alcanzaba por medio de una escalinata doble, con barandilla de hierro, que era el único adorno de la fachada. Zarza llamó al timbre y esperó a que le abrieran atisbando a través de las ventanas, carentes de visillos y con barrotes.

—Hola. Venía a ver a Miguel.

—Buenos días, señorita Zarzamala. Está en el salón de juegos.

Lo que la enfermera llamaba pomposamente el salón de juegos era un cuartucho de mediocres dimensiones con suelo de corcho y las paredes blancas. Había un sofá algo desvencijado, dos mesas camillas con cuatro o cinco sillas cada una, una librería tubular con algunos libros y cajas de juegos: rompecabezas, parchís, construcciones. En una esquina, un pequeño teclado electrónico con su correspondiente taburete. Por lo menos hacía calor, en realidad mucho calor, un ambiente de estufa. Zarza se quitó el chaquetón y se acercó a su hermano.

—Hola.

No le tocó. Miguel detestaba ser tocado.

El muchacho la miró con aparente indiferencia. Estaba sentado a una de las mesas, junto a un juego de construcciones de madera cuyas piezas, ordenadas con esmero dentro de su caja, parecían no haber sido usadas nunca. Seguramente la enfermera había aparcado a Miguel en esa silla media hora antes y no había vuelto a preocuparse de él.

—¿Vas a jugar a las construcciones?

Él negó con la cabeza y le enseñó lo que llevaba en la mano. Era un cubo de plástico compuesto de pequeños cuadrados de seis colores.

—Ah, tu cubo de Rubik... Muy bien, estupendo. Ese juego sí que es interesante y divertido...

Qué ironía: había sido precisamente *él* quien había regalado a Zarza el Rubik muchos años atrás, a modo de malicioso reto intelectual. Era un rompecabezas endiablado, un pasatiempo perverso inventado en 1973 por Erno Rubik, un arquitecto húngaro; los pequeños cuadrados eran en realidad cubos que giraban sobre sí mismos, y el asunto consistía en conseguir que todas las caras del poliedro grande tuvieran colores homogéneos: una toda roja, otra toda verde, otra toda blanca... Zarza lo intentó durante muchos meses y jamás lo logró. Un fracaso comprensible, puesto que el Rubik tiene 43.252.003.274.469.856.000 posiciones distintas, y sólo una de ellas corresponde a la solución; esto es, a la exacta y armoniosa distribución de un color por cara. Ponerse a girar el artefacto al azar, por consiguiente, no lleva a ningún lado: si una persona hiciese diez movimientos por segundo, sin pausa ni descanso, tardaría 136.000 años en ejecutar todas las combinaciones posibles. Zarza se acabó hartando de ese martirio y olvidó el rompecabezas, que anduvo dando tumbos por la casa durante cierto tiempo. Pero un día Miguel descubrió el cubo y quedó embelesado. Desde entonces había sido su objeto preferido; siempre estaba haciendo rotar los pequeños dados de colores con sus manos quebradizas y un poco torpes. Como ahora.

—Toma. Te lo dejo un rato —dijo Miguel de pronto, extendiendo el Rubik hacia ella.

Zarza sabía que eso era una considerable muestra de cariño, así que lo cogió.

—Muchas gracias, Miguel. Me encanta que me lo prestes. Eres muy bueno.

El chico hundió la barbilla en el pecho y sonrió. Una sonrisa pequeña, como un rictus. Iba a cumplir treinta y dos años en primavera, pero representaba bastantes menos. El tono rojo de su pelo era mucho más vivo que el de Zarza; por lo demás, se parecían bastante, con la misma piel blanca y los mismos ojos de color azul oscuro: era la herencia O'Brian de la rama materna. En realidad era un chico guapo, incluso muy guapo; pero al primer vistazo se advertía en él algo que no acababa de cuadrar, algo inacabado, indeterminado e inquietante. Era muy delgado, rectilíneo, con los hombros picudos, y los omóplatos le sobresalían como dos alerones. Siempre estaba encogido sobre sí mismo, y a menudo mantenía los brazos plegados y las manos unidas a la altura del pecho, jugueteando con su Rubik o pellizcándose los dedos.

—¿Qué tal estás? —preguntó Zarza.

Miguel miró por la ventana más cercana.

—Marta tiene un perro —dijo.

—¿Ah, sí? Qué bien —contestó Zarza, preguntándose quién sería Marta.

—Chupa y chupa y chupa. Es un cochino. Yo también.

—¿Tú también eres un cochino?

—Yo también quiero un perro.

Los ojos azules de Miguel naufragaban en una expresión opaca y asustadiza. Había nacido así, raro, tardo de mente y de reflejos, encerrado en su mundo. Algo le faltaba por dentro y eso se le veía en la cara; pero

Zarza a veces pensaba que también tenía algo de lo que los demás carecían. Por eso resultaba tan ajeno, tan extraño. Visto así, medroso y encogido, con sus manitas atareadas, parecía una ardilla pelando una nuez. Aunque no, no era una ardilla, era más bien un pequeño murciélago, con la cabeza hundida entre los hombros y las alas plegadas a la espalda.

En la habitación sólo había otra persona, un tipo tal vez nonagenario, diminuto y tan seco de carnes como sólo pueden serlo esos ancianos matusalénicos que parecen haber perdido ya su envoltura mortal. Vestía una bata de franela granate muy sobada y se mantenía milagrosamente de pie, apuntalado por una garrota y bien arrimado a la ventana del fondo.

—Miguel, te habrás dado cuenta de que hoy he venido más temprano que otras veces...

Miguel se abrazó a sí mismo y comenzó a acunarse hacia atrás y hacia adelante. Tenía unas orejas demasiado grandes y demasiado despegadas del cráneo, unas tiernas orejotas casi transparentes que ahora parecían aletear junto a su cara.

—No hagas eso —le recriminó Zarza—. ¿Por qué haces eso? Te vas a poner nervioso.

—Te irás. Te irás como antes. Otra vez. Te irás. Todos tenemos miedo.

El Oráculo. Años atrás, *él* le había puesto a Miguel el sobrenombre del Oráculo. Era un apodo burlón y chistoso pero también certero, porque, a menudo, entre las frases pueriles o en apariencia incomprensibles que el chico decía, se colaban significados extrañamente atinados, augurios de finura escalofriante. Esa capacidad para decir lo indecible formaba parte de las rarezas de Miguel, del tesoro de su diferencia. Zarza se estremeció:

—¿Por qué dices que me iré?

—No quiero perros. No quiero, no quiero. Cama, cama, cama.

El chico se tapó los ojos con las manos.

—No quiero verte. Cama, cama, cama.

—No puedes irte a la cama, Miguel. Es por la mañana y te acabas de levantar. Venga, hombre, no seas tonto..., quítate las manos de la cara y mírame... ¡Mírame, por favor! Así está mejor... Verás, es verdad que a lo mejor me tengo que ir unos días fuera, pero es sólo una cosa de trabajo. Volveré prontísimo, enseguida, antes de que te des cuenta de que me he ido.

—Dame mi cubo —reclamó él.

Ella se lo entregó y Miguel empezó a dar vueltas a los pequeños dados sin parar de balancearse en el asiento. Si no se calma terminará subiéndole la fiebre, como siempre, pensó Zarza con preocupación. En los episodios de fiebre muy elevada, sobre todo en las terribles calenturas de los niños, los enfermos pueden padecer delirios geométricos. La negrura de sus cerebros se puebla de imágenes tridimensionales con las formas elementales euclidianas, asfixiantes poliedros en lenta rotación, arrogantes danzas de triángulos. Es como si el ataque febril consiguiera desnudar el dibujo básico de lo que somos, reducirnos a esa estructura original que compartimos con el resto del universo. Despojados de todo, somos geometría. Si los humanos llegáramos a toparnos algún día con un extraterrestre, pensó Zarza, probablemente nos entenderíamos con él mostrándole un cubo de Rubik.

—¿Y por qué? —gruñó de pronto el nonagenario al otro lado del cuarto.

Zarza le miró; el anciano había alzado el rostro y contemplaba el cielo mustio y gris a través de los barrotes de la ventana. Levantó un brazo fino como una caña y blandió su arrugado puño contra las nubes:

—¿Y por qué me tengo que morir, eh? —increpaba a las alturas el furioso anciano—. ¿Sólo porque soy viejo? ¿Eh?

Zarza acercó su silla a la de su hermano.

—Escúchame —le susurró—. No te sigas moviendo así o te pondrás malo. Tranquilízate. No volveré a abandonarte nunca más. Te lo prometo. Créeme.

Miguel cerró los ojos y dejó de mecerse. Luego metió la mano en el bolsillo de su jersey y sacó un papel.

—Toma. Para ti.

—¿Qué es esto?

Era un sobre blanco y arrugado. Rasgó la solapa, que estaba pegada, y sacó una cuartilla. En mitad de la hoja, una frase escrita a mano:

«He venido a cobrar lo que me debes».

Zarza sintió que el aire se le helaba en los pulmones. Miguel debió de advertir su sobresalto, porque volvió a acunarse a sí mismo, ahora mucho más rápido.

—¿De dónde has sacado esto? ¿Quién te lo ha dado? —casi gritó Zarza, intentando controlar su nerviosismo.

Atrás adelante, adelante atrás.

—¡Párate! ¡Párate y contesta! ¿Quién te lo ha dado, Miguel?

Atrás adelante, adelante atrás.

—Ha sido Nicolás, ¿no?... Nico ha estado aquí, ¿verdad?

Atrás. Adelante. Despacio, muy despacio.

—Dímelo, Miguel. Ha sido Nicolás, estoy segura...

El chico se detuvo y la miró. Tenía los ojos llenos de lágrimas y la boca abierta en un círculo blando, próximo al puchero.

—No te asustes, Miguel, no te preocupes... ¿Cuándo ha venido Nico? ¿Ayer?

—Sí. Hoy. Ayer. Mañana.

Miguel daba vueltas nerviosamente a su cubo de Rubik.

—Tranquilo... Tranquilo, hombre, que no pasa nada... ¿Qué te dijo Nico? Venga, haz un esfuerzo, ¿qué te ha dicho?

—Que me quiere.

Zarza resopló.

—¿Y de mí? ¿Te ha dicho algo de mí?

—Tú no me quieres, porque vas a marcharte. Ya no me gustas.

Zarza frunció el ceño.

—Y tú no me escuchas. Te estoy diciendo que no voy a marcharme —dijo con cierta irritación.

Zarza estaba acostumbrada a no sentir. Llevaba años educándose en ello. No permitía que nadie se acercara tanto a ella como para que, al desaparecer, pudiera dejar la huella de su ausencia. Cortesía y frialdad, ésa era su estrategia. No escuchar nunca nada. No contar nunca nada. A decir verdad, ni siquiera se contaba gran cosa a sí misma. Estaba acostumbrada a no sentir, pues, pero Miguel la desconcertaba. Miguel era el único ser vivo que poseía todavía el poder de herirla. Por eso, cuando Zarza advertía que dentro de ella empezaban a moverse los sentimientos y que levantaba la cabeza alguna emoción blanda y viscosa, se apresuraba a machacarla sin compasión. Era como aplastar gusanos con un martillo.

—Me gustan los colores tranquilos —dijo el chico.

—¿Y ahora de qué colores hablas?

—Los colores tranquilos que están dentro.

Zarza suspiró, o más bien gruñó. El esfuerzo por controlar sus sentimientos siempre la llenaba de frustración y de ira. Por eso ahora sentía unos deseos casi irrefrenables de gritar a su hermano. Sí, ansiaba gritarle o, si no, abrazarle, estrechar ese puñado de quebradizos huesos contra su pecho. Pero a Miguel le mortificaban los contactos físicos y de todas maneras ella tampoco sabía muy bien cómo abrazar.

—Tengo que irme —dijo Zarza, poniéndose bruscamente de pie.

—No quiero que corras.

—¿Por qué voy a correr?

—Corres y entonces ya no estás.

—Bueno, pues no correré, pero de todas maneras tengo que irme. Pero te prometo que volveré.

El chico se quedó mirándola con una cara extraña, abierta, desolada, que tal vez quisiera significar «no te vayas», o «no te creo», o incluso «tengo miedo». Zarza había visto otras veces esa expresión en el rostro de su hermano, devastada y carente de tono muscular, frágil hasta la angustia.

—Me tengo que ir. Me voy —susurró.

Y extendió el brazo y tocó brevemente la mejilla del chico. Un contacto levísimo que Miguel soportó con un respingo pero sin retirar el rostro, dividido entre el placer y el sufrimiento, como el perro apaleado que recibe, tembloroso, el roce de la mano de su amo, sin saber si terminará en golpe o en caricia.

Camino de la salida, Zarza buscó a la enfermera.

—¿Podría decirme cuándo vino el visitante que ha tenido mi hermano? —preguntó intentando sonar banal.

—¿Qué visitante?

—Mi hermano ha recibido la visita de un hombre hace poco... Ayer, quizá, o anteayer...

—Aquí no ha venido nadie. Aparte de usted, claro, y de la señora de Taberner, que, dicho sea de paso, apenas si asoma por aquí, Miguel no tiene ninguna visita. Yo diría que está un poco solo el pobre muchacho.

—Ya sé que normalmente no viene nadie —se irritó Zarza—. Hablo de los últimos días... Me consta que ha estado un hombre con él.

—Pues no señora, no es así... ¿Se lo ha dicho Miguel? Ya sabe que el muchacho es un poco mentirosuelo... Le aseguro yo que no ha tenido ninguna visita. Y mucho menos un hombre. Ya ve que además hay que llamar al timbre para entrar, o sea que... Imposible.

Zarza arrugó la nota dentro de su puño y contuvo el aliento. Sintió que el miedo le pataleaba de nuevo en la barriga y dio media vuelta sin siquiera despedirse de la enfermera. Abandonó la Residencia, todavía aturdida, y ya en el exterior se quedó unos instantes de pie sobre las hojas podridas, calculando la inmensidad del mundo enemigo. Por ahí fuera, en algún lugar, estaba *él*, Nicolás, dispuesto a vengarse. Él era el perseguidor; ella, la pieza. Probablemente la partida de caza ya llevara empezada cierto tiempo, aunque ella sólo se hubiera dado cuenta ahora. Nicolás habría tenido que peinar la ciudad para encontrarla; el nombre de Zarza no venía en la guía de teléfonos y nadie conocía su dirección o dónde trabajaba. Es decir, nadie a quien Nicolás pudiera recurrir.

Tal vez la hubiera detectado en una de sus visitas a Miguel; imaginó a Nico agazapado durante días junto a la Residencia, esperando pacientemente a que ella apareciera. Zarza se estremeció y escudriñó de modo infructuoso las esquinas de las calles vecinas. Sí, sin duda Nico la encontró aquí y luego la habría seguido hasta descubrir su domicilio. Debía de llevar observándola días, quizá incluso semanas. Zarza se sintió desnuda, enferma, herida por la perseverante mirada de su perseguidor. De modo que el juego ya llevaba tiempo jugándose y ella estaba perdiendo sin saberlo. Pero ahora Zarza había cambiado de opinión: ya no se quería ir. Ya no se iba. Por Miguel, a quien se lo había prometido; y también por sí misma. Puestas así las cosas, a Zarza no le quedaba más remedio que aceptar la partida y presentar batalla. Y lo primero que haría sería regresar a la ciudad de la Reina, de la que ella creía haber salido para siempre.

La ciudad de la Reina estaba más allá del tiempo y del espacio. Mejor dicho, poseía su propio tiempo y su propio espacio, que eran distintos a los de la ciudad convencional de los atascos, las tarjetas de crédito y las oficinas. Por eso ambas urbes coexistían sin apenas rozarse, aunque a veces Zarza, mientras caminaba por la calle, pudiera reconocer los signos de la ciudad maldita en alguna esquina. Normalmente los demás peatones pasaban por ahí sin ver, pero ella sí veía, y recordaba sin querer recordar. Hacía siete años que Zarza había abandonado el mundo de la Blanca.

Pero ahora cogió el coche y enfiló con decisión hacia las afueras. Pasó puentes elevados, y barrios populares, y la estación del Sur de autobuses de línea, y barriadas de pequeños adosados todos iguales, como cuentas multicolores de un collar barato, y una zona miserable de casitas bajas, llena de barro y perros esqueléticos. Más allá, el campo semiurbano, con más almacenes industriales que árboles. La ciudad de la Reina no se limitaba a ocupar una zona de los suburbios, sino que estaba un poco por todas partes. El mapa de la ciudad convencional y el de la urbe maldita se superponían, compartiendo en ocasiones el mismo espacio: había zonas que eran cándidas y burguesas durante el día, pero turbias y marginales de madrugada. Incluso en el centro mismo de la ciudad podía imponer la Blanca su reino envenenado. Si Zarza se había desplazado hasta estos remotos andurriales, era en busca de una persona concreta. Zarza quería encontrarse con el Duque.

Tuvo que dar bastantes vueltas. Hacía mucho tiempo que no venía y siempre lo había hecho de noche. O al menos en su memoria esa parte de su vida siempre estaba rodeada de oscuridad: la ciudad de la Reina era un territorio nocturnal. Le costó encontrar el camino entre las muchas carreteritas enlodadas que terminaban abruptamente en un vertedero, o en un viejo caserío que aún daba fe del pasado rural de la zona, o en una tapia medio derruida y cubierta de pintadas ilegibles. Al cabo creyó reconocer, al final de una pista asfaltada, la mole oscura de una extraña fábrica a la que se arrimaban unas cuantas casitas, como chozas medievales que se cobijan en las faldas de un castillo.

Dejó el coche a la entrada del conjunto de viviendas y se bajó. Tres adolescentes con anoraks y aspecto hosco estaban de pie recostados en un muro. Zarza miró sus caras y estuvo casi segura de no conocerles, pero sabía quiénes eran y lo que hacían. Había que pasar por ellos para entrar al poblado.

—Hola —dijo, dirigiéndose al chico situado a la derecha.

Era el más bajito de los tres, pero el único que no había mirado a sus compañeros mientras ella se acercaba. Zarza dedujo que era él quien detentaba el mando de los centinelas.

—Hola —repitió ante el silencio de los otros—. Quisiera poder hablar un momento con el Duque.

El chico bajito la escrutó un instante y luego negó lentamente con la cabeza.

—¿Para qué quieres verlo? —preguntó, sin embargo.

—Cosas mías. Él me conoce. Sólo será un momento.

El adolescente sonrió, sabihondo y despectivo, y volvió a negar.

—No necesitas ver al Duque para eso.

—No vengo *para eso* —contestó Zarza, irritada—. Sólo quiero hablar con él. Contarle algo.

El chico se aclaró la garganta mientras dejaba vagar la mirada por el horizonte con expresión de aburrimiento. Luego se encogió de hombros.

—Da igual, porque el Duque no está. Así es que lárgate.

—¡Benja! —se escuchó de pronto en la distancia—. Déjala pasar.

Era la voz del Duque. Zarza se volvió y le dio tiempo a ver cómo el hombre se retiraba de una ventana en el grupo de casas más cercano.

—Ya has oído —dijo el chico, sin despegarse de su pared, claramente fastidiado por tener que dar su brazo a torcer—. Se entra por ahí.

Era una vivienda baja y encalada, techada con tejas de barro. La puerta de madera estaba dividida en dos, como las de los pueblos. Zarza levantó la falleba y se asomó al umbral.

—¿Se puede?

—Déjate de cortesías idiotas. Pasa y acaba pronto —gruñó alguien desde el interior.

Zarza entró a una habitación de dimensiones medianas, con suelo de baldosas y antiguos muebles de madera oscura: un aparador, un banco corrido, una pesada mesa, grandes sillas. En una esquina, una estufa casi al rojo caldeaba el ambiente; en la pared, una estampa en colores de una Virgen rodeada de unos angelotes tan rollizos y morrudos como lechones. Todo estaba ordenado y limpísimo, con esa pulcritud austera y extrema de los conventos.

—A ver, qué carajo quieres tú de mí —dijo el Duque; y el «tú», en su boca, sonaba como el peor de los insultos.

Estaba sentado en una de las sillas, junto a la mesa. Era un tipo grandón y caído de hombros de unos cincuenta y muchos años, quizá incluso sesenta. Llevaba un traje negro, de buen corte y calidad pero muy arrugado, como si hubiera dormido con él puesto; debajo, una camisa blanca de fiesta con chorreras, sin corbata y con el cuello abierto. No llevaba puestos los zapatos y enseñaba unos horribles calcetines sintéticos de un color marrón inadecuado. Zarza recordaba al Duque más robusto; ahora estaba más barrigón, como si el volumen de ese pecho antaño fuerte se le hubiera ido deslizando hacia abajo. Tenía los ojos muy separados a ambos lados de la cabezota y la mirada congestionada y lagrimeante de los alcohólicos. Una mirada maligna, violenta. Zarza carraspeó.

—No sé si... No sé si se acuerda de mí...

—Claro que me acuerdo. Aunque me extraña verte. Pensé que estarías muerta a estas alturas.

Concentración, se dijo Zarza: frente al enemigo había que ser exactos.

—Vengo a decirle que... Vengo a informarle de que Nicolás está en la calle...

El Duque clavó en ella sus ojillos enrojecidos. Zarza intentó mantener la mirada, pero no pudo.

—¿Vienes a decírmelo? —se burló el hombre—, ¿o vienes a preguntármelo?

Zarza guardó silencio.

—Ya sé que ese mierda está fuera. Salió hace cuatro o cinco meses. De manera que tu información llega muy tarde. ¿Has venido a eso, a confirmar la noticia? ¿O de verdad has venido a chivarte? ¿Qué quieres? ¿Que lo mate? ¿Quieres que te lo quite de encima?

Zarza tomó aire y habló todo seguido, echando a correr por encima de las sílabas:

—No. No es eso. La verdad es que he venido a preguntarle si sabe dónde está Nico. Dónde puedo encontrarle. Yo sé que usted también está interesado en él, y como usted lo sabe todo...

—¿Que estoy interesado en él? Mira tú, ésa es una forma de decirlo —dijo el Duque, rumiando las palabras—. Pero te equivocas: no me interesáis nada ni tú ni él. Tú, por mí, puedes caerte muerta ahora mismo; y lo único que me importa de Nicolás es que me debe algo. Me debe la ruina de mi nieto el mayor. Hasta que se hizo amigo de él, mi nieto había sido un buen chico. Siempre un poco tonto, pero bueno; trabajaba con el material pero sin engolfarse, como Benja, Benjamín, el único nieto que me queda. Ya lo has visto ahí fuera. Y llegó Nicolás y se acabó. Nicolás sigue vivo, pero mi nieto ha muerto. Nicolás el señorito. Los niños pijos sois los peores: siempre os las arregláis para que sean los demás los que se jodan.

De manera que sí, yo estoy buscando a Nico. Pero lo estoy buscando muy despacio, porque tengo toda la vida para encontrarlo. No sé dónde está, y si lo supiera no te lo diría. No te lo voy a quitar del culo, niña. Cada cual que aguante su castigo.

Se había puesto en pie diciendo esto y se acercó a Zarza, barrigón y bamboleante, mientras ella retrocedía hasta sentir la pared pegada a las espaldas.

—Un chivato siempre es un chivato —prosiguió el Duque—, está en su naturaleza. El que traiciona una vez, traiciona siempre. Ya ves, tú ya lo hiciste antes y ahora vienes aquí otra vez corriendo. Un soplón es un tipejo que no tiene huevos suficientes ni para sostener el peso de sus pantalones. Es un mierda que no respeta ni a su madre ni a su padre. Eso eres tú, zorrita.

El Duque se había ido echando encima de Zarza y ahora la aplastaba con todo su corpachón contra la pared. Extendió una de sus manazas y agarró la cara de la chica, estrujándole las mejillas hasta hacer que sus labios se entreabrieran. Zarza advirtió, con estúpido e inútil detallismo, que el interior del cuello de la camisa del Duque mostraba una negruzca línea de mugre.

—Entre mi gente, lo que hacemos con los soplones es cortarles la lengua y metérsela por el ojo del culo. Pero como tú eres mujer te voy a dejar marchar. Ya ves, para que luego digáis todas esas cosas feas del machismo...

Soltó una carcajada y luego besó los labios de Zarza, introduciendo por un instante su gruesa y viscosa lengua en la boca de ella. Zarza dio un grito sofocado, se revolvió y salió corriendo por la puerta; el Duque, a sus espaldas, la dejó ir, riéndose por lo bajo.

Benja y los otros la contemplaban desde lejos con curiosidad, aún instalados en el muro de entrada. Zarza moderó sus pasos, intentando plantar los pies con fuerza en el suelo para que los chicos no notaran el temblor de sus piernas. Mientras caminaba hacia el coche empezó a mirar a su alrededor, fingiendo una tranquilidad de la que carecía. Allí, al otro lado de la pequeña hondonada, estaban las restantes casas del poblado. Aquella de la puerta pintada de verde debía de ser la de Baltasar, y aquella otra tan pequeña la de Carlos el Cojo. Los viejos recuerdos cayeron súbitamente sobre Zarza, enloquecedores y punzantes. En la hondonada, junto a la fuente, había un cuerpo tumbado sobre la tierra, o más bien desplomado en posición inverosímil, como si careciera de espinazo. Parecía un ajusticiado medieval abandonado a las puertas de un castillo.

—¿Qué querías del viejo? —preguntó Benja cuando ella alcanzó su altura.

—A ti no te importa —contestó Zarza con brusquedad, disimulando la agitación de su voz.

En ese momento las nubes invernales se entreabrieron y un rayo de sol iluminó el poblado. Y entonces sucedió algo inconcebible: el campo de alrededor, que estaba cubierto de oscuros montículos de tierra, estalló en una catarata de destellos, chispazos cegadores, fríos relámpagos. El aire se incendió de luz en torno a ellos, tornasolado y titilante.

—¿Qué es eso? —preguntó Zarza sin aliento.

—Ah, eso —contestó Benja, fingiendo displicencia—. Es la planta de basuras de aquí al lado.

—¿El qué?

—La fábrica esa. Es una planta de reciclaje de vidrio. Todas esas colinitas son montones de cristales machacados. Con el sol es bonito, ¿verdad? —añadió al fin, sin poder evitar una nota de orgullo.

Alrededor del poblado ardía el mundo como si fuera un lugar maravilloso. Hasta que, de pronto, las nubes se cerraron y los diamantes se convirtieron nuevamente en detritus. Zarza y el muchacho parpadearon, intentando acostumbrar sus deslumbrados ojos a la melancolía de la vida sombría.

—Bueno —dijo Benja—, vuelve cuando quieras.

Y Zarza tragó saliva y se metió en su coche.

Cubrió el largo trayecto de regreso como sonámbula. De cuando en cuando abría la ventanilla y sacaba la cabeza para escupir, porque le parecía que el Duque había dejado en su boca una saliva espesa y nauseabunda, la baba envenenada de una serpiente. No era la primera vez que sentía este asco indecible, pero en las otras ocasiones había estado protegida por la Blanca. Porque la Reina velaba por sus víctimas. Las envolvía con su amor helado hasta matarlas, como la araña envuelve a la mosca en fina seda.

Estaba desconcertada. Había cifrado todas sus esperanzas en la posibilidad de descubrir dónde se ocultaba Nicolás, con el convencimiento casi mágico de que, de conocer su paradero, ella podría convertirse en la perseguidora de su perseguidor, en la cazadora y no en la pieza. Esa transmutación era una manera de salvarse y por el momento no se le ocurría otra. Pero no era eso sólo, el desencanto de sus planes, lo que la había dejado tan trastornada. Las palabras del Duque habían tocado una herida interior, un núcleo de memoria que abrasaba. Se había mantenido los últimos siete años construyéndose una vida meticulosamente vacía de recuerdos, y ahora el pasado empezaba a removerse dentro de su sepulcro, como un muerto viviente, amenazando con salir y destrozarlo todo.

Regresaba Zarza, pues, a la ciudad, sabedora de que acudía al encuentro de Nico. En algún lugar de ese abigarrado perfil de edificios se encontraba él aguardando con paciencia su llegada, de la misma manera que Puño de Hierro aguardó durante años al Caballero de la Rosa para que se cumpliera fatalmente el destino de ambos. De repente a Zarza se le había venido a la cabeza el libro que estaba preparando para la editorial: era una edición de lujo de *El Caballero de la Rosa*, la hermosa leyenda escrita en el siglo XII por Chrétien de Troyes y descubierta por casualidad, en los años setenta, por un joven medievalista inglés llamado Harris entre los manuscritos de un viejo monasterio. Ese antiguo relato de amor y odio, de rivalidad y dependencia, le parecía ahora relacionado de algún modo con su propia vida. Le desagradó acordarse del libro, porque se trataba de una de esas obras que, como *Las mil y una noches*, arrastran consigo una maldición. En el caso de los relatos de Sherezhade, se decía que quien leía el texto en su totalidad moría abruptamente. En cuanto a *El Caballero de la Rosa*, se suponía que todos aquellos que tenían algo que ver con el texto quedaban condenados a un destino cruel. Ya lo avisaba el poético Chrétien al principio del libro: «Ésta es una historia funesta...». De hecho, la obra quedó sepultada en un monasterio de Cornualles y nunca se hizo pública; y cuando Harris la desempolvó, ocho siglos más tarde, la mayoría de los historiadores consagrados, como Jean Markale o Georges Duby, la consideraron un fraude. Harris fue despedido de su trabajo y malvivió durante una década perseguido por la ignominia, hasta que el gran medievalista Jacques Le Goff publicó su famoso e irrefutable ensayo probando la autenticidad de *El Caballero de la Rosa*. Pero ya era tarde; Harris se había convertido, para entonces, en un tipo amargado, un alcohólico, un miserable que fue de bronca en bronca y de pelea en pelea hasta que murió prematuramente de cirrosis.

Aunque, quién sabe, tal vez fuera así antes. Tal vez Harris hubiese sido desde siempre un tipo atroz y el escándalo sólo le hubiera servido de excusa y acicate. ¿Hasta qué punto nuestras mezquindades pueden ser justificadas por la desgracia? ¿Hasta qué punto el cojo puede ser cojo y malo? ¿Le está permitido al ciego ser despótico? ¿Cuánta ruindad puede ser perdonada, por ejemplo, por el suicidio de un padre o la muerte de un hijo? Tal vez le ocurriera a ella lo mismo; tal vez Zarza hubiera sido una planta torcida y espinosa desde el mismo principio, una mala zarza que nació ya maldita, arrastrando el peso de un destino canalla. Zarza la chivata, como el Duque decía.

Un soplón, había dicho también, es un mierda que no respeta a su madre ni a su padre. La madre de Zarza había sido una irlandesa melancólica que se pasaba la vida en la cama, entre penumbras, coronada por un halo de pañuelos empapados de lágrimas. Su padre, en cambio, era Dios. Él mismo se lo había comunicado a Zarza cuando ella tenía cinco años. Pero era el Dios del Antiguo Testamento, una divinidad que degollaba niños.

Recordaba Zarza las tardes de verano. Hubo otros momentos y otros hechos, pero ella sobre todo recordaba aquellas tardes pesadas y calientes, cuando el padre se tumbaba en el sofá de su despacho e intentaba dormir la siesta y no podía. Entonces llamaba a Zarza; y cuando la cría entraba temblorosa en la habitación se lo encontraba sonriendo, con los pies descalzos y los pelos alborotados, vestido con el traje de baño y un albornoz encima.

—Ven aquí, bonita. Vamos a jugar al juego de la niña buena y la niña mala, ¿qué te parece?

A Zarza le parecía angustioso, pero sabía que la pregunta de su padre no admitía respuesta. Así es que la niña se mordía las uñas, y hacía bascular el peso de su cuerpo de un pie a otro, y apretaba sus menudos puños contra el pecho, sintiendo batir allá dentro al corazón como un abejorro encerrado en una caja.

—Vamos a ver, vamos a ver... ¿Qué es lo primero que has hecho esta mañana al levantarte?

—Yo... yo... —balbuceaba ella.

—Venga, venga, sin pensarlo, deprisa.

—Yo he... he... me he lavado los dientes.

El padre sonreía, bonachón, con las sienes tachonadas de pequeñas gotas de sudor.

—Pero qué niña tan, tan, tan... —decía, malicioso, prolongando su zozobra—. ¡Tan mala! ¡Muuuy mala, sí señor! Porque los dientes hay que lavárselos después de desayunar, no antes.

—Pero, papá —argumentaba Zarza, cercana a las lágrimas—, el otro día contesté lo mismo y tú dijiste que era una niña buena...

—Pero el otro día era el otro día, cariño. Yo soy el que pone las reglas, de manera que las cambio cuando quiero. Yo soy tu padre, y tu padre es Dios, nenita —explicaba entonces él de muy buen humor, atusándose con delectación el cuidado bigote—. Así es que vamos con la segunda, y a ver si pones más atención... Veamos... ¿Cuántos vasos de leche debes tomarte al día?

Zarza temblaba, pensando que ese juego debería llamarse en realidad el juego del padre bueno y el padre malo. Pero no había más remedio que seguir, así es que tomaba aliento y respondía:

—Cua... cuatro.

Papá se desternillaba:

—Pero ¿es que quieres arruinarnos, corazón? ¡Muy mala niña, pero que muy mala...! Con dos vasos al día basta y sobra... Si sigues así me parece que hoy vamos a terminar muy pronto...

Si Zarza acertaba cinco respuestas, es decir, si su padre le concedía que había acertado, la niña recibía un beso en la mejilla y unas cuantas monedas, y se podía marchar. A veces sucedía así: a veces, después de varios errores y una cantidad considerable de inquietud, Zarza quedaba libre. Pero por lo general la niña perdía; por lo general acumulaba esos cinco fatídicos fallos que la condenaban al castigo.

—¡Caíste otra vez! —proclamaba el padre entre risotadas—. Nunca aprenderás a jugar este juego...

En la derrota, Zarza tenía que bajarse las braguitas y colocarse boca abajo sobre las rodillas de él. Y entonces el padre comenzaba a propinarle una azotaina, primero no muy fuerte, con la palma bien abierta, sobre las nalgas desnudas. Pesaba el sol de la siesta sobre el mundo, recalentando el aire del despacho aunque las puertas correderas estuvieran abiertas sobre el jardín y sobre la piscina; y en aquella atmósfera densa y sofocante caía una y otra vez la mano de papá sobre el culito redondo de la pequeña Zarza, primero suavemente, luego más fuerte, luego de nuevo suave, y después unas cuantas palmadas restallantes sobre la piel enrojecida, y a continuación un golpeteo rítmico, las manos de papá a ratos casi acariciantes y a ratos haciendo daño, mientras por la ventana abierta entraba un mareante olor a cloro y el zumbido malsano de los moscardones.

Entonces sonó el timbre del teléfono móvil, una musiquilla necia y saltarina que Zarza escuchó con sobresalto. Desde la primera nota supo que se trataba de Nico. Sin dejar de conducir, rebuscó frenética en su bolso hasta encontrar el aparato y luego se lo arrimó al oído con prevención, como si pudiera resultar herida sólo por escuchar.

—Sí...

—¿Vas a volver a colgarme?

Era él, sin duda; con una voz más ronca, más ajada. Pero hacía siete años que no se hablaban, y siete años son muchos, sobre todo si se viven en la cárcel.

—No... —musitó Zarza, casi sin aliento.

¿Cómo había conseguido localizar ese número de teléfono? Pero Nicolás siempre fue el más inteligente, el más intrépido de todos ellos, el más capaz.

—Mejor. Tampoco arreglas nada huyendo. Sabes que te voy a atrapar de todas formas.

Era verdad: Zarza lo sabía.

—¿Qué quieres de mí?

—¿Y aún me lo preguntas? Quiero hacerte pagar por lo que me has hecho.

—¿Dónde estás?

—Siempre detrás de ti —dijo él. Y cortó.

¿Y si es verdad?, pensó Zarza; ¿y si me está siguiendo? Se encontraba en la avenida de Uruguay, entre un tráfico más o menos fluido de media mañana. Miró por el retrovisor: podía estar en aquel coche rojo, o en el Peugeot blanco, o incluso en la camioneta... Seguramente la había estado esperando en la residencia de Miguel; cuando ella había mirado a su alrededor no había sabido descubrirlo, pero seguramente sí que estaba allí, agazapado como una astuta alimaña, escondido dentro de un coche o detrás de una esquina. Sí, ella era una estúpida, seguro que Nico había estado esperando en los alrededores de la Residencia y ahora se encontraba a sus espaldas, contemplándola desde la impunidad del perseguidor. Aturullada por la angustia, se arrimó al bordillo entre los bocinazos de los demás conductores hasta que encontró un lugar donde estacionar. El Peugeot blanco pasó, la camioneta pasó, el coche rojo pasó. A su lado, los vehículos continuaban su marcha acompasada como un rebaño de bestias metálicas. Permaneció un buen rato detenida al borde de la corriente rodada y de la rutinaria vida matinal, esperando a que sus pulsaciones se normalizaran. No parecía que hubiera nadie detrás de ella. Zarza respiró hondo: no podía permitirse esas crisis de miedo. Intentó comprobar el número desde el que Nico llamaba, pero no salía identificado en la pantalla del móvil. Miró el reloj. Las 11:40. Entonces advirtió que se encontraba muy cerca de casa de Martina; no lo había pensado antes, pero era posible que ella tuviera alguna noticia de Nicolás. Claro que hacía muchos años que Zarza no veía a su hermana y no sabía cómo iba a reaccionar ante su presencia. Aun así, decidió visitarla. No se le ocurría qué otra cosa hacer.

Dejó el coche donde estaba y echó a andar. Tan sólo tenía que doblar por la primera esquina y bajar la calle Colombia hasta llegar a Perú. Habían empezado las rebajas de enero y, al tratarse de un distrito comercial, las aceras estaban bastante concurridas. Sí, desde luego siempre podía seguir su impulso inicial y marcharse de la ciudad e incluso del país. Desaparecer entre los pliegues de la Tierra, como su propio padre. Pero con qué dinero, adónde, para qué. Y no es que su vida actual fuera un logro por el que mereciera la pena luchar. En realidad era una vida chata y anodina. Fuera de sus visitas a Miguel y de sus manuscritos medievales, sus días eran un vago aturdimiento, una somnolencia carente de sueños. Un torpor que tenía cierto atractivo, porque el embrutecimiento es lo más cercano a la inocencia. Pero la llegada de Nico le había sacado de ese sueño diurno, de esa cotidianidad narcotizada. Recién despierta, Zarza descubría que estaba demasiado cansada para seguir huyendo; se sentía mayor y sin energía, como si el esqueleto le pesara demasiado. No, no se iría. Había prometido a Miguel que no le volvería a abandonar. Y, además, Nico la encontraría. Por mucho que corriera y que se escondiera, él acabaría por encontrarla.

Avanzaba Zarza por la calle y por primera vez en mucho tiempo iba mirando alrededor, atenta a cualquier detalle sospechoso, a cualquier ruido, tan alerta como una ardilla en un campo sin árboles. Esta actitud era extraña en ella, porque Zarza siempre procuraba evitar los lugares públicos y, cuando no tenía más remedio que andar entre la gente, caminaba clavando los ojos en el suelo. Le horrorizaba que la reconocieran los de entonces; que viniera alguien que la hubiera tratado en los tiempos crueles de la Blanca. Su físico irlandés, tan poco usual, era una desventaja: no se olvidaban de ella. Había sucedido ya en una ocasión; fue en el metro, una tarde, cuando regresaba de la editorial. El vagón estaba medio vacío y el hombre se acercó, probablemente animado por la estrechez del espacio y la falta de salida.

—Hombre, la pelirroja guapa de las pecas en los muslos... —dijo sin acritud, casi educadamente.

Era un individuo tal vez sesentón, gordito y calvo, vestido con un traje oscuro barato y una camisa blanca de tergal. Zarza no se acordaba en absoluto de él. No le había visto nunca.

—¿Qué? ¿Al trabajo? —preguntó, componiendo una patética sonrisa picarona.

—Me parece que se está equivocando de persona —dijo Zarza con la garganta seca.

—¡Qué me voy a equivocar! Pues no nos lo pasamos bien ni nada... —dijo el tipo.

Pero la voz se le había ido apagando y ya no insistió más. Tal vez fuera un buen hombre. Zarza hubiera querido matarlo. Hubiera querido clavarle un cuchillo justo por encima del ombligo, en ese vientre que se adivinaba voluminoso y blando, y abrirle hacia abajo su sebosa tripa, y llegar a su miembro pingante y arrugado, a esa piltrafa oscura con pretensiones, y rebanárselo de cuajo. Pero no lo hizo. No le emasculó ni a él ni a los otros, a todos los demás vientres anónimos de los años crueles.

Lo único que hizo Zarza aquella tarde fue abandonar el vagón en la primera parada; al día siguiente se compró un coche de segunda mano, y desde entonces no volvió a tomar el metro nunca más.

Pensaba penosamente Zarza en todo esto mientras caminaba por la calle a paso vivo. A su alrededor bullía la ciudad comercial, la ciudad feliz y luminosa, que siempre había sido la ciudad de los otros. Ni ella ni Nicolás habían conseguido nunca vivir con ligereza. Recordaba la casa de su infancia como un inmenso dormitorio siempre en penumbra que olía a enfermedad, a sábanas sin cambiar y aire recalentado, ese aire quieto y viejo de los cuartos que jamás se ventilan. Y había noches interminables y pasillos oscuros, y a la vuelta de cualquier corredor en tinieblas se encontraba papá agazapado, papá alto y guapo, bigotudo, papá perseguidor, con sus besos y sus manos que a veces hacían daño. Tampoco era posible escapar de papá: él era la araña que reinaba en la tela. Cuando la poeta argentina Alejandra Pizarnik se suicidó a los treinta y seis años, encontraron un papel con sus últimos versos sobre la mesa: «Y, en el centro puntual de la maraña / Dios, la araña». En cuanto leyó estas líneas, Zarza las reconoció como algo propio, y pensó que la casa de su infancia tuvo que parecerse al último hogar de Pizarnik. Que debieron ser lugares equivalentes, infiernos paralelos, pesadillas conectadas por el mismo y sedoso hilo abdominal.

En ese justo instante lo sintió. Había alcanzado casi la esquina con Perú cuando Zarza sintió que, a sus espaldas, alguien pisaba el borde de su sombra. Experimentó un fortísimo deseo de volverse y mirar hacia atrás, pero no se atrevió a hacerlo. Se sujetó el desfalleciente corazón con una mano: Nico estaba ahí. Ella lo notaba. Lo sabía. Apretó un poco el paso entre los lentos transeúntes cargados de bolsas de rebajas, pero no consiguió deshacerse del empuje de esa presencia a sus espaldas. Zarza rompió a sudar, aunque la mañana estaba gélida. Ante ella se abría ahora la calle Perú, una pequeña travesía residencial y sin tiendas, en esos momentos totalmente vacía de peatones y de coches. Al fondo estaba el portal de su hermana, pero Zarza no se atrevió a seguir, no podía aventurarse en esa calle solitaria perseguida por su perseguidor. La cabeza le daba vueltas. Aturdida, echó a correr por Colombia chocando de cuando en cuando contra los paseantes, que la miraban entre ofendidos y extrañados, instalados como estaban todos ellos en esa ciudad feliz en la que nadie tenía que correr para salvar la vida. Cruzó semáforos en rojo, brincó por encima de los bordillos y dobló esquinas sin mirar por dónde iba, con la sangre batiéndole en los oídos y el cerebro cegado por el miedo, hasta que el agotamiento le clavó una lámina de hierro al final de las costillas y tuvo que detenerse, sin aliento, doblada por el dolor, con las manos apoyadas en las rodillas y una constelación de puntos negros ante los ojos.

Dos manzanas más abajo se veía una puerta oficial, unas banderas, unos coches blancos de policía. Era una comisaría. Zarza pensó por un momento que podía acercarse hasta allí y denunciar a Nico. Pero ¿qué iba a decirles? ¿Que un ex presidiario la estaba persiguiendo? ¿Y qué pruebas tenía? ¿Qué podría hacer la policía por ella? Desde luego no iban a protegerla y, si Nicolás se enteraba de esta nueva denuncia, aún se enfurecería más. Zarza la soplona. Sobre todo eso: no quería seguir siendo Zarza la soplona. Decía el Duque que a los chivatos les cortaban la lengua y verdaderamente ella estaba así, sin lengua y sin palabras. Hacía años que Zarza no decía nada que tuviera auténtico sentido, nada que le saliera del corazón; ni siquiera le había podido decir a su hermano Miguel que le quería, que él era lo único que ella tenía. En la cabeza de Zarza daban vueltas frases abrasadoras que no encontraban el camino de salida, enmudecidas por su lengua amputada de soplona. De manera que no, no le volvería a delatar.

Zarza enderezó el tronco, aún jadeante y dolorida, y descubrió que ya no percibía esa presencia amenazadora detrás de ella. Volvió la cabeza: gentes caminando, coches circulando y ningún rastro visible de Nicolás. De nuevo había perdido el control. De nuevo se había dejado vencer por el pavor. Deshizo su camino a paso normal y lo que minutos antes había sido un enloquecedor escenario de pesadilla ahora era un aburrido y convencional barrio burgués. De todas formas decidió abandonar por el momento la visita a su hermana; prefería regresar al cobijo del coche, sentirse protegida, acabar de calmarse y tal vez llamar primero a Martina por teléfono, si es que lograba localizar su número.

Encontró su vehículo esperándola como un perro fiel junto a la acera y entró en él con el profundo y agotado alivio de quien alcanza un refugio de montaña en una ventisca. Echó los seguros de las puertas y se desabrochó el chaquetón. Estaba todavía toda sudada por el miedo y la carrera; era un humor pegajoso y destemplado, semejante al que la inundaba, muchos años atrás, en los momentos de carencia de la Blanca. Soy una estúpida, se dijo Zarza; acabaré enloqueciendo si sigo imaginando fantasmas por todas partes. Entonces vio la nota. En el parabrisas, *por la parte de dentro del coche*, en el salpicadero. Era una hoja blanca doblada en dos. Zarza la cogió, desfallecida, sintiéndose morir a cada movimiento: al extender la mano, al sujetar el papel y al desplegarlo. Sintiendo que no podría soportarlo. Pero sí lo soportó, porque los seres humanos somos capaces de aguantar lo inaguantable. Y la nota decía: «Siempre detrás de ti y cada vez más cerca».

La primera vez que se entregó a la Blanca, Zarza vomitó. Era normal que las primeras veces vomitaras, como si la Reina quisiera jugar limpio y advertirte, desde el mismo principio, que su amor iba a deshacerte las entrañas, que su inmenso atractivo no era más que un espejismo escatológico. Pero la rudeza de los comienzos no disuadía a nadie: incluso mientras te sacudían las arcadas querías seguir echándote en sus brazos, y fundirte en ella, y desaparecer en su belleza helada. Y es que la primera vez ya era demasiado tarde con la Blanca: a menudo bastaba un solo beso suyo para caer rendido. Así sucedió con Zarza en aquella ocasión, quince años atrás. Arrojó hasta el alma por la boca, pero por dentro explotó como un fuego artificial en algo semejante a un colosal orgasmo. Entró en el palacio de la Reina y allí todo era bienestar y limpieza. Ni siquiera las apestosas ropas de Zarza, manchadas de su propio vómito, ensuciaban ese ambiente resplandeciente y quieto. La hermosura de la Blanca es cristalina, como el corazón de un iceberg.

Fue Nicolás quien la condujo hasta ahí. Él ya había visitado a la Reina un par de veces y enseguida quiso llevar a Zarza con él, como siempre había hecho. Desde muy niños habían estado tan unidos como el diente a la encía. Aunque eran gemelos no se parecían físicamente; Zarza y Miguel habían sacado la complexión celta y frágil de la madre, mientras que Martina y Nicolás se parecían al padre: altos y robustos, anchos de hombros, con la piel aceitunada y el pelo oscuro y crespo. Pero desde la cuna Nico y Zarza habían mantenido un nivel de comunicación extraordinario, una complicidad tan absoluta que terminaba por resultar algo inquietante. Enfermaban juntos, reían juntos, lloraban juntos. Les salían los dientes a la vez y se rompían el mismo día el mismo hueso al caerse de sus bicicletas idénticas. De hecho, la única noción de hogar que guardaba Zarza en su memoria eran los brazos de su hermano, que fueron siendo cada vez más mullidos y protectores pero también más dominadores, a medida que el chico crecía e iba echando pecho y envergadura de hombre, doblando el volumen corporal de la menuda Zarza.

—Cuando seamos mayores, construiré una casa en el centro de un parque y nos iremos a vivir allí tú y yo —solía decir Nicolás en esas tardes húmedas y oscuras de invierno en las que el aburrimiento se parecía demasiado a la tristeza.

—Y Miguel. Nosotros y Miguel —añadía entonces Zarza.

—Bueno, Miguel también puede venir. Y la casa será como un castillo y toda la gente del pueblo estará intrigada con nosotros, porque no nos verán nunca o casi nunca. Y cuando nos vean pasar en un coche negro a toda prisa, pensarán que somos marido y mujer.

—Y que Miguel es nuestro hijo...

—Qué dices... El tonto estará muy viejo para ser nuestro hijo.

—¡Miguel no es tonto! Tú sí que eres idiota... —se enfadaba Zarza.

—¿Me has llamado idiota? ¿Me has llamado idiota? —se revolvía Nico, forzudo y juguetón.

Todas las peleas eran iguales. Nico intentaba inmovilizar a Zarza y ella se defendía dándole pellizcos y tirones de pelo. Rodaban ambos sobre la manta que habían tendido en el suelo y al final siempre quedaba Nico encima y Zarza se rendía, enojada pero no del todo insatisfecha por perder. Porque entonces Nicolás se convertía en el ser más magnánimo y cariñoso del planeta, y los dos niños se tumbaban abrazados, y escuchaban la música de la cajita de música, y aquello era el hogar.

La cajita de música era un cubo perfecto de olorosa madera de sándalo con una rosa de marquetería incrustada en la parte superior. En realidad era un joyero; al levantar la tapa se abría también la cara delantera, dejando al descubierto unos cajoncitos forrados con un viejo terciopelo color sangre. En la contratapa, en vez del tradicional espejo, alguien había puesto una fotografía en blanco y negro protegida por un cristal. Era un retrato de todos ellos, de la familia Zarzamala-O'Brian al completo. A juzgar por sus vestimentas, debía de ser verano, un día radiante que moteaba de luces y de sombras el fondo de la foto, como si se encontraran en el alegre frescor de una alameda, bajo las hojas verdes bañadas por el sol. Mamá sonreía y miraba a la cámara de frente, sin saber que poco después se iba a enterrar en el lloroso sepulcro de su cama para no volver a salir jamás; en sus brazos, en los insospechados brazos de esa madre todavía viva, Miguel era apenas una bola de carne, tan guapo y tan sano con sus manecitas rechonchas y sus diez deditos y sus diez uñitas, porque por entonces aún parecía que no le faltaba nada de lo que un niño tiene. Martina, la mayor, estaba a la derecha. Debía de andar por los ocho años y ya se la veía erguida y orgullosa; pero sonreía, ella también, como sonreían los gemelos, los dos agarrados de la mano y vestidos con la misma camisita de rayas a los cuatro años, tantísimas vidas antes de que llegara la Blanca. En la foto, en fin, se les veía a todos felices, tan felices como nunca lo habían sido, porque Zarza no guardaba ninguna memoria de ese día, no recordaba esa alameda soleada, ni que hubieran salido todos juntos nunca jamás a pasear. Y porque ahí, detrás de todo el grupo, amparando o quizá atrapando a los suyos con sus fuertes brazos extendidos, estaba papá, ese papá-Dios, el padre-araña, aunque en esa instantánea pareciera el mejor papá del universo, con su sonrisa bonachona y limpia bajo el bigote árabe, con la beatitud del papá protector.

Fue mamá quien les regaló la cajita de música; o tal vez no fuera exactamente un regalo. Una tarde estaba la madre enroscada en su cama y su tristura, como siempre, y simplemente dijo a los gemelos: «Llevaos eso de aquí». Pero ellos lo tomaron como un presente y la cajita se convirtió en un objeto mágico, en el talismán de su niñez. A menudo, sobre todo en los lentos y vacíos domingos invernales, Nico extendía una manta debajo de la mesa del comedor de invitados. Esa mesa era un pesado armatoste para doce cubiertos que nunca habían visto usar, porque nunca tuvieron invitados. La estancia, pues, permanecía cerrada año tras año, con ese aire desapacible y hostil de los cuartos que no se usan, que nunca parecen calentarse lo suficiente. Aunque en realidad la casa entera participaba un poco de ese desabrimiento. Era como un edificio enfermo que hubiera sido concebido para otra cosa, para la vida real y verdadera, pero que, por alguna extraña maldición, hubiera ido deslizándose hacia la inutilidad y el abatimiento, con comedores de invitados sin invitados, cuartos de juegos sin juegos, tumbonas en el jardín sin nadie para tumbarse.

Pero debajo de la mesa era otro mundo. Debajo de la mesa, echados sobre la manta y con una linterna, Nico y Zarza se sentían abrigados y protegidos, a salvo de las lluvias de meteoritos y de los rayos de los dioses fulminantes. La vida de la casa quedaba al otro lado de la puerta cerrada (un arrastrar de pies por los pasillos, remotos tintineos en la cocina), y el hecho mismo de estar en una habitación que nunca se utilizaba les alejaba más del mundo real que el cenagoso foso de un castillo. Llevaban con ellos la cajita de música, levantaban la tapa y oían el campanilleo de su melodía, unas notas finas y tintineantes que a Zarza siempre le parecieron una música china, hasta que luego, ya mucho mayor, reconoció el fragmento como una de las Gymnopedias de Satie; y contemplaban, con asombro y a menudo con rabia, la prueba fotográfica de esa felicidad familiar que era la suya y que por fuerza alguien les tenía que haber robado. Ése era el verdadero sabor de la infancia para Zarza: la rugosidad de la manta, el soniquete chino, la penumbra abrigada del refugio, los brazos de Nicolás y, más allá, en el borde justo de la mesa, sentado en el suelo y un poco babeante, siempre cerca pero no demasiado cerca, el pequeño y callado Miguel, que tal vez ocultara ya un par de moretones en sus descarnadas piernas de alfeñique o en su espalda pálida y huesuda.

Zarza nunca había llevado armas, ni siquiera cuando sucedió lo que sucedió. Se había negado a usarlas y eso acabó siendo su salvación. Si es que verdaderamente se podía decir que Zarza se había salvado. Ya casi al final, cuando estaban los dos muy deteriorados y Zarza fue expulsada de la Torre porque su mal aspecto disuadía a los clientes, Nicolás decidió adquirir unas pistolas.

—Son los únicos billetes que nos quedan... ¿Cómo te los vas a gastar en esa mierda? —protestó ella.

—Pues por eso, estúpida, por eso. Porque necesitamos más dinero.

De manera que consiguió sus armas, una vieja Beretta y un revólver, y se llevó a Zarza a las afueras un viernes lluvioso y la tuvo disparando toda la tarde contra las ramas de los canijos árboles suburbiales, para que se entrenara y perdiera el miedo. No lo perdió. Cuando salieron de casa el día del golpe, ella tiró el revólver. En un contenedor de basura, sin que Nico se diera cuenta.

Ahora, sin embargo, Zarza había llegado a la conclusión de que debía adquirir una pistola. La nota que había encontrado en el interior del coche le había roto los nervios; se sentía incapaz de seguir esperando a su perseguidor con la pasividad del cordero que está atado a una estaca. Le asustaban las armas de fuego, pero su hermano empezaba a aterrarle mucho más. No tenía la menor intención de disparar a Nico, pero por lo menos quería poder amenazarlo, oponer alguna resistencia. Una pistola imponía, ella lo había visto. Alguien con pistola era alguien con voz.

El problema residía en conseguir el arma en el mercado negro. En la ocasión anterior, y aunque refunfuñando, Zarza había acompañado a su hermano cuando fue a comprar el material: nunca había sabido decirle que no a Nico, y menos por entonces. Se esforzó en recordar cómo habían conectado con el traficante: adquirieron los hierros en una pequeña tienda de la calle Miralmonte, en el sucio laberinto de la ciudad vieja, dentro del territorio de la Reina. Zarza decidió darse una vuelta por allí. Habían transcurrido muchos años y resultaba improbable que el contacto siguiera funcionando, pero era la única pista que poseía.

La zona era ahora peatonal, así es que el taxi la dejó en una plazuela minúscula con las papeleras arrancadas de cuajo por los vándalos y el suelo regado de patatas fritas, goterones de sangriento ketchup y envoltorios aceitosos de la hamburguesería de la esquina. Un poco más allá comenzaba Miralmonte. Zarza entró en la calle y recorrió las aceras infructuosamente. Buscaba una pequeña tienda de ultramarinos, uno de esos ínfimos comercios familiares en donde el pan fresco se vende junto al vino en tetrabrik y a los fiambres. Tenía grabado el lugar en la memoria: el mostrador frigorífico al fondo, las estanterías abarrotadas en las paredes. Y la viejuca de pelo teñido en rojo que atendía. Esa misma viejuca ordenó con la cabeza a un hombre mayor, tal vez su hijo, que buscara la mercancía en la trastienda, mientras ella, impasible, cortaba lonchas de un jamón de York recauchutado que parecía una goma de borrar rosada y gigantesca. El tipo trajo las armas envueltas en papel de estraza, como quien despacha unas pescadillas. Sólo le faltó pesarlas en la báscula.

Pero ahora no quedaba ni rastro de esa pequeña tienda en Miralmonte. Había un negocio de informática, una boutique de ropa barata, un bar estrecho y largo, una mercería. Atisbó todos los establecimientos desde el exterior: ofrecían un desalentador aspecto de normalidad y la vieja greñuda no asomaba por ninguna parte. Seguramente a estas alturas ya habría muerto.

Regresó a la plazuela sin saber qué hacer. En mitad del pequeño espacio triangular, instalado en el único de los tres bancos que todavía no había sido destrozado, había un chico de unos veinte años. El día era helador y una costra de escarcha se acumulaba sobre los dos palmos de tierra sucia que alguna vez aspiraron a ser un pequeño jardín. No apetecía nada sentarse en ese banco polar, pero el chico estaba ahí, quieto y encogido sobre sí mismo, abrigado tan sólo con una chaquetilla de tela vaquera. Zarza tuvo una idea. Porque Zarza sabía. A fin de cuentas, esto seguía siendo la ciudad de la Blanca.

—Hola —dijo Zarza, sentándose junto al tipo y sintiendo que el frío de las barras del banco le mordía los muslos.

El chico apenas le lanzó un vistazo alelado.

—Hola —repitió ella—. Estoy buscando una tienda que había aquí antes, hace siete años...

—No sé nada. No soy de aquí —murmuró el otro sin mirarla.

No, claro que no era de aquí. Todos venían de fuera pero luego quedaban atrapados en los dominios de la Reina.

—No importa, no es eso lo que quiero... Lo que quiero es conseguir un arma. A lo mejor tú sabes dónde. En la calle, uno siempre sabe un poco de todo, ¿no?

El joven dio un respingo y la miró asustado, milagrosamente despejado de su atontamiento.

—Yo no sé nada —contestó, con voz mucho más clara.

—No tengas miedo. No soy policía. Yo...

—¡Tú quieres arruinarme, yo no sé nada! —chilló el otro.

Y se puso en pie de un salto y salió disparado calle abajo, desapareciendo como una exhalación por la primera esquina. Zarza se quedó en el banco, boquiabierta, envuelta en un revuelo de aire frío.

Soy una imbécil, pensó, soy una imbécil. Estaba todavía aturdida, intentando digerir lo sucedido. Antes no me hubiera pasado, pensó; antes las cosas no eran así. Pero, claro, antes ella estaba dentro del mundo de la Reina y ahora no. Los súbditos de la Reina compartían una misma realidad; no es que hubiera entre ellos mucha complicidad, sino más bien un egoísmo ciego y embotado. Pero poseían un lenguaje común. Podían entenderse. Ahora Zarza había cruzado la frontera, ya no pertenecía al mundo de la calle, a la ciudad nocturna, y los súbditos de la Reina la rehuían. Pero Zarza tampoco pertenecía a la ciudad diurna, a la vida redonda y relativamente satisfecha, o cuando menos a la vida aburrida. Porque donde hay aburrimiento no existe el sufrimiento. Ella había intentado construir una imitación del tedio con su cotidianidad insulsa y sus pequeñas rutinas, pero nunca había conseguido integrarse del todo en la inofensiva vida boba. Zarza, ahora se daba cuenta, estaba flotando en medio del vacío, ni en un mundo ni en otro, en una neblinosa tierra de nadie. Se recostó en el gélido banco, sintiendo la dureza de las barras sobre el espinazo, y contempló con ojos de extranjera la ciudad de la Blanca, esa urbe mineral, mugrienta y babilónica que se apretaba en torno a ella, una especie de Calcuta con hamburgueserías. En algún lugar de ese oscuro y herido laberinto estaría Nicolás, su perseguidor, su hermano, su verdugo. Zarza se estremeció y recapacitó una vez más en la conveniencia de hacerse con un arma. Y entonces fue cuando pensó en Daniel.

Daniel era el barman del Desiré. O por lo menos lo era ocho años atrás, que fue cuando Zarza dejó de verle. El Desiré era el bar de alterne en donde trabajaban las mejores chicas de Caruso; también Zarza estuvo allí, al principio. Daniel era el alma del lugar. Las chicas se sentían seguras con él, y no porque le apoyara la fuerza bruta (cuando era necesario repartir mamporros avisaban a los matones de Caruso), sino porque conseguía diluir cualquier conato de agresividad con palabras sensatas y buen juicio. Era un tipo delgado y elegante; parecía un príncipe italiano, con su pelo lacio y negro, sus sobrias camisas de seda, sus pantalones de pinzas que disimulaban la excesiva anchura de las caderas. Provenía, sin embargo, de una familia suburbial embrutecida y rota. Desde muy pequeño se había tenido que hacer cargo de una horda de hermanos; apenas si había pisado un colegio, pero había aprendido por su cuenta a leer y a escribir, con unas letras laboriosas y apretadas que parecían insectos. Tenía además un instinto innato para la belleza; aun ignorándolo todo sobre épocas, estilos y maestros, le gustaba la pintura y la porcelana antigua, y era capaz de arreglar un jarrón con flores con más armonía que un maestro jardinero japonés. Era muy afeminado, pero distaba de comportarse con esa exuberancia jaranera que suelen mostrar los camareros gays en los garitos nocturnos. En realidad, hablaba poco y era bastante reservado en la manifestación de sus emociones; pero sabía escuchar, o por lo menos sabía componer esa expresión entre neutra y atenta de quien está interesado en lo que el otro dice pero no manifiesta ningún juicio moral sobre lo que le cuentan. Así, combinando sabiamente la implicación y la distancia, esa fórmula infalible de los psicoanalistas, Daniel había conseguido convertirse en una especie de institución en la Torre y aledaños: todo el mundo le escogía para hacerle depositario de sus confidencias. Si todavía seguía trabajando en la barra, pensó Zarza, Daniel tenía que saber dónde encontrar una pistola.

Entonces, antes, en la otra vida, en la era de la Blanca, Daniel vivía por aquí, en la calle Trovadores, cerca del centro. Zarza miró el reloj; las 13:05. A estas horas estaría durmiendo todavía. Mejor, porque así lo encontraría en casa. Si no se había mudado en los últimos años.

Zarza no se acordaba del número, pero sí del portal, el segundo a la derecha después del semáforo. Además, la entrada al edificio seguía igual: tal vez algo más sucia, más roída por las humedades, más desconchada. Subió a pie, no había ascensor, hasta el cuarto y último piso. La puerta de Daniel estaba recién pintada con un esmalte plástico de color verde chillón. Zarza creyó ver en ello el entusiasmo renovador de unos nuevos inquilinos y se temió lo peor, pero de todas formas apretó el viejo timbre; y lo volvió a apretar, y lo pulsó de nuevo, campanillazos estridentes rebotando en el silencio de la casa. Ya se iba a marchar cuando escuchó un parsimonioso descorrer de cerrojos. Se abrió la puerta y apareció Daniel, adormilado; llevaba una camiseta publicitaria, unos pantalones de pijama en tono lila que le quedaban cortos, un viejo albornoz sobre los hombros y los pies desnudos embutidos en unas botas bajas con la cremallera sin cerrar. El hombre se recostó en el quicio y levantó las cejas, en un gesto entre la sorpresa y la pregunta. Zarza sintió que un violento e insospechado rubor encendía sus mejillas. Carraspeó, incómoda, porque no había previsto que el encuentro pudiera turbarla.

—Hola, Daniel... ¿Te acuerdas de mí?

—Claro —gruñó él con la ronca voz lobuna de los recién levantados de la cama—. Claro. Cómo no me voy a acordar. Eres Zarza.

—Perdona que te moleste. Estabas durmiendo, claro. Pero quería pedirte un favor.

Daniel la miró sin pestañear, como calibrando el grado de complicación que Zarza podía introducir en su vida. Aunque tal vez simplemente estuviera luchando por despertarse. Al cabo se encogió de hombros.

—Bueno. Pasa.

Zarza siguió al hombre hacia el interior del piso, que estaba también recién pintado. Había alfombras de cuerda, cortinas de algodón de colores brillantes, reproducciones de cuadros de Velázquez arrancadas de alguna revista y sujetas con chinchetas a las paredes. Era un lugar modesto pero decente. Daniel chancleteó dentro de sus flojas botas hasta la nevera, sacó una coca-cola y se dejó caer sobre una silla junto a la mesa camilla. Estaba más gordo, pensó Zarza. Bastante más grueso, y avejentado. Tenía las ojeras inflamadas por el sueño y el pelo despeinado y ralo, con la línea del cráneo dejándose traslucir bajo el acoso de la calvicie: qué había sido de aquel hermoso cabello lacio y negro, del pesado flequillo principesco. Los kilos sobrantes habían redondeado las caderas de Daniel, le habían dibujado una breve papada y se acumulaban en visibles lorzas debajo de la camiseta demasiado apretada. En el brazo derecho, sobre el hueso de la muñeca, lucía un pequeño tatuaje. Zarza se extrañó, porque el Daniel que ella recordaba no era muy partidario de ese tipo de adornos epidérmicos. Aguzando la vista, comprobó que se trataba de una diminuta rosa azul y roja orlada por un nombre de varón: «Javier». Lo cual le pareció todavía más raro, puesto que el discretísimo Daniel no habla- ba jamás de sus amores. Claro que todo eso había sido antes, mucho antes, ocho años atrás. A saber qué habría sucedido en todo ese tiempo. Por lo pronto, Daniel se había convertido físicamente en otra persona. Seguía te- niendo una buena cara y cierta distinción natural, pero ahora ya no parecía un príncipe toscano sino más bien una matrona romana. El tiempo no había sido piadoso con él. Zarza se preguntó hasta qué punto ella misma mostraría unos estragos semejantes. A fin de cuentas, de- bían de tener más o menos la misma edad; quizá Daniel le sacara dos o tres años, y eso le convertía en un cuaren- tón. También ella, Zarza, se acercaba peligrosamente a los cuarenta, cosa que no dejaba de sorprenderla cuando lo pensaba: cómo había podido ser tan descuidada para vivir sin darse cuenta de que vivía, para extraviar con mi- serable desidia tantos años.

—Estás bien —dijo Daniel de pronto, como si le hubiera estado leyendo el pensamiento—. Estás bastante bien. Tienes buen aspecto. No esperaba volver a verte. Pensé que te habías muerto.

—Tú... tú también estás bien —mintió Zarza.

—Bah. Estoy hecho una foca.

Daniel apuró la coca-cola e hizo chascar la lengua. Sus pantorrillas, blancas y lampiñas, asomaban blandamente bajo las cortas perneras lilas del pijama.

—Tú dirás.

—Necesito una pistola.

—¿Necesitas una pistola?

—Mi hermano ha salido de la cárcel. ¿Te acuerdas de mi hermano? Nicolás, el gemelo. Ha salido de la cárcel y me amenaza.

—¿Y por qué te amenaza?

Zarza respiró hondo:

—Porque yo le delaté a la policía.

—Uf... chica, qué asunto tan feo...

Zarza sintió el zarpazo de la sorna del hombre, el desdén zumbón y la distancia.

—No estoy orgullosa de lo que hice, Daniel, pero no he venido aquí para justificarme. Si quieres y puedes ayudarme, bien. Y si no, también. No te voy a contar mi vida. No soy uno de tus clientes del Desiré —dijo Zarza con cierta violencia.

—Ya no estoy en el Desiré —contestó Daniel plácidamente—. Me peleé con el hijo de puta de Caruso. Ahora estoy en el Hawai. Es un barucho nuevo, por aquí cerca. Un antro un poco peor. Todo es cada día un poco peor. Me estoy haciendo viejo.

—Lo siento.

—Bah. Además, tú también te has hecho mayor. Lo dices como si envejecer fuera sólo una cosa mía.

—No me refería a lo de la edad. Era por lo de haber dejado el Desiré y todo eso.

Fundamentalmente, Zarza lamentaba «todo eso». Lo siento, había dicho, y se refería al cuerpo ajamonado de Daniel, a los años perdidos, a las humillaciones y las derrotas, a las pequeñas cantidades de dinero que Zarza robó de la cartera de Daniel en los últimos días del Desiré, al proceso de demolición interior, al fin de la esperanza.

—Dejemos eso —dijo él—. ¿Así que ahora quieres pegarle un tiro a tu hermano?

—¡No! Sólo quiero poder defenderme. Disuadirle. Quiero enseñarle la pistola, quiero que vea que estoy armada.

—Ya. ¿Y por qué vienes a mí? ¿Qué tengo yo que ver con todo eso?

—No tienes nada que ver. Pero no tengo a quién recurrir. Hace mucho que estoy fuera de la calle, no tengo contactos. A ti te cuentan todo. Estoy segura de que sabes dónde conseguir un arma.

Daniel se quedó mirándola, pensativo.

—Yo no sé nada. Y además, aunque lo supiera, esto de las armas es un riesgo muy grande. Uno nunca sabe qué va a hacer el otro con los hierros. Qué muerte va a traer, en qué marrón terminarás pringado.

—Pero tú me conoces...

—Sí. Te conozco.

Zarza enrojeció de nuevo.

—Llevo siete años limpia. Ya no soy aquélla. Creo que no.

Hubo un pequeño silencio que a Zarza le resultó de una violencia insoportable. Se puso en pie con brusca determinación.

—Está bien, Daniel. Me voy. Perdóname por haberte molestado. Tienes razón, tú no tienes nada que ver con todo esto.

—Espera... Espera, no te pongas nerviosa —dijo él, cachazudo y burlón—. Siéntate. Vamos, siéntate... Tampoco eras mala chica por entonces. Me caías bien. El problema era esa mierda que te metías. Me conozco bien esa porquería. Se me murió un hermano de eso.

La ciudad de la Blanca era un extraño territorio interclasista, pensó Zarza. Entre los súbditos de la Reina había de todo, pero fundamentalmente chabolistas miserables y niños ricos. La Blanca se cebaba, con ecuánime avidez, en los dos extremos de la escala. Sin embargo, y aun estando muy cerca, Daniel nunca cayó en la trampa. Zarza le envidió.

—Qué fuerte eres, Daniel... Siempre has sabido mantener el control sobre tu vida... Eso es lo que más admiro de ti.

—No es control, nena, es una pelea a muerte, todos los días. La vida es una guerra. No, la vida es como ir andando por un país enemigo. Tienes que estar siempre en guardia, y acampar a escondidas... Y cada día que pasa las cosas se te ponen peor, porque estás más dentro del país de los malos, más solo, más rodeado. Y tú vas intentando luchar aquí y allá, dentro de la selva, como el Rambo ese tan macizo de las películas. Mira mi casa, la acabo de pintar. La pinté yo mismo con un rodillo, y las puertas con pintura plástica. Pues eso es luchar duro en mitad de la selva. Porque lo que te sale es dejar que todo se vaya al diablo. Que el techo se caiga y la cocina se llene de mierda. A veces necesitas muchísimo valor sólo para subirte la cremallera de las botas. Para qué limpiar, para qué lavarse. Para qué todo ese esfuerzo horrible de vivir... ¿Para irme a pasar diez horas en el Hawai? Y mañana ya no será el Hawai, sino otro club más miserable. Y luego la calle. Y luego, con suerte, una residencia de caridad. Pero aquí estoy, ya ves. Pintando la casa. Porque uno no es un animal, a pesar de todo.

—Está muy bonita —murmuró Zarza, sintiéndose estúpida al decirlo—. De verdad, está muy bonita y muy acogedora.

Mi casa, por el contrario, es un panteón, pensó Zarza. Daniel ha escogido luchar y yo me entierro. Zarza se abismaba en su pequeña vida de la misma manera que su madre se había hundido en la fosa pelágica de su cama de enferma.

—Sé de alguien que te puede conseguir lo que quieres —dijo Daniel—. No es un pez gordo, pero es de fiar. Vete a los Arcos, al pub irlandés que hay en los Arcos, no sé cómo se llama pero no hay pérdida, y pregunta por Martillo. Di que vas de parte de Gumersindo, el de Hortaleza.

—¿Gumersindo?

—Soy yo. Ése es mi nombre verdadero. Pero es feísimo y me lo cambié. Daniel queda más fino, ¿no?

Mientras hablaba, el hombre se rascaba el tatuaje con un gesto automático e inconsciente.

—¿Y eso? —preguntó Zarza, sin poderlo evitar.

—¿El qué? —contestó Daniel con aire inocente, aunque movió el brazo y ocultó el dibujo.

—Eso. Perdona la curiosidad, pero un tatuaje es una especie de anuncio público, ¿no? ¿Quién es ese Javier?

Daniel levantó el brazo, frunció el ceño y contempló la mancha entintada.

—No es, era.

—¿Se murió?

—Se marchó. Me dejó. Y no hay más que decir. Ni siquiera me acuerdo de su cara. Es una cabronada que los tatuajes duren más que la memoria.

—Lo siento.

La papada de Daniel retembló levemente y Zarza pensó por un momento que el hombre iba a llorar. Pero, para su sorpresa, se echó a reír:

—No es verdad. O sea, no es una cabronada. Me gusta mi tatuaje, sabes... No sé cómo decirte. Es mi pequeño equipaje.

Zarza sólo guardaba en la memoria una imagen de su madre levantada, de una madre vertical y mundana, antes de que se metiera en la cama para siempre como quien se cae por un precipicio. Tuvieron que existir muchos otros días andariegos, días de alamedas soleadas como la de la foto de la caja de música, en el transcurso de los cuales los blancos y delicados pies de su madre debieron de hollar el polvo de la Tierra; pero Zarza no recordaba absolutamente ninguno de ellos. Cuando sucedió el episodio que alimentó esa única memoria de una madre transeúnte, Zarza debía de tener cuatro o cinco años.

Ella era una niña pequeña, pues, y se encontraba escondida dentro de la despensa de la cocina. El chalet familiar de Rosas 29 tenía una enorme cocina revestida de azulejos blancos, tan imponente y desapacible como un quirófano, y una despensa que era un cubículo alto y estrecho cubierto de baldas de madera desde el suelo hasta el techo. Zarza se recordaba metida en el cuartito, en la penumbra, sin otra claridad que la que se colaba por el montante de la puerta, que era de vidrio esmerilado. Las estanterías, repletas de latas de conserva, botes de cristal con azúcar y arroz, cajas de galletas y botellas de aceite, pendían inundadas de sombras sobre la cabeza de Zarza, abarrotadas e informes, amenazadoras en el perfil agresivo de sus bultos y en lo tenebroso de sus rincones, que la fantasía infantil poblaba de bichejos inmundos. A los niños imaginativos y asustadizos no les gustan los recovecos oscuros, de modo que resultaba un poco sorprendente que la pequeña Zarza se hubiera encerrado en aquel cuartucho. Sin embargo allí estaba, aguantando la respiración para no hacer ruido, con el corazón batiéndole en el pecho, entre el olor a podrido de los quesos y el aroma a hierba recién cortada de las pastillas de jabón.

Entonces alguien abrió la puerta de la despensa, o tal vez se abrió sola, porque ahora Zarza se recordaba quieta en el umbral y veía a su madre de pie, al otro lado de la pesada mesa de madera blanca que había en mitad de la cocina. Mamá estaba mirando a Zarza intensamente y Zarza, que era pequeña y contemplaba la escena desde abajo, sólo alcanzaba a ver la cara de mamá, con su hermoso pelo rojo cayéndole en dos cascadas de rizos sobre los hombros; luego la mesa le tapaba el resto del cuerpo, desde el codo a los muslos; y después, por debajo del tablero, aparecían las largas y finas piernas enfundadas en una ajustada falda gris, medias de cristal, tacones altos. Mamá miraba intensamente a Zarza desde ahí arriba y Zarza le devolvía la mirada. Hacía mucho calor, hacía bochorno, debía de ser verano, por la ventana de la cocina entraba una luz pardusca y agobiante, debía de estar atardeciendo, sobre la mesa de la cocina había un conejo muerto y ya despellejado, seguramente la tata lo iba a cocinar para la cena. Zarza sólo alcanzaba a ver un fragmento de carne gomosa y triangular que parecía un muñón y que debía de ser la cabeza del animal. Mamá miraba intensamente a Zarza desde el otro lado de la mesa y del conejo, y Zarza le devolvía la mirada.

Entonces mamá se inclinó hacia adelante, sus rizos se movieron y rozaron sus blancas mejillas de irlandesa. Mamá estaba haciendo algo que Zarza no veía, manipulaba allá arriba, movía los brazos, había un tintineo de metal, tal vez estuviera preparando ella misma el conejo. La tata apareció en ese momento en la puerta de la cocina y soltó un alarido. El alarido coincidió con un trueno espantoso, la ventana se abrió con un seco estampido y golpeó contra el marco, entró una bocanada de viento abrasador y la cegadora lividez eléctrica de un rayo. Zarza no sabía si la tata había gritado por miedo a la tormenta, o por el susto de la ventana que se abrió, o porque la criada sí que podía contemplar, desde su altura, los terribles e indecibles misterios de los adultos. Lo que sucedía por encima del tablero, lo que su madre estaba haciendo. Por debajo de la mesa, a la exacta medida de su niñez, Zarza vio caer al suelo un cuchillo manchado y unos goterones oscuros y lentos, ojalá fuera la sangre del conejo, mientras papá, porque ahora recordaba Zarza que papá también estaba encerrado, escondido con ella en la despensa; mientras papá, pues, apretaba protectoramente sus hombros infantiles, y olía a tierra mojada y al jabón de hierbas que usaba papá, y el cielo reventaba por encima de sus cabezas, y la ventana golpeaba, y parecía que era el final del mundo. Pero no.

Los Arcos eran dos grandes patios que, comunicados por arcadas de ladrillo, ocupaban el interior de un enorme edificio de oficinas. Los patios habían sido ideados, en un principio, como un centro comercial elegante y moderno. Pero la Blanca había ido conquistando la zona palmo a palmo, y las dueñas de las inocentes boutiques originales acabaron por irse, y dos de los primitivos propietarios de los restaurantes amanecieron un día con las rodillas rotas, y al final, después de un par de años, en los Arcos sólo quedaban abiertos los garitos de copas, muchos pubs, muchos bares, y los dueños eran todos habitantes de la ciudad nocturna de la Reina. Bárbaros llegados desde la estepa gélida para acabar con la vida civilizada, tártaros violentos de corazón torcido.

Pero ahora eran las 14:30 de un día de enero y la mayoría de los locales de los Arcos estaban cerrados. Por suerte para Zarza, el San Patricio era uno de los pocos antros abiertos. Como pretendía ser un pub irlandés, servía comidas rápidas en la barra. Dos o tres oficinistas despistados masticaban emparedados en silencio. Zarza se acercó al tipo que trajinaba detrás del mostrador. Joven, con la nariz larga y un ojo bizco.

—Buenas tardes. Estoy buscando a Martillo.

El tipo clavó en ella su ojo desviado.

—Ya. ¿Por qué?

—Vengo de parte de Gumersindo —aventuró Zarza.

El hombre callaba y la miraba.

—De parte de Gumersindo, el de Hortaleza —amplió ella, cada vez más nerviosa.

El tipo la seguía contemplando en silencio, o tal vez en realidad ni siquiera la estuviera mirando y anduviera concentrado en la cerveza que estaba sirviendo, con los bizcos nunca se sabía. Zarza empezó a sentirse descorazonada.

—Estoy interesada en comprarle algo —confesó, agotada.

El hombre se alejó con la jarra de cerveza y la dejó sobre el mostrador, delante de uno de los oficinistas. Luego regresó y se secó las manos en un trapo.

—Dentro de diez minutos, en el pasadizo de los baños —dijo.

—¿Dónde es eso?

—Ahí —señaló el bizco—, por aquel corredor de enfrente. Donde están los retretes. Dentro de diez minutos. Si no viene, no viene. Yo doy el aviso y Martillo decide.

Zarza asintió con la cabeza.

—Está bien. Muchas gracias.

El corredor era un pasillo oscuro y estrecho que unía ambos patios. En la mitad del recorrido se encontraban los dos cuartos de baño, para hombres y mujeres, del primitivo centro comercial. La comunidad de vecinos había intentado sellarlos varias veces, pero los habituales de la noche los habían vuelto a abrir a patadas, de modo que las puertas estaban reventadas. En el pasadizo no se veía un alma y una corriente de aire glacial te acuchillaba la espalda. Zarza se arrimó al muro cubierto de pintadas y esperó, cada vez más inquieta y más asustada. Antes de venir aquí había pasado por el banco y sacado todo lo que tenía en su cuenta: 356.000 pesetas. Las llevaba arrugadas en el fondo del bolso, un botín facilísimo para cualquier matón que quisiera asaltarla en ese corredor solitario y siniestro.

Pero lo que verdaderamente le espantaba era la posible llegada de su hermano. Cuando encontró la nota en el parabrisas, Zarza abandonó el auto donde estaba; lo sentía contaminado, impregnado de la presencia de Nicolás, territorio enemigo. Además temía facilitarle las cosas a su perseguidor si continuaba utilizando el coche. A fin de cuentas, Nico no parecía haber tenido ningún problema para localizarla. A partir de ese instante, Zarza se había movido en taxi y, para intentar confundir su rastro, en cada trayecto cambiaba de vehículo y de dirección unas cuantas veces. El dinero se le escapaba rápidamente con tantas subidas y bajadas de bandera, pero esperaba haber podido despistar a Nicolás con semejantes artes. Aunque desde luego no estaba muy segura, porque llevaba a su perseguidor muy dentro de ella y lo sentía tan pegado a sus talones como su sombra. Zarza se arrebujó en su chaquetón y se apretó un poco más contra el áspero muro.

Se habían cubierto con creces los diez minutos de plazo y ya estaba pensando en que Martillo no vendría, cuando oyó un repiqueteo de pasos en el pasillo; el eco golpeaba las paredes heladas con una reverberación casi submarina. Zarza se irguió, poniéndose alerta, y enseguida vio llegar por el corredor a una chica joven y menuda. Una adolescente, casi una niña. Zarza volvió a recostarse en el muro, decepcionada. La muchachita pasó de largo, echándole una ojeada curiosa; pero apenas si se había alejado un par de metros cuando dio media vuelta con rapidez gatuna y regresó hacia Zarza.

—Hola —dijo, mirándola desde abajo, porque era una pizca de persona—. Yo soy Martillo.

—¿Tú? —se asombró Zarza—. ¿Pero qué edad tienes?

—¿Y a ti qué te importa? —contestó la pequeña con gesto descarado.

Aparentaba trece o catorce años, pero tal vez tuviera más y su menudencia fuera un resultado del raquitismo. Zarza había visto a muchos chicos y chicas parecidos, hijos de las barriadas marginales, con los ojos chinos, como ella, y los párpados espesos y canallas, y la boca gruesa y como hinchada. Tenía un diente partido por la mitad, el pelo negro y largo rapado en las sienes y una anilla de acero perforándole el labio inferior.

—No sé... —dijo Zarza, dudosa—. A lo mejor me estoy equivocando...

La chica escupió al suelo, despectiva:

—Sí... Te estás equivocando, pero *ahora*... Me parece que te has quedado sin negocio, guapa.

Dicho lo cual dio media vuelta y echó a andar.

—¡Espera! Espera, Martillo, por favor... —corrió Zarza tras ella.

La chica se detuvo.

—Yo no te he buscado. Tú me buscas a mí —gruñó, muy ofendida.

—Lo sé, lo sé...

—Y si yo no te gusto, tú a mí todavía me gustas menos...

—No es eso, no es eso, perdona, Martillo, no tengo absolutamente nada contra ti, es que me había hecho otra idea, soy una estúpida, la culpa es mía. No te vayas, por favor, te necesito...

Martillo la miró con el ceño fruncido y se lamió pensativamente la arandela de acero de su labio.

—Dices que te manda Gumersindo...

—Sí... Me dijo que te dijera que era Gumersindo, el de Hortaleza.

—¿De qué lo conoces?

—Trabajamos juntos hace años en la barra de un bar. En el Desiré. Pero él ya no trabaja ahí, sino en el Hawai.

—¿Y qué nombre usa? —insistió la otra, aún desconfiada.

—Que yo sepa, todo el mundo le llama Daniel.

La adolescente cabeceó complacida, confirmando los datos.

—Sí. Es un tío legal.

—Gumersindo me ha dicho que tú puedes venderme lo que necesito... —dijo Zarza, aprovechando la buena disposición de la chica.

Martillo se relajó un poco; abrió las piernas y se apoyó sólidamente sobre ellas, como quien va a comenzar una conversación más larga.

—Depende de lo que quieras...

—Depende de lo que vendas...

Martillo la escudriñó un instante, y luego se echó a reír. Una risita pequeña, tentativa.

—Yo vendo bastantes cosas. Y ahora te toca hablar a ti. Habla clarito y alto, para que yo lo entienda...

—Está bien. Ando buscando una pistola. Algo manejable y fácil.

—Tengo de todo. Tengo una Norinco que es una hermosura. Bastante ligera, pero de 9 milímetros. También tengo una Sominova, pero ya sabes que las Sominovas a veces dan problemas, creo que la Norinco te irá mucho mejor, ¿no te parece?

Zarza asintió vagamente, porque no quería evidenciar que no tenía ni idea de lo que la otra le estaba hablando.

—¿Y cuánto costaría la Norinco?

—Hmmmm... Sólo cincuenta sábanas.

—¿Cincuenta mil? Es muchísimo.

—Tú estás loca. Es tirado. Y cinco mil más por las balas.

Zarza dudó por un momento sobre la conveniencia de hacer el ridículo intentando regatear y luego se rindió.

—Está bien.

—En el patio de allá hay una hamburguesería. ¿Cuándo puedes conseguir el dinero?

—En veinte minutos. Tengo que ir al cajero —mintió Zarza.

—Bueno, pues espérame ahí dentro de veinte minutos —dijo la chica.

Y se marchó trotando en la misma dirección en que había venido.

Zarza caminó hasta la hamburguesería, que era un local pequeño y grasiento que apestaba a mantequilla quemada. Estaba vacío, a excepción de una mujer gruesa con la cabeza aureolada por una permanente que podría haber sido hecha en un horno crematorio. La mujer limpiaba desganadamente las mesas de plástico con un viejo estropajo que parecía un pedazo de su cabellera. Zarza se sentó en el rincón más alejado de la puerta.

—¿Qué va a ser? —masculló la mujer.

—Estoy esperando a alguien. Un café.

—La cafetera está desconectada —dijo la otra con turbia satisfacción.

—Una cerveza.

Lo dijo por decir, porque lo último que quería Zarza era atontarse bebiendo alcohol, ni siquiera la mínima cantidad que había en una caña. La mujer dejó un botellín sin vaso sobre la mesa, pringosa pese a las pasadas del estropajo, y regresó con paso cansino al mostrador. Tomó asiento en un taburete, apoyó el codo en la barra y se quedó mirando hacia la puerta con la barbilla alzada y sin pestañear, con esa melancólica impasibilidad con que los sapos contemplan el crepúsculo. Así pasaron los minutos y se fue para siempre un fragmento de vida.

Martillo llegó al rato, embutida en su chaquetón de cuero artificial y con una caja de zapatos debajo del brazo.

—¿Tienes la pasta? —dijo, nada más sentarse.

No se había saludado con la mujer y ésta no había hecho el más mínimo ademán de venir hacia ella. Sin duda la chica estaba acostumbrada a solventar sus tratos en ese local.

—Claro —dijo Zarza; y enseñó discretamente el fajo de 55.000 pesetas que había preparado antes de entrar en la hamburguesería.

Martillo, a su vez, levantó la tapa de la caja y entreabrió la toalla raída que envolvía la pistola. Zarza pegó un brinco en el asiento y se puso a mirar a todas partes. La mujer de la cabeza achicharrada seguía petrificada en su rincón, sumida en sus pensamientos o su estulticia.

—¡Tranquila! —dijo Martillo—. Aquí nunca entra nadie, y ésa está en el ajo. Es un sitio la mar de seguro.

Qué situación tan absurda, pensó Zarza: una traficante niña vendiendo pistolas en una hamburguesería. Un estremecimiento trepó por su espalda; las armas de fuego tenían algo feroz, algo helado y maligno, como si sirvieran de catalizador de los destinos, como si al entrar en contacto con ellas, al tocar sus pesadas y duras culatas, la acción comenzara a precipitarse, a desplomarse hacia su desenlace, hacia un fragor de muertes y de ruinas, hacia algo desbaratador y definitivo. Era como empezar a deshacer el cubo de Rubik: en pocos movimientos estás perdido.

—Está bien —dijo, sobreponiéndose.

Y tendió el dinero a Martillo, que le entregó la caja. La chica contó los billetes con toda tranquilidad, le dio un satisfecho lengüetazo a la anilla de acero de su labio y se guardó la suma en el bolsillo. Luego alzó los ojos y clavó en Zarza una mirada risueña y curiosa.

—¿Quieres la pistola para matar a tu hombre?

—¿A ti qué te importa?

Martillo se rió, enseñando su diente roto de ratón.

—Todas las mujeres que vienen a comprar un hierro sin tener ni puta idea de armas lo quieren para matar a su hombre. O para asustarlo.

—¿Y tú qué sabes si yo sé de armas o no?

—Tranquila, tranquiiiiila... —se burló Martillo, amigable—. Oye, tía, resulta que tengo hambre. ¿Hacen unas hamburguesas?

Zarza pensó por un instante en su estómago, y en que no sentía ganas de comer, y en que sin embargo debería tomar algo. Por qué no aquí, ahora. Mejor con Martillo y en este antro perdido que en cualquier otro lugar, expuesta a la llegada de su perseguidor.

—Por qué no...

—¡Carmen, dos dobles con beicon y queso! ¡Y unas patatas bravas! —gritó la chica. Luego se volvió hacia Zarza y señaló con la cabeza a la mujer gruesa—. Es una bestia, pero no es mala tía... ¿No te vas a tomar esa birra?

Zarza negó con la cabeza y Martillo la apuró de un trago.

—Dieciséis —dijo después.

—¿Cómo? —preguntó Zarza.

—Tengo dieciséis años. Y tú no tienes ni puta idea de esto porque no hay ninguna pistola que se llame Sominova, ya ves. Sominova era el nombre de una amiga mía rusa, de Kiev. Una tía legal. Al principio estábamos siempre juntas en el negocio.

—¿Y qué sucedió con ella?

Martillo se encogió de hombros:

—¿Tú qué crees? Se murió.

Y volvió a reírse con sus labios gruesos y despellejados, como maltratados por la fiebre. La mujer trajo las hamburguesas y una fuente de exangües patatas, obviamente calentadas en un microondas y cubiertas con una sospechosa salsa rojiza. Martillo se abalanzó sobre el plato con avidez de cachorro y durante un rato sólo se concentró en comer. Era como un gnomo o como un elfo, pensó Zarza; era una criatura irreal procedente de un mundo indefinido, entre el arrabal y el centro urbano, entre la niñez y la adultez. Entre la inocencia y la maldad.

—Pues ya te digo. Todas vosotras venís por lo mismo. ¿Te pega tu hombre? A mí me lo puedes contar. ¡Lo que yo no haya visto! No tienes por qué dejarle que te haga eso. Métele una bala en los cojones.

Zarza tragó saliva.

—No... No me ha pegado nunca. Bueno, sólo un par de bofetadas, hace ya años...

—Pero tienes miedo de que un día te mate...

Zarza asintió, furiosa consigo misma. Se sentía incapaz de mentirle a Martillo, o al menos de mentirle más de lo que ya estaba haciendo.

—Ésos son los peores. Los de sangre fría. Ésos son los que de verdad te acaban abriendo el cuello. A los otros se les va mucho la fuerza en las broncas que arman, que si una hostia por aquí, que si ahora te agarro por los pelos... Pero ésos, los fríos, uh... Hazme caso y pégale un tiro en los cojones... —dijo Martillo, en tono juicioso. Y luego preguntó—: ¿Quieres que te enseñe?

—¿A qué?

—A disparar, tía, ¿a qué va a ser? Tú estás atontada.

Zarza se estremeció.

—No, no... Hace años me estuvieron enseñando. Creo que lo recordaré.

Martillo se estiró y cogió la caja de zapatos. Se la puso en el regazo y, al amparo del tablero de la mesa, sacó el arma y la manipuló con facilidad y confianza, como una adolescente manejando un walkman.

—Éste es el seguro, mira bien. Asómate, tía, o no verás nada... Así se quita, así se pone, por aquí la cargas, aprietas aquí para disparar, es facilísimo. Sólo tienes que estar atenta a ver el fuego.

—¿Qué fuego? —susurró Zarza, echando una ojeada nerviosa a la mujer gorda. Pero la camarera había vuelto a sentarse en el taburete, sumida en su quietud batracia.

—El que sale por la pistola. Por eso se llaman armas de fuego, porque cuando disparas, ¡zas!, por aquí tiene que salir una llamarada. Y si no sale, chungo, porque entonces a lo peor te estalla la pistola al próximo tiro. Por eso hay que mirar.

—¿Y todos esos pistoleros que van disparando por ahí en los atracos se toman el tiempo para mirar?

—Bueno, forma parte del oficio, no es que mires, es que te das cuenta, ¿sabes lo que te digo?

Martillo envolvió la Norinco en la vieja toalla con cuidadoso mimo. Era una niña tapando a su muñeca.

—¿Cuánto tiempo llevas en esto? —preguntó Zarza.

—¿En qué? ¿En la calle, en las armas?

—No sé. En todo.

—Llevo dos o tres años por mi cuenta... No me va mal. No me manda nadie. No le debo nada a nadie. Y no temo a nadie, ¿sabes lo que te digo? A lo peor me matan cualquier día, pero qué importa. Prefiero cascar joven. Mi vieja vivió una vida de mierda. La debe de vivir todavía por ahí, yo ya no la veo. Yo no quiero ser así. Vivir muchos años de ese modo me da asco. O sea, o se vive, o no se vive, ¿sabes cómo te digo? Gumersindo sí, ese tío está bien. Ese tío cuidó de mí cuando yo era pequeña. Éramos vecinos. Yo iba a gatas entre el barro como un perrillo y Gumersindo me daba de comer y me lavaba. Gumersindo es un tío legal, o sea, es de fiar. Yo también soy de fiar. En mi mundo, sabes, tengo mis amigos y mis enemigos. Y yo soy siempre amiga de mis amigos y enemiga de mis enemigos. Todo el mundo sabe lo que se va a encontrar conmigo. O sea, yo sé donde estoy, y todos saben donde estoy. Eso es lo único que vale. Vivir de verdad y ser de fiar. Y luego, si te matan, pues te has jodido. De todas maneras, la palmamos todos, o sea que... Y tú, ¿eres de fiar?

—¿Por qué te llaman Martillo? —desvió la pregunta Zarza.

—¿Y a ti qué te importa? —contestó la chica, esta vez sin acritud, casi cariñosa, mientras se tragaba las dos últimas patatas repugnantes y chupaba la pringue roja que embadurnaba sus dedos, como una apestosa sangre de utilería.

Luego apuró la tercera cerveza que había pedido, hizo tintinear juguetonamente la botella vacía contra la anilla de acero y eructó satisfecha.

—Bueno, ya está. Ahora me tengo que ir. Toma, coge esto.

Había sacado el puñado de billetes de su bolsillo y apartó uno de cinco mil.

—Cógelo. Te hago una rebaja. Te regalo las balas. Después de todo, las mujeres tenemos que ayudarnos contra esos animales, ¿no?

—Gracias —dijo Zarza.

—Invítame tú al banquete, ¿vale? —dijo la chica, guiñándole un ojo mientras se levantaba.

Si llega a saber que soy una soplona, una chivata, y que he hecho cosas aún peores que eso; si llega a saber cómo soy de verdad, esta pequeña fiera me escupiría a la cara, pensó Zarza. Pero, como no lo sabía, Martillo abandonó el local ufana y satisfecha. Zarza la vio cruzar el patio de los Arcos con el porte orgulloso de un general invicto, camino de su temprana muerte. Las criaturas fantásticas siempre tienen una existencia efímera.

Mientras permaneció en los brazos de la Blanca, Zarza creyó que nunca podría salir de allí. La Reina era una soberana muy celosa; exigía la más completa entrega de sus súbditos, una rendición total del alma y de la carne, el sacrificio de la inteligencia. Mientras habitabas en la ciudad nocturna, no había ni un solo momento de tu vida que no perteneciera a esa implacable dueña. La Blanca era como el corazón de un agujero negro: una masa invisible e incalculable que lo tragaba todo, un abismo de atracción irresistible. Cuando la Reina te atrapaba dentro de su campo gravitatorio, el universo entero se desvanecía entre sus pliegues.

De modo que al final ya había desaparecido casi todo; la ciudad no tenía más calles que las que les llevaban a la Blanca, y no había películas que ver, libros que leer, aceras que pasear, músicas que escuchar, conversaciones que mantener. Para entonces no comían más que lo inevitable y no hablaban más que lo imprescindible para poder organizar la llegada de la Reina. Tampoco tenían amigos: habían dejado de ver a los conocidos de la vida anterior, y sus nuevos colegas, los compañeros de la Blanca, mostraban una obcecada tendencia a morirse.

Además, Nico y Zarza cambiaban de alojamiento con frecuencia, cada vez a un lugar un poco peor, siempre escapando de deudas y enemigos, de colegas a los que habían robado unas papelinas y que con suerte reventarían antes de poder reclamárselas. En esos sórdidos apartamentos reinaba el silencio; tan sólo se escuchaba, de cuando en cuando, el tarareo ensimismado de Miguel, que canturreaba por su cuenta. Porque Miguel vivía con ellos; durante mucho tiempo, la última brizna de voluntad de Zarza se parapetó en su hermano pequeño. Que por lo menos hubiera algo de comer para él en la nevera, que por lo menos él tuviera unas horas fijas para dormir, unos juguetes con los que jugar, una cierta apariencia de normalidad. Hasta que llegó el día en que también Miguel fue devorado por el torbellino y Zarza dejó de preocuparse por él: simplemente se le escurrió su hermano de la cabeza. Seguían viviendo los tres juntos en la misma casa, Nico y Zarza y el tonto, pero era un hogar sin duda muy distinto al castillo en el parque que imaginó Nicolás en la niñez.

Muchos años atrás, antes de que llegara todo esto, había habido otra gran desaparición, la primera de todas, la de la madre, suicidada o asesinada o tal vez confundida a la hora de tomarse esas pastillas con las que solía atiborrarse. La encontraron ya fría, olvidada y rígida en su cama, con una espuma sanguinolenta y seca sellándole la boca. Nadie besaría ya esos labios pringosos, nadie sacaría a la princesa durmiente de su infinito sueño.

En aquellos momentos, los gemelos tenían quince años y aún faltaba mucho para que conocieran a la Blanca. Pero la vida se iba cerrando en torno a ellos como una trampa, chasquido tras chasquido y pieza a pieza, como los cuadrados de colores del cubo de Rubik. Gracias a la herencia de la madre, manejaban un dinero de bolsillo que sus compañeros de colegio juzgaban pasmoso. Su desdichada condición de huérfanos les parecía razón suficiente para permitírselo todo. ¿De dónde sacan los humanos la fuerza suficiente para resistir el dolor sin sentido, el mal irrazonable? Sea como fuere, Zarza y Nico no se resistían. Tan sólo se aturdían. Empezaron a beber de manera excesiva y desordenada, botellas de vino que birlaban de la despensa o combinados caseros de ron y de ginebra, alcoholes fuertes que eran adquiridos en el supermercado por un compañero de mayor edad previo pago de una modesta comisión. Se acostaban muy tarde y se levantaban a mediodía; de madrugada, la casa resonaba con sus tropezones. Siempre habían sacado buenas notas, pero de repente dejaron de estudiar. Tuvieron que repetir curso y el director del colegio concertó una entrevista con el padre. Pero llegó la hora de la cita y el señor Zarzamala no acudió. No se puede decir que el padre prestara a sus hijos por entonces una atención desmesurada. A veces se lo cruzaban por las noches, muy tarde, cuando los gemelos regresaban a casa; y papá se limitaba a observarlos desde lejos con una mirada lenta y calculadora, mientras se retorcía los pelos del bigote.

Pero hubo un par de ocasiones en las que el señor Zarzamala se acercó a sus hijos, y su proximidad fue siempre peligrosa. Como aquel anochecer de primavera, pocos meses después de la muerte de la madre. El tiempo estaba lluvioso y tibio y papá hizo pasar a los gemelos a su despacho. El sillón de orejas, la pesada mesa, la puerta corredera que daba sobre el jardín. Y un puñado de recuerdos fantasmales flotando en el aire quieto de la habitación como el humo rancio de un cigarro.

—Parece que te estás haciendo un hombre, Nicolás... —dijo papá, muy suave y sonriente—. Estos últimos meses has dado un estirón y ya casi me alcanzas... en altura.

Soltó una pequeña carcajada, como si hubiera dicho algo muy chistoso. Zarza hizo ademán de irse; desde el suicidio, o el asesinato, no soportaba la presencia de su padre.

—¡Tú quédate quieta en esa silla sin moverte! —ladró él, señalándola imperativamente con el dedo.

Zarza volvió a sentarse.

El padre dio unos cuantos pasos por el despacho, serenando el gesto hasta dibujar de nuevo una sonrisa.

—Bien... Decíamos, Nicolás, que estás creciendo mucho... y que te crees un hombre. Nada me complacería más que comprobarlo, querido Nicolás, te lo aseguro... ¿Qué te parece si nos tomamos una copita para celebrar tu hombría? ¿Una copa mano a mano tú y yo? ¿Como colegas?

Nico le miró con suspicacia.

—¿Qué es lo que quieres de mí?

El padre levantó sus manos con las palmas abiertas hacia arriba, como rubricando su inocencia.

—Nada, hijo. Quiero compartir un buen rato contigo. Hace mucho que no nos hablamos... ¿Tomamos esa copa para animarnos?

Nico se encogió de hombros.

—Bueno.

—Yo me voy —dijo Zarza.

—Tú te quedas —repitió el padre, con menos brusquedad que antes pero igual de inflexible—. Tú te quedas y participas en la conversación. Aunque no en la bebida, porque a las chicas tan jóvenes no os sienta nada bien el alcohol... Tu hermano es otra cosa, claro, porque tu hermano es todo un hombre... Si quieres, creo que por aquí tengo un poco de zumo para ti...

Hablaba mientras rebuscaba en una pequeña nevera que tenía empotrada en la biblioteca. Sacó tres vasos, los llenó de hielos y sirvió dos whiskies generosos y un jugo de piña. Colocó las bebidas delante de cada cual y volvió a sentarse.

—Muy bien, queridos hijos... Brindemos por nosotros. ¡Por la familia!... Adentro con ello, Nicolás... No arrugues el morrito, como una damisela...

—Yo no arrugo nada —se indignó el chico.

Y se bebió el vaso de whisky aparatosamente, en cuatro tragos, con fanfarronería de muchacho.

—¡Bravo!, así me gusta —exclamó papá, apurando también su copa.

Luego volvió a llenar los vasos hasta cubrir los hielos aún intactos.

—Me parece que va a ser una velada muy divertida... —declaró, sonriente, al recostarse de nuevo en el respaldo.

Ésas fueron las últimas palabras que se dijeron. Después de eso tan sólo bebieron y sirvieron, bebieron y sirvieron. Siempre la misma cantidad en los dos vasos, siempre la misma furia. La noche caía rápidamente y el perfil de Nico y de su padre se recortaba en la penumbra

sobre el azulón intenso de la ventana. Eran tan parecidos: los mismos ojos árabes, la misma estructura ósea
grande y fuerte, aunque en los últimos tiempos papá se
hubiera estropeado bastante, y sus hombros empezaran
a cargarse, y su barriga a hincharse, y la calvicie estuviera
conquistando su cabeza. Eran tan parecidos, pero Nico
tenía quince años y papá más de cuarenta. A la mitad de
la segunda botella, Nicolás se desmayó. Sin sentido y
exangüe sobre el suelo, comenzó a vomitar con los ojos
en blanco. El padre se puso en pie y encendió la lámpara
de la mesa con mano temblorosa. Un halo de despiadada
luz cayó sobre el cuerpo desplomado, como un foco.

—Míralo, qué espectáculo... —dijo, despectivo y un
poco farfullante—. Ahí tienes a tu hombrecito.

Y se marchó del despacho, erguido y lento, apoyán-
dose con disimulo en las paredes.

Ya sé dónde está Nicolás, pensó de pronto Zarza. Sé dónde está. Pero qué estúpida era, cómo no se le había ocurrido antes. Encerrada en uno de los ruinosos retretes de los Arcos, Zarza se daba palmadas en la frente, maldiciendo su falta de agudeza. Había entrado en los baños para poner a punto su pistola; la sacó de la caja y de la felpa roída, y anduvo dándole varias vueltas en las manos, repasando mentalmente su funcionamiento. Las viejas lecciones de Nico rebotaban en el interior de su cabeza, inconexos fragmentos que no parecían servir de gran cosa. Cuando introdujo las balas en sus nichos metálicos, empezó a sentir verdadero miedo: la pistola le quemaba los dedos, como si ese artefacto arisco y pesado fuera capaz de matar por simple contacto. Entonces puso el seguro al chisme y probó a disparar contra el muro más lejano. Nada. No sucedía nada. Resultaba imposible accionar el gatillo. Zarza suspiró, bastante más tranquila. En realidad, esperaba que la pistola cumpliera tan sólo un papel disuasorio, porque no pensaba disparar a Nico. Pero de todas formas le vendría muy bien andar armada, ahora que creía saber dónde estaba su hermano.

En Rosas 29, por supuesto. En la casa de siempre, de la infancia; en el chalet familiar, que permanecía vacío y abandonado. Al principio, nada más desaparecer el padre, el juez embargó la casa cautelarmente; luego vinieron los diversos juicios y el pago de las deudas y las multas. Nico y Zarza, siempre necesitados de dinero, vendieron su parte de la herencia a Martina. El inmueble era ahora de la hermana mayor, aunque ésta no podía ponerlo en el mercado hasta que no declararan muerto al padre. El chalet llevaba más de diez años cerrado, pero Zarza tenía todavía un juego de llaves. Qué extraño que hubiera mantenido consigo ese llavero inútil, mientras todo lo demás desaparecía de su vida como desbaratado por un huracán.

Seguro que su hermano estaba en Rosas 29. Era un lugar discreto y carente de gastos. Lo primero le vendría muy bien para poder atosigarla sin dejar ningún rastro, cosa imposible de lograr de alojarse en una pensión o en un hotel; en cuanto a lo segundo, era una ventaja considerable para quien no dispone de dinero. Sí, Zarza conocía bien a Nico, su hermano *tenía* que estar en Rosas 29. Zarza podía ir allí, al chalet familiar, y tomar por sorpresa a Nicolás. Podía hablar con él, y tal vez convencerle. Siéntate, le diría, apuntándole cuidadosamente con la pistola. Siéntate y hablemos. Tal vez consiguieran llegar a un acuerdo. Le pediría perdón, le ofrecería dinero. Pero Zarza sólo tenía 300.000 pesetas. Estaba segura de que a Nico le parecería una suma ridícula; estaba segura de que valoraba su traición en mucho más. A ella misma también le parecía muy poca cosa: ofrecer 300.000 pesetas por siete años de cárcel resultaba miserable, casi ofensivo, aunque representara todo el capital de Zarza. Y aún le quedaban por saldar deudas peores. Sacudió la cabeza y desconectó su memoria: había recuerdos abismales a los que no quería, no se podía asomar.

El primer problema que Zarza tenía que solventar si pretendía entrar en Rosas era que las llaves del chalet estaban en un cajón de su apartamento. Al salir huyendo esa mañana; Zarza no pensó en coger el viejo llavero. Eso significaba que tendría que regresar por fuerza a su casa, lo cual no le hacía ninguna gracia; de hecho, le parecía incluso peligroso, porque Nicolás podía estar esperándola. Zarza sonrió fríamente para sí, consciente de lo contradictorio de su miedo: quería ir en busca de su hermano y, sin embargo, le asustaba que su hermano fuera en busca de ella. Claro que no era lo mismo ir a Rosas 29 y tomar por sorpresa a Nico que caer inocentemente en una trampa. No era lo mismo ser el depredador o la gacela. Zarza acarició la sólida culata de la pistola, tan pesada como una piedra dentro del bolso, y envidió a Martillo, que aseguraba no temer a nadie. Tal vez fuera verdad, o tal vez no. Tal vez sí tuviera miedo, pero se lo aguantara. Zarza resopló, reuniendo coraje. Iría a buscar las llaves y tendría cuidado.

Hizo parar el taxi dos manzanas antes de su portal y se acercó despacio, merodeando por los kioscos de prensa y deteniéndose a disimular en los escaparates. Se metió en el bar de la esquina y observó la entrada de su edificio durante diez minutos. Eran las 17:00 de la tarde y el portero no había llegado todavía. No pudo apreciar nada anormal: era el mismo barrio familiar de siempre, con casas antiguas y nuevos bloques de apartamentos entremezclados, como dientes postizos en la mandíbula de un viejo. Los peatones pasaban por delante de la ventana del bar, emergiendo de un lateral del astillado marco y desapareciendo por el otro lado, como figurantes de un teatrillo. Todos ellos parecían venir de algún lugar o dirigirse con clara y determinada voluntad hacia algún sitio. Resultaba extraordinario que todos los habitantes del planeta ofrecieran esa misma sensación de tener un destino, cuando Zarza sabía que toda acción y todo movimiento eran inútiles. Incluso este deseo suyo de escapar de Nico no era más que un espasmo ciego de sus células, un absurdo mandato genético de supervivencia. En realidad, ¿qué más daba morir hoy, ahora mismo, o esperar a la muerte cierta que nos aguarda a todos? Tuvo Zarza un desfallecimiento momentáneo, un atisbo de la nada, un sudor, un vahído; pero enseguida volvió a concentrarse en la pelea, como el animal herido que desconecta la percepción del dolor para ahorrar energías. Respirar y seguir.

Al fin decidió entrar. Cruzó la calle velozmente, sujetando la pistola con la mano dentro del bolso; abrió el portal, lo cerró con un enérgico tirón a sus espaldas, salvó de tres zancadas el vestíbulo e irrumpió de un empellón en el ascensor, que, por fortuna para ella, estaba esperándola, plácido y vacío, en la planta baja. Subió los cinco pisos conteniendo el aliento; en su descansillo no se escuchaba un ruido. Sacó el arma y prendió la luz de la escalera. La pistola temblaba en su mano derecha como un pájaro queriendo liberarse. Si ahora saliera alguno de mis vecinos, pensó Zarza, se moriría del susto. Abrió la puerta y olfateó el ambiente: más quietud, más silencio.

No va a estar, no está, se dijo, intentando animarse; pensará que no soy tan imbécil como para volver a mi propia casa.

Era un apartamento tan pequeño que enseguida pudo verificar que estaba limpio. Miró detrás del sofá, en el armario de la entrada, debajo de la cama, dentro de la bañera. No había nadie. Más tranquila ya, empezó a contemplar su entorno con desapasionados ojos de testigo, como si fuera el tasador de un banco, o el comisario que ha de instruir un caso de asesinato. La cama abierta con la ropa revuelta, la luz del baño prendida y el grifo del lavabo goteando con un sórdido redoble sobre la loza. Cerró bien la canilla y la casa se hundió en un tenso silencio. El lugar había quedado impregnado por la huida, y en el aire aún vibraba esa estela de vacío que dejan tras de sí las ausencias bruscas. Fuera de ese rastro fugitivo, en el piso no había nada. Ni memorias, ni ecos, ni vivencias. El investigador que tuviera que reconstruir la personalidad de la víctima no tendría ningún indicio al que agarrarse. De repente a Zarza le sobresaltó la inhumana frialdad del apartamento. La aridez de ese espacio carente de objetos personales y completamente indiferente a un afán estético. Toda esa aspereza también era un castigo, se dijo Zarza, atónita de no haber descubierto antes algo tan evidente.

Apretó los puños y se obligó a salir de su estupor. Corrió hacia el cajón de los cubiertos de la cocina: allí, al fondo de la bandeja de plástico, entre un revoltijo de abrelatas oxidados y cucharillas de café desparejas, estaba el llavero de Rosas 29, un simple aro de acero con tres llaves. Lo cogió y lo arrojó dentro del bolso. En ese justo instante comenzó a sonar el teléfono, un timbrazo que Zarza sintió como una descarga eléctrica. Quedó petrificada, algo encogida sobre sí misma, aguantando los trallazos de las llamadas. Dos, tres, cuatro, cinco... A la sexta, el contestador entró en funcionamiento. El rutinario mensaje de salida sonó extraño, demasiado normal para una situación tan anormal, como si se tratara de uno de esos sueños aparentemente cotidianos que de pronto se deslizan hacia el horror. La máquina pitó, dando paso a un silencio profundo y cavernoso, un silencio que recorría toda la línea y llegaba hasta la mano, hasta la boca, hasta el aliento de quienquiera que fuese el que estuviera llamando. Zarza esperó, el apartamento esperó, el edificio entero esperó encorvado y ansioso en torno a ese silencio. Y al cabo se escuchó la voz firme y áspera:

—Sé que estás ahí.

Zarza se tapó la mano con la boca para no perder el corazón.

—Sé que estás ahí. Casi da pena verte, golpeándote ciegamente una y otra vez contra los barrotes de tu jaula. Pero no podrás escapar de mí. Soy el gato que juega con el pájaro de las alas cortadas. Soy el monstruo en que me has convertido. Me mereces.

La comunicación se cortó y la máquina rebobinó con tonta diligencia. Zarza dejó escapar el aire que había estado reteniendo sin darse cuenta. Tenía que irse de aquí. Tenía que marcharse. Brincó hacia la salida, reviviendo la anterior huida de aquella mañana, la misma sensación de irrealidad y delirio. En dos zancadas alcanzó la puerta, pero una vez allí se paró en seco: había alguien en el descansillo, al otro lado. Se escuchaba un arrastrar de pies, un roce de ropas, un tintineo metálico. No se atrevió a salvar el último metro hasta la hoja para atisbar por la mirilla; se encontraba paralizada por el miedo. Hubo un pequeño silencio, un instante en el que todo pareció detenerse: los latidos de Zarza, el tic tac del reloj, la rotación de la Tierra. Después, el sonido de una llave o quizá una ganzúa en la cerradura. De manera que Nicolás había estado todo el tiempo aquí, se dijo Zarza con aturdimiento; sin duda había telefoneado desde el descansillo. Apretó la culata de la Norinco con ambas manos y estiró instintivamente los brazos, como para protegerse detrás de la pistola, mientras las décimas de segundo transcurrían con aterradora lentitud. El mecanismo de la cerradura giró, el resbalón se retrajo y la hoja comenzó a abrirse poco a poco, milímetro a milímetro, con una parsimonia impensable, imposible, como si Zarza estuviera dentro de uno de sus primeros viajes de ácido, antes de la Blanca, antes del fin del mundo. Un milímetro más, y la luz del descansillo se colaba por el quicio entreabierto, obstaculizada por el cuerpo de alguien. Un milímetro más y ese alguien asomó la cara.

—¡Virgen de la Regla! —chilló una voz agónica.

Era Trinidad, la asistenta, a punto de desmayarse en el dintel ante la inesperada visión de Zarza y su pistola, de ese agujero negro y amenazante que apuntaba hacia ella apenas a dos palmos de su cara.

—¡Trinidad! Perdóneme, perdone...

Zarza dejó el arma en el suelo y se apresuró a sujetar a la mujer, que se escurría pared abajo sobre sus piernas temblorosas.

—Lo siento, perdone, no sabía que era usted, creí que era... un ladrón... Cuánto lo siento...

La llevó a la mesa, la sentó, le dio un vaso de agua. Trinidad, una dominicana de color caramelo, se llevaba la mano a su rotundo y jadeante pecho.

—Señorita, está usted loca... Está usted loca, señorita... Mire que andar con eso...

Y señalaba al pistolón, que reposaba en el suelo como un gato dormido.

—Es que... He recibido unas llamadas anónimas amenazantes y... Tuve miedo y pensé que... —improvisó Zarza.

—No lo haga, señorita. No tenga esas cosas por aquí —dijo la asistenta—. Se lo digo yo, y sé lo que me digo. Las carga el diablo; y si el diablo anda ocupado, siempre hay algún hombre malo para cargarlas.

Trinidad era de la misma edad que Zarza, aunque aparentaba diez o quince años más. Estaba muy gruesa y anadeaba al caminar, como si anduviera sobre la inestable cubierta de algún barco. Tenía un montón de hijos y un montón de ex maridos, todos en Santo Domingo, a los que ella mantenía con su trabajo. Limpiaba casas durante dieciséis horas al día, vivía sola en un cuartucho alquilado y no se permitía otro lujo que zamparse media libra de chocolate por las noches, ya metida en la cama y reventada. Siempre trataba a Zarza como a una niña, aconsejándola y a veces incluso riñéndola con aire maternal. No sabía nada de ella ni de su pasado; la creía una chica sin problemas perteneciente al mundo de la abundancia. Y tal vez en realidad no fuera más que eso; tal vez Zarza sólo fuera una niña *pija* malcriada, una niña bien echada a perder.

—Si usted supiera todo lo que yo he visto, señorita. Tantísima desgracia y tanta ruina, todo por esas cosas.

¿Cómo se construye la perdición de cada cual? También Martillo parecía provenir de un mundo mucho más cruel, más infame que el de Zarza; y, sin embargo, se respetaba a sí misma. Pero Martillo había tenido a Daniel. Tal vez la vida insoportable pueda soportarse con tal de que haya una sola persona que te quiera, una sola persona que te mire, una sola persona que te perdone. La existencia de un justo, de una única mujer o un único hombre buenos, puede salvar la ciudad de la lluvia de llamas.

—Tener eso en casa es un peligro, se lo digo yo, que lo he vivido. Esto de las armas es cosa de bárbaros, señorita, mire lo que le digo.

Era cosa de bárbaros, sí, Trinidad tenía razón. Era una consecuencia de las hordas devastadoras y violentas que venían desde los confines de la Tierra dispuestas a destruir el orden conocido. Suevos, vándalos, alanos; muchedumbres sin ley que lo arrasaban todo, fuerzas de la negrura y del dolor. Como esos tártaros que prendieron fuego a Europa y Asia, Gengis Khan y sus guerreros feroces agostando los campos con los cascos de sus cabalgaduras, arrancando a los bebés de los brazos de sus madres, violentando doncellas, dejando tras de sí un reguero de sufrimiento irrestañable. Tal vez fueron los tártaros quienes le robaron la niñez a Zarza, esa niñez feliz que resultaba imposible de recordar aunque estuviera fotografiada en la caja de música; tal vez fue Gengis Khan, el ladrón de todas las dulzuras, quien le arrebató la infancia en su germinación y su promesa, de la misma manera, que arrebató el aliento a todos esos niños a los que degolló, sin pestañear, mientras la civilización ardía lentamente entre los rescoldos de una inmensa hoguera.

El padre de Zarza desapareció cuando los gemelos tenían dieciocho años. Se marchó de casa, y seguramente del país, pocas horas antes de que llegara la policía a detenerle. Había montado un boyante negocio de facturas falsas para defraudar a Hacienda. Zarza supo luego que el padre siempre había sido un pícaro, un truhán, y que en la familia existía el convencimiento de que se había casado con su madre por el dinero. Pero la fortuna materna resultó ser más aparente que real y el padre se vio obligado a trabajar, o más bien a organizar diversas empresas de actividad brumosa y definición incierta. La última, el negocio de las facturas falsas, funcionó de maravilla durante varios años, y es de suponer que el hombre sacó una tajada multimillonaria, aunque en sus cuentas bancarias no quedó gran cosa. Debió de colocar sus ganancias en algún paraíso financiero ilocalizable. Ni Zarza ni sus hermanos volvieron a saber del padre nunca más.

No se puede decir que Zarza le llorara; pero es cierto que a partir de entonces, con los embargos judiciales y el caos económico, las cosas empezaron a deteriorarse rápidamente. La herencia de la madre se acabó antes de que Zarza y Nico terminaran la carrera de Historia; Martina les mantuvo económicamente durante el último curso y gracias a eso lograron licenciarse. Los gemelos pensaban devolverle el dinero a su hermana cuando trabajasen, ése fue el acuerdo asumido entre los tres; pero poco después de salir de la universidad llegó la Blanca y en un par de años se lo comió todo: el escaso saldo que quedaba en las cuentas, los cubiertos de plata, las joyas de la madre. Incluso desapareció la cajita de música, extraviada en quién sabe qué trueque o qué descuido. Entonces Zarza entró en la Torre y allí perdió varias cosas más, ninguna tangible. Hasta que se le cayó el primer diente, porque la Reina arranca los dientes de sus súbditos para hacerse con ellos mortíferos collares de hechicera; y Caruso, al verla famélica y mellada, la echó sin contemplaciones de su negocio.

Fue durante aquella época cuando encontró a Urbano. Mientras estaba en brazos de la Blanca, Zarza creía que nunca podría salir de allí. Pero Urbano irrumpió en medio de su desesperanza y consiguió el aparente milagro de rescatarla. Fue como el paladín que salva a la doncella del dragón en el instante crítico. Ni el Caballero de la Rosa hubiera podido comportarse de modo más galante.

Sucedió una noche de verano en la puerta de una discoteca. El gorila que se encargaba de las admisiones paró a Zarza en el umbral dándole un manotazo tan brusco en el pecho que casi parecía un puñetazo.

—Eh, tú, tía, ya te he dicho que te largues, que aquí no puedes entrar.

Pero Zarza quería entrar, necesitaba entrar, no podía hacer otra cosa. De manera que lo intentó de nuevo.

—Déjame, hombre, pero qué te molesta...

El matón le dio un par de bofetones no muy fuertes, más bien un alarde de humillación que de violencia, y la empujó escalones abajo. Zarza trastabilló y cayó sentada sobre la acera, las piernas torcidas, torpe y débil, con un manchón de sangre en la nariz. Pero no le importaba. A decir verdad, casi no sentía nada, ni el golpe, ni la vergüenza; la Reina impregna a sus seguidores de tal modo que, sumergidos como están en el gran dolor, apenas si son capaces de apreciar los dolores pequeños. Quien sí pudo advertir el incidente con detalle fue Urbano, que pasaba por allí camino de su casa, situada dos manzanas más abajo. Se había detenido al ver el alboroto. Ya había levantado las cejas con disgusto al primer manotón; cuando el gorila arrojó a Zarza al suelo, su ceño se frunció definitivamente.

—Eh. No vuelvas a hacer eso —dijo con voz grave y tranquila, apoyando suavemente su dedo índice en el pecho del matón.

Urbano medía un metro noventa y era un hombretón sólido y más bien grueso de espaldas anchas y manos como palas. El portero, aunque más bajo, le doblaba en corpulencia; era una bestia fenomenal, un forzudo de feria, y sus hinchados músculos parecían a punto de reventarle el traje; pero también era un matón lo suficientemente profesional como para saber que esos tipos grandes y calmosos podían llegar a ser un verdadero fastidio. Y, total, para qué.

—Oye, tío, total para qué, no tengo ninguna gana de pegarme contigo, no vamos a hacernos aquí los gallitos por una tipa así, yo estoy haciendo mi trabajo y esa clase de gente no puede entrar —dijo el gorila, conciliador.

—No vuelvas a tocarla —repitió Urbano, ni siquiera en tono amenazador sino más bien como quien describe un hecho incuestionable.

—¡No la tocaré! —se burló suavemente el portero—. Si tanto te preocupa esa *tirada*, ¿por qué no te la llevas de ahí? Vamos, digo yo.

Urbano se agachó y ayudó a Zarza a levantarse.

—¿Estás bien?

—Muy bien. Sí, sí. Muybienmuybien —dijo rápidamente Zarza, secándose la sangre con el dorso de la mano y procurando adecentar su ropa.

Después de todo, a lo mejor hasta había conseguido un cliente, y sin necesidad de entrar en la discoteca. Sonrió intentando parecer hermosa, todo lo hermosa que sabía que un día fue, pero luego recordó que le faltaba un diente y apretó los labios.

—¿Quieres que te lleve a tu casa? —dijo el hombre.

—¿Y por qué no vamos mejor a la tuya? —dijo Zarza con toda la picardía de la que fue capaz.

Pero Urbano sólo veía a una pobre chica escuálida con la ropa manchada de sangre, los ojos desorbitados y la expresión de ansiedad de un perro en una jaula. Urbano la miró y recapacitó en silencio durante un rato largo, porque era un hombre de pensamiento profundo y lento: poseía una de esas inteligencias arquitectónicas que necesitan levantar primero los cimientos, y luego las paredes, y que sólo al final colocan la techumbre a las ideas. De manera que la miró y caviló durante un buen minuto, y luego, cuando Zarza ya empezaba a desesperar, le dijo:

—Bueno. Está bien. Vente conmigo a casa.

—Tío, eres un pardillo. ¿Pero no ves que es una *tirada*, no ves que está hasta el culo? —se admiró el gorila—. Pero qué pardillo...

Urbano tenía treinta y cinco años y el pelo castaño cortado a cepillo. Su cabeza era redonda, ancha por todas partes, con un pesado rostro de abundantes mofletes recubierto por una piel ruda y porosa. En medio de toda esa densidad carnal, la boca pequeña y bien dibujada resultaba ridícula, una boca de damisela o de cerdito. Tan sólo sus ojos, caídos por las comisuras como los de los perros, del color de las uvas verdes y profundamente melancólicos, humanizaban la brutalidad de su aspecto. Si su rostro hubiera pertenecido a un cuerpo de hombre pequeño, hubiera resultado bastante feo. Encaramado encima de esa percha rotunda y poderosa, podía pasar por un tipo duro. Pero no lo era. En realidad era un tímido. Pese a su corpachón y a su cuello de toro, se consideraba manso, o incluso débil; se veía a sí mismo como la frágil figura que se esconde, antes de ser esculpida, en un bloque de mármol. De hecho, aquella noche había sido la primera vez en su vida que se había sentido dispuesto a enfrentarse a puñetazos con alguien, y esta reacción le había dejado tan sorprendido que ésa fue la razón por la que se llevó a la chica a su casa: quería seguir observándola para poder entender por qué con ella había manifestado tanta audacia.

Urbano trabajaba como carpintero y era un buen profesional: poseía un negocio propio, manejaba dinero; tenía estudios medios y le gustaba leer, sobre todo las novelas que aparecían en las listas de superventas; no era un intelectual, pero tampoco inculto. Sobre todo era raro, tan retraído y lento. Se tenía a sí mismo por uno de los seres más aburridos de la Tierra y le era muy difícil entablar relaciones con la gente. En general soportaba bien su soledad, incluso la apreciaba, porque se sentía protegido; pero de tiempo en tiempo, cuando el cuerpo le ardía con un vacío doloroso que no era sólo carnal, se pasaba por alguno de los dos o tres bares de copas que había junto a su casa. Se instalaba en la barra, en un rincón, aferrado al vaso de whisky como el navegante novato se aferra a un asidero contra las sacudidas de las olas, y esperaba la llegada de alguna mujer hambrienta y parlanchina. Casi siempre llegaba una, antes o después, atraída por el tamaño de Urbano, por la anchura de sus hombros, por su aire reservado, tal vez incluso por su aspecto brutal. Las mujeres eran raras, se decía Urbano; algunas parecían tener miedo de él y disfrutar con ello.

Aquella madrugada, pues, Urbano se llevó a Zarza a su casa. Un hecho bastante inusitado, si tenemos en cuenta que el hombre jamás repetía noche con las mujeres de los bares y que, al margen de estos encuentros ocasionales, nunca recibía la visita de nadie. El apartamento, ordenado y sobriamente confortable, estaba situado en el piso superior del taller de carpintería, que se abría directamente sobre la calle. Para desesperación de Zarza, Urbano enseguida dejó claro que no estaba interesado en hacer el amor. Zarza porfió, regateó y abarató el precio de modo humillante, hasta alcanzar el mínimo del mínimo, sin conseguir ablandar el hermético corazón del hombre.

—Entonces, dame algo de dinero —cambió Zarza de táctica, derrotada—. Préstame algo, por favor. Dame diez mil pesetas. Las necesito. Te las devolveré mañana, te lo prometo.

—No. No te voy a dar nada.

Zarza rogó, lloró, imploró como la más miserable de las mendigas, chilló, insultó y volvió a implorar, y no consiguió que Urbano cambiara de parecer.

—Pero entonces ¿para qué me has traído? —se asustó de repente Zarza—. ¿Eres uno de esos tíos raros? ¿Qué quieres de mí?

Urbano estaba sentado en el sofá con los brazos cruzados sobre el pecho. Mirándola y pensando.

—No —dijo al fin—. A lo mejor soy un tío raro, pero no uno de *esos* raros que tú dices. No te voy a hacer nada, no tengas miedo.

Zarza se puso en pie, todavía asustada.

—Me quiero ir.

—Márchate. Ahí tienes la puerta. Nadie te lo impide.

Zarza tironeó de su falda hacia abajo, agarró su bolso, se limpió con un dedo mojado con saliva la raspadura polvorienta de la rodilla, remoloneó un poco camino de la puerta.

—Entonces, ¿esto es todo? —dijo, ya cerca de la salida.

—Esto es todo. Pero, si quieres, te puedes quedar a dormir.

—¿Contigo? —volvió a ilusionarse Zarza, pensando en el negocio y acercándose a Urbano.

—No. Aquí, en el sofá.

Se sentía tan cansada. Se sentía tan cansada, y tan enferma. Se dejó caer sobre el asiento, junto al hombre.

—No puedo quedarme. Estoy... me encuentro mal. Necesito dinero. Tengo que irme.

Urbano cogió la mano derecha de Zarza y la colocó extendida sobre su propia palma. Zarza tenía una mano ligera y aniñada, con los pellejos arrancados y las uñas mordidas; parecía minúscula en mitad de esa enorme palma callosa de artesano, de falanges anchas y huesudas. Urbano se quedó contemplando la mano de Zarza con infinito mimo y parsimonia, como el entomólogo que estudia una nueva subespecie de coleóptero. Miraba el hombre la mano, quieto y concentrado, y Zarza miraba al hombre, sin poderse creer que una parte suya pudiera suscitar semejante atención. ¿Acaso había todavía algo en ella digno de ser observado, estudiado, entendido? Transcurrieron así varios minutos, mientras Zarza percibía el hambre creciente de sus venas y volvía a experimentar, una vez más, esa angustia mortal tan conocida, el refinado tormento de la Reina. Pero en esta ocasión, quién sabe por qué extraña y retorcida razón, se sintió con más fuerzas, o, por el contrario, más cansada que nunca, y pensó: Por qué no. Muramos de una vez. Y se quedó.

En los siguientes días agonizó cien veces y en las cien ocasiones continuó viviendo, prolongando eternamente su tortura. Hasta que al regresar de una de sus muertes sintió que respirar le dolía menos. Y en ese instante tuvo la increíble certeza de que, después de todo, iba a sobrevivir.

Por entonces, en la convalecencia, Urbano y ella empezaron a acostarse juntos. Ella se lo había ofrecido dos o tres veces, de palabra o simplemente con el cuerpo, rozándose con él o intentando tocarle. Urbano siempre la rechazó de manera inequívoca, al principio con amabilidad, después con progresiva aspereza y violencia. Fue esta progresión, precisamente, lo que le hizo intuir a Zarza que estaba en el buen camino. Una noche le oyó rebullir al otro lado de la pared. Era muy tarde, había luna llena, un resplandor plateado inundaba el apartamento y Urbano resoplaba insomne en su dormitorio. Zarza se levantó del sofá y, tras quitarse la camiseta con la que dormía, caminó desnuda y sin ruido por la casa alunada hasta llegar a la cama de Urbano. Se coló entre las sábanas y se apretó contra la maciza y sudorosa espalda del hombre. Urbano se estremeció.

—No es obligatorio que hagas esto —dijo.

—Lo sé —contestó Zarza.

—No es ni siquiera necesario.

—Lo sé —repitió ella; y recorrió con la punta de sus dedos el carnoso costado de Urbano, tan duro y correoso como el flanco de un buey; y al cabo metió la mano bajo el pantalón de su pijama, y le satisfizo comprobar que allá dentro todo estaba dispuesto para ella. Así empezó la cosa.

Dijera lo que dijese, en realidad Zarza sí que sentía cierta obligación con respecto a Urbano. Le inquietaba no entender por qué ese hombretón silencioso y extraño la había acogido en su casa, y ofrecerle su cuerpo no era más que una manera de pagarle y, por consiguiente, de sentirse más libre frente a él. Pero Zarza había podido advertir que Urbano no aspiraba simplemente a un revolcón. El hombre quería algo más, algo a lo que él mismo no podía poner palabras pero que Zarza interpretaba, con burlón asombro, como una historia de amor. De manera que ella intentaba saldar su deuda fingiéndole un amor creciente y transparente. Le susurraba cosas dulces al oído. Le acariciaba el pelo corto y áspero. Le miraba intensamente a los ojos cuando él la penetraba. Eran los viejos trucos que había aprendido en la Torre. No lo hacía con mala intención, antes al contrario: es que no tenía nada mejor para ofrecerle. Su cuerpo estaba muerto, el cuerpo de Zarza; no sentía nunca nada, como tampoco lo sintió con los borrosos clientes de la Torre. En cuanto a su conciencia, era una cuerda tan reseca como un hilo de esparto. A veces pensaba que había agotado para siempre todas sus emociones. Había sobrevivido, pero carecía de sentimientos.

Con todo, los días pasaban y el estado físico de Zarza iba mejorando poco a poco. Vivían instalados en una suave rutina, tan higiénica como la organización de la vida en un sanatorio. Se levantaban a las nueve, desayunaban, hacían un poco de ejercicio físico; luego él bajaba al taller a trabajar y ella leía algo ligero, o veía la televisión matinal, lo que le hacía sentirse como una niña pequeña, como una colegiala convaleciente de un ataque de amígdalas. A veces repasaba alguno de sus libros de historia medieval, aunque todavía no tenía capacidad de concentración para nada enjundioso. Otras veces Urbano la venía a buscar y salían al mercado a comprar comida; o a pasear, o al cine. Porque el hombre no quería que saliera sola. Vivían los dos juntos, aislados, sin ningún otro contacto con el exterior. De cuando en cuando, Urbano subía del taller algún mueble que había hecho expresamente para ella. Una preciosa mecedora, a la que ella puso unos cojines de color rojo brillante. O dos pies de madera maciza, bella y sencillamente torneados, para las lámparas del dormitorio. Algunas noches ponían música y Urbano bailaba torpísimo con Zarza, y la zarandeaba de acá para allá por mitad de la sala. Ella se reía, enseñando el hueco de su diente e intentando no pisar los descomunales pies de su pareja. Estaba muy ocupada redescubriendo el mundo. Una vez libre de la Blanca, el universo volvía a tener su vastedad inicial, su enorme y palpitante confusión de cometas y hormigas. Tras la abrasadora y absoluta sencillez de la Reina, Zarza tenía que enfrentarse de nuevo con el batiburrillo de la vida. Y con el desasosiego de la memoria.

Porque, al poco tiempo, Zarza empezó a recordar. Era un hormigueo desagradable, casi doloroso, progresivo, como cuando se recupera la sensibilidad de un miembro dormido. Y así, llegó un día en que Zarza pensó en Nicolás, al que había abandonado meses atrás sin volver a dar señales de vida. Nico debía de creer que ella se había muerto. Que algún cliente la había destripado en una esquina. O que había caído fulminada por un beso envenenado de la Reina. Esas cosas pasaban todos los días, en la calle. Zarza pensaba ahora en Nicolás, y le echaba de menos, y se sentía abrumada de congoja, porque era la primera vez que ella y su gemelo estaban separados. Pero por otra parte le espantaba la sola idea de verle. Su cariño por Nicolás era como un cáncer: un latido que crecía y que dañaba. Zarza sabía que no podía dejarlo así, que tenía que hacer algo con ello. Tendría que operar ese tumor, o moriría.

Pero poco después sucedió algo aún peor, y es que la convaleciente Zarza se puso lo suficientemente bien como para acordarse de Miguel, cuya imagen se le vino a la cabeza de repente de manera angustiosa. Zarza supuso con horror que su hermano pequeño debía de seguir malviviendo con Nico, olvidado, descuidado, arrumbado como un animalito molesto. Una vez que el recuerdo de Miguel se apoderó de ella, Zarza ya no pudo librarse de él; crecía en su interior, haciéndose cada vez más perentorio y asfixiante. Hasta que un día sentó a Urbano en el sofá y se lo contó. Le habló de Nicolás, pero sobre todo de Miguel. De ese chico retrasado que de cuando en cuando decía intrincadas verdades. Y de que, de pequeños, Miguel se agarraba a una punta de su jersey, del jersey de Zarza, o tal vez de su falda; no podía tocar a los humanos sin erizarse, pero se agarraba a la ropa de Zarza, orejudo y raquítico, y apretaba con tanta fuerza que luego se le podían ver las marcas de las uñas en las palmas. Urbano frunció el ceño y proyectó los carnosos mofletes hacia adelante, como solía hacer cuando se concentraba en un asunto de importancia. Así, con todo el rostro serio y engurruñado, apretó la mano de Zarza y declaró:

—Iremos a buscar a tu hermano y lo traeremos aquí. Si compramos un colchón puede dormir en el cuarto del fondo.

Zarza se maravilló una vez más del carácter de Urbano, que ella no sabía si definir como inmensamente generoso o inmensamente estúpido, porque estamos tan poco acostumbrados a la bondad que solemos confundirla con la idiotez; y volvió a meterse en la cama con él, y a dar grititos sofocados, y a mirarle a los ojos con fingida entrega y entusiasmo. Y luego se duchó, se vistió y se fue con el carpintero a buscar a Miguel, sintiendo por primera vez en mucho tiempo algo parecido a la alegría.

Lo que Zarza no sabía, y probablemente no sabrá jamás, era que Martillo se llamaba Martillo a causa de un pequeño incidente que protagonizó a los nueve años, cuando hundió la cabeza de uno de los amantes de su madre con una maza de partir nueces. El hombre no murió ni le quedaron secuelas permanentes del asunto, pero se pasó una buena temporada en el hospital y no volvió a aparecer por casa de Martillo, lo cual fue un gran alivio, porque el tipo tenía el alcohol violento y ya había zurrado varias veces tanto a la madre como a la hija. Además de librarle del energúmeno, la hazaña de Martillo le proporcionó una gran fama en el barrio, una breve estancia en el reformatorio y el nombre que llevaba.

Zarza, por su parte, era llamada así desde muy pequeña porque sus compañeros de la escuela empezaron a apodarla de ese modo, cortando el apellido en dos, como a menudo hacen los colegiales. Pero su nombre también provenía de las noches oscuras de la infancia, cuando su padre cruzaba los pasillos con pasos de lobo sigiloso, y entraba en la habitación sin hacer ruido, y se arrimaba a su cama de niña, y apartaba la colcha de cretona. Y al cabo las manos de papá la despertaban, un hombre grande y fuerte de ojos relucientes en la penumbra; y ella se asustaba y se agitaba, y papá murmuraba sonriente: «Cómo araña mi zarcita, eres mi Zarza».

La historia de *El Caballero de la Rosa* está situada en el ducado de Aubrey, en la costa norte de Cornualles, no lejos del monasterio de St. Michael, que fue donde se encontró el manuscrito. Harris y Le Goff sostienen que Chrétien de Troyes la escribió en torno a 1175, después de hacer *El Caballero de la Carreta* para María de Champagne y antes de redactar su inacabado *Perceval* para Felipe de Alsacia. Teniendo en cuenta que, como era costumbre por entonces, Chrétien siempre trabajaba bajo la tutela y manutención de un benefactor, es de suponer que hizo *El Caballero de la Rosa* para Edmundo Glasser, IX duque de Aubrey y coetáneo suyo, que probablemente pretendía utilizar la fábula de Chrétien para adornar su apellido con un pasado glorioso. A fin de cuentas, ése era el uso habitual de estos relatos; si las leyendas artúricas se extendieron por Europa en el siglo XII, fue fundamentalmente para dar una legitimidad mítica a la dinastía de los Plantagenet en Inglaterra, los cuales se encontraban a la sazón en desventaja frente a los Capetos de Francia, que contaban con el mito de Carlomagno a sus espaldas. Chrétien dedicó toda su vida a eso, a crear una historia de ensueño, un pasado mentiroso pero hermoso. Y a hacer de esa creación una verdad mucho más trascendente y perdurable, mucho más fiable que la equívoca y borrosa realidad.

*El Caballero de la Rosa* sucede en los años remotos de Thumberland, el primer duque de Aubrey. Son tiempos difíciles y Thumberland es un señor de la guerra más empeñado en la fuerza que en la justicia. Gwenell, su esposa, es una extranjera, una galesa de cabellera tan roja y enmarañada «como una zarza ardiendo»: ésa es la exacta imagen que usa Chrétien. Es bella, bellísima, tan hermosa como sólo pueden serlo las hermosas damas de las fábulas; y, como todas ellas, carece de edad y no envejece, porque el tiempo no la hiere, sólo la besa, y ésta es otra imagen del autor.

Gwenell, quien, como es habitual en la literatura cortés, une a sus dotes físicas una perfección espiritual también sobrehumana, es la madre del heredero de Thumberland, un niño feliz, audaz y fuerte que se llama Gaon. Pero además de este hijo legítimo, el Duque tiene un bastardo, Edmundo (extraño homenaje de Chrétien a su homónimo benefactor, considera Le Goff), de exactamente la misma edad que el heredero. Los dos niños son educados juntos y se adoran. Si Gaon es fuerte y audaz, Edmundo es ágil y reflexivo. Se complementan como las dos mitades de una manzana partida por el acero.

Como el señor de la guerra está siempre en la guerra, el ducado de Aubrey es una corte refinada y dichosa, regida por la sabia mano femenina de Gwenell. Hay música, poesía, torneos y peleas regladas entre caballeros, paseos por los jardines en las tardes balsámicas. Es el paraíso en la tierra, un pequeño Edén limitado por las almenas del castillo. Dentro del perímetro amurallado, la enfermedad no hiere y el tiempo no transcurre. En lo más alto de la más alta torre, asomada a un balcón regiamente labrado y flanqueada por su hijo y el bastardo, Gwenell deja flotar sus pesados rizos en el vacío y disfruta de la belleza de sus posesiones. Y el aire huele a miel, y las flores se abren como labios carnosos.

Muy de cuando en cuando, el duque de Aubrey regresa al hogar, con los ecos de la última matanza en los oídos y las grebas salpicadas de barro y de sangre. Y es como la llegada del invierno. La nieve se apila en el adarve, los ateridos cuervos buscan un precario cobijo en las troneras, los lobos merodean por las murallas. Thumberland impone sus rutinas de hierro: de repente, el castillo está lleno de antorchas humeantes que reparten más penumbras que luz, y de gruesas colgaduras de terciopelo rojo, y de caballeros tintineantes con el cuerpo marcado de cicatrices. El Duque quiere que su hijo y heredero se endurezca, y le ordena salir a cazar en solitario. Pero el bastardo desobedece y acompaña a su hermano; tienen doce años, son como gemelos, nunca se separan. Salen al mundo exterior, pues, una madrugada plomiza y ventosa, abrigados con capas forradas de piel de marmota. La nieve, recién caída, empieza a helarse; las botas crujen y van dejando un rastro de blancura rota.

Caminan y caminan, buscando huellas. Quieren un jabalí, una pieza que el Duque pueda considerar lo suficientemente valiosa y arriesgada. Al fin creen encontrar una pista: pisadas, excrementos, ramas quebradas. Van armados con ballestas, puñales, espadas cortas. Sin perros, ellos lo saben, es extremadamente difícil cazar un jabalí; pero en invierno los animales tienen hambre, se acercan más, son más imprudentes. También son imprudentes Edmundo y Gaon: con toda la ignorancia y la omnipotencia de la pubertad, se meten alegremente a través de un cerrado matorral. Ahí, atrapados entre la maleza, escuchan el ruido de la hojarasca, el gruñido furioso. Se vuelven con las ballestas amartilladas y disparan a la vez, casi sin apuntar. Es un oso. Una flecha se ha perdido y otra se ha clavado en el hombro lanudo, pero se diría que no le ha hecho ningún daño. El animal se acerca, bamboleante y enorme, y de un solo zarpazo le abre el pecho a Gaon y luego se dispone a rematarlo. Entonces, Edmundo se cuela entre los dos. Con el puñal, porque están demasiado cerca para la espada. El animal le sujeta la cara entre sus garras y el chico empieza a verlo todo tras un velo de sangre. El oso es rojo, el aliento fétido de sus fauces es rojo, la muerte es roja. La muerte que se aproxima, inexorable. De pronto, la bestia se desploma con un gañido agónico. Todavía de pie, Edmundo contempla aturdido y atónito la convulsa mole de carne y pelambre; el oso, atisba el chico con dificultad tras las cataratas de sangre que le ciegan, tiene el cuello abierto de lado a lado. Eso lo ha hecho él, casi sin darse cuenta. Ahora puede relajarse, puede dejarse caer al suelo y desmayarse.

Los dos niños tardan en curar largas semanas. Acostados el uno junto al otro, son velados por Gwenell la incansable, que les acaricia con sus manos dulces y sus rizos de fuego; y el agua con que les lava las heridas está mezclada con la sal de sus lágrimas, dice Chrétien. A Gaon le queda el único recuerdo de unos costurones en el esternón; pero Edmundo ha perdido el ojo derecho. Su hermosa cara adolescente está rota ahora por la cicatriz, que es radial, abultada y redonda, y cubre toda la cuenca, como si alguien hubiera esculpido en su rostro una rosa de carne. Sin embargo, el muchacho no parece apesadumbrado. Lo lleva con una serenidad impropia de su edad. Con la serenidad del héroe ante el infortunio, para ser exactos. Gaon, por el contrario, está muy afectado. Debe a su hermanastro la vida y un ojo, y se siente abrumado de admiración y amor. Si antes ya estaban siempre juntos, ahora no se separan. Incluso duermen en la misma cama, en la torre de Gwenell, un piso por debajo de los aposentos de la Duquesa.

Vuelve a irse Thumberland con su corte sombría de soldados y regresa la primavera al ducado de Aubrey. Se retoman los torneos y los concursos poéticos. Gaon y Edmundo crecen, se les ensancha el pecho, se endurecen sus nalgas. Empiezan a perseguir doncellas por los jardines y hay una explosión de risas y sofocos. Pese a la cicatriz y a su condición incierta de bastardo, Edmundo es el preferido de las damas. Aunque los dos muchachos miden lo mismo, Edmundo es más esbelto; tiene un cuerpo perfecto y media cara divina. Con la otra media consigue conmoverte: la lesión le hace humano, pues de otro modo su hermosura podría resultar insoportable. En el castillo empiezan a llamarle el Caballero de la Rosa, un nombre que honra la forma de su herida. El joven posee un temperamento tan templado y formidable que ha conseguido que la pérdida de su ojo sea algo cercano a una ganancia.

Una cálida noche de luna, Gaon despierta y se descubre solo. No es la primera vez que ocurre: desde que los hermanastros tienen cuerpo de hombres a menudo se marchan con mujeres. Pero esa noche hay algo en el ambiente que estremece a Gaon. Una quietud distinta, una palpitación, el barrunto de algo descomunal e irresoluble. Se levanta Gaon de la cama, desnudo como siempre duerme y bañado por la luz de la luna, que está redonda y plena, allá arriba en el cielo, y que parece mirarle y «fascinarle»; y para Chrétien, la fascinación equivale al mal de ojo. Esa luna fulgurante, pues, aoja a Gaon y le obliga a caminar como un autómata. Sale de su cuarto y se para a escuchar: el palacio está en silencio, como encantado. Sube las escaleras con los pies descalzos. Pies que no hacen ruido. Llega hasta la puerta de los aposentos de su madre: la hoja está entornada y no hay ninguna dama de confianza dando cabezadas en la antesala. Avanza Gaon hasta el dormitorio, que es una enorme sala circular pintada de reluciente plata por la luna. Al fondo, junto al balcón labrado de la infancia, una estrella orgánica se agita y estremece sobre el lecho. Se acerca el heredero, intuyendo lo que va a ver pero todavía sin querer entenderlo, y descubre al fin los dos cuerpos pegados, rendidos, machihembrados; los hermosos músculos de Edmundo parecen de fina piedra, la piel de la mujer es un bello mármol. Toda esa carne tibia se aprieta y se confunde hasta formar entre los dos un solo ser, un animal jadeante rematado por la cabellera de Gwenell, que flota exuberante sobre la sábana como la suave corona de una anémona.

«¡A mí la guardia!», grita Gaon, primero sin voz y sin aliento, después con un bramido de agonía, buscando inútilmente un arma en su cadera desnuda. Al escuchar su grito, el raro animal marino se deshace, se divide en dos seres asustados. «Hermano», dice Edmundo; pero Gaon sigue llamando fuera de sí a la guardia y ya se siente un revuelo de pisadas en la escalera. «¡Márchate, vete, huye!», implora Gwenell: ahora no parece una duquesa ni tampoco una madre; sólo es una mujer que teme por su amante. Edmundo toma su decisión en un instante; recoge el burruño de sus ropas del suelo, las botas, la espada, y salta, desnudo aún, por la ventana del fondo. Se escucha el chapoteo en el foso, las exclamaciones de los soldados. Gaon, paralizado, no acierta a ordenar que le detengan y su hermanastro escapa.

Una vez perdido el paraíso, Gaon ordena encerrar a Gwenell en el dormitorio y tapiar la puerta, el balcón labrado y las ventanas. Sólo queda abierto un pequeño agujero con un torno por donde le pasan el agua y la comida dos veces al día. Nunca jamás podrá salir de ahí, ha decidido Gaon; nunca jamás verá la luz del sol. Ahora reina el invierno en el ducado indefinidamente y Gaon se esfuerza por parecerse más y más a su padre, a ese Thumberland de quien hace años que no tienen noticias. De modo que de la corte desaparecen los poetas, y donde antes había sol y finas sedas, ahora hay fuego de leña y polvorientos brocados. El castillo está lleno de grandes chimeneas crepitantes, todas tiznadas de hollín, que a pesar de sisear como el infierno no consiguen calentar el lugar ni derrotar a las sombras. Gaon vive solo y duerme solo, cada vez más mohíno y taciturno.

Una madrugada llega la noticia de la muerte en batalla de Thumberland, y dos días más tarde entra en el castillo el propio Thumberland en forma de cadáver congelado, con los labios amoratados y una escarcha de sangre orlándole la frente. Señor de la guerra hasta el final, sus soldados le traen a hombros, tumbado sobre su propio escudo como los antiguos lacedemonios. Gaon celebra las honras fúnebres debidas, decreta un largo duelo, ordena a sus súbditos que hagan penitencia en su nombre. Él es ahora el duque de Aubrey y, consciente de sus deberes dinásticos, se casa con una joven dama aterrada y clorótica y le hace dos hijos, sólo para perpetuar el apellido. Después no vuelve a verla. La esposa y los pequeños viven en la torre de Gwenell, debajo del apestoso encierro en donde la Duquesa se pudre año tras año. Para asombro de todos, aún no ha muerto: golpea las paredes por las noches.

El eco de las hazañas de Edmundo hiere los oídos de Gaon. El bastardo se ha convertido en un ser legendario, en el Caballero de la Rosa, un famoso guerrero que vive del alquiler de su espada, pero que sólo consiente en luchar por causas justas. Lleva pintada en la coraza una rosa amarilla que casi se confunde con una zarza, por las muchas espinas que erizan el tallo; y el penacho de su yelmo es tan rojo y rizado como la cabellera de una mujer.

El nuevo Duque está desesperado: no soporta el prestigio de su hermanastro y sobre todo no soporta la torturante certidumbre de deberle la vida. Carente de paz y de reposo, Gaon se lanza a una orgía militar, y combate contra los bárbaros del norte, contra los vikingos, contra los proscritos. Ya es un señor de la guerra como su padre, pero le aventaja en crueldad. Un día se enfada con un paje que le ha servido la comida fría y ha contestado a sus reproches con ligera insolencia. Temblando de cólera, Gaon se pone en pie, agarra al muchacho por el cuello con una sola mano y lo arrastra hasta una enorme chimenea. Allí lo mete entre las llamas y aguanta con el brazo extendido hasta que el adolescente se achicharra. Desde ese momento, el segundo duque de Aubrey es conocido como Puño de Hierro: porque soportó el dolor, y porque a partir de aquel incidente siempre lleva puesto un guantelete metálico sobre su mano inútil y abrasada. Poco a poco, los nombres infantiles de Edmundo y Gaon se van borrando de la memoria, lo mismo que el recuerdo remoto y feliz del paraíso.

Pero lo que no puede olvidar Puño de Hierro es que no es el dueño de su propia vida. Ese pensamiento le tortura, le envenena la sangre y le enloquece. Se arroja Puño de Hierro una y otra vez sobre sus enemigos como un lobo, buscando la muerte en el campo de batalla para no tener que pagarle la deuda al hermanastro; pero, por más que se compromete y que se arriesga, no consigue que le atrape la desdentada. Va dejando tras de sí un reguero de chatarra y de cadáveres, pero él sólo recibe pequeñas heridas.

Un día, estando Puño de Hierro en el Norte, muy lejos de sus tierras, combatiendo a los pictos de rostros teñidos, aparece por el campamento un caballero armado que solicita una audiencia con el Duque. Puño de Hierro acaba de regresar de una incursión de reconocimiento; lleva puesto un coselete de cuero despellejado y viejo, y está cansado, sediento y polvoriento. La casualidad y la ausencia de protocolo propia de los campamentos militares hace que el caballero sea llevado ante el Duque de inmediato, sin mediar aviso. Puño de Hierro reconoce a su hermano nada más verlo y queda como herido por el rayo, tambaleante y pálido. El Caballero de la Rosa se quita el yelmo: también él tiene el rostro como la cera, salvo la rosada flor de su cicatriz. Alrededor de ambos gentileshombres se abre un círculo expectante.

—Vengo desde muy lejos para verte, hermano. Porque sigues siendo mi hermano aunque me odies —dice el Caballero—. Llevo muchos años penando mis pecados, que son grandes, lo sé. Y me arrepiento. He venido para pedir clemencia.

Puño de Hierro apenas si escucha; un zumbido de sangre le aturde los oídos. Sólo atina a pensar en que su hermanastro está allí delante, a su merced, en sus manos, y que no puede matarle. Y también piensa en la magnífica armadura que el Caballero viste; en su hermosura viril, que aún sigue siendo poderosa; en su aspecto de héroe. Y él, en cambio, está sucio y sudoroso, envejecido, pobremente armado. Maldice el momento en que se ha puesto el coselete ligero esa mañana: ha preferido la comodidad al señorío, y ahora sus soldados deben de encontrar más ducal al bastardo que al propio Duque. Aprieta las mandíbulas hasta que se escucha el chirrido de los dientes. El Caballero avanza unos pasos hacia él y deja caer una rodilla en tierra.

—¿No te parece que ya hemos sufrido todos demasiado? —dice con voz ronca y quebrada, cargada de áspera emoción—. Y, sin embargo, hubo un tiempo no muy lejano en el que nos quisimos. Y en el que fuimos felices. En recuerdo de lo mucho que nos hemos querido, te suplico que acabemos con esto. El perdón es la máxima virtud de los grandes señores. Y yo conozco mejor que nadie tu grandeza. Me humillo ante ti. Perdóname, hermano.

—Jamás... jamás —barbota estranguladamente Puño de Hierro, y las palabras salen raspándole la garganta.

—¡Te lo ruego! No pido por mi suerte, mátame si quieres. Pero a ella... a tu madre. Sé que sigue viva. Es un castigo cruel. Permítele que salga de su encierro. Permítele que se vaya a un convento.

—Jamás, jamás —repite Puño de Hierro; y las palabras, dice Chrétien, le queman en la boca.

Entonces el Caballero de la Rosa, comprendiendo la inutilidad de sus esfuerzos, emite un aullido escalofriante, el grito de dolor de un animal que se sabe perdido. Es un alarido tal que todos los presentes quedan sobrecogidos; y uno de los soldados del Duque, temeroso de haber incurrido en la ira de su señor por haber sido él quien introdujo al Caballero en el campamento, cree ver, en su nerviosismo, que el lamento del hermanastro es una amenaza para Puño de Hierro; y, agarrando la lanza, se la hunde al Caballero por los entresijos de metal del espaldar, atravesándole el pecho. El bastardo se desploma boqueando sangre. Puño de Hierro desenvaina la espada y de un solo tajo degüella al soldado. Luego ordena que cuiden a su hermanastro, que le curen, que le salven la vida. Montan una tienda sólo para él, y los médicos duermen atravesados a los pies de su cama como perros domésticos. Puño de Hierro no visita jamás al Caballero de la Rosa, pero se hace dar el parte todas las mañanas y todas las tardes. Y así pasan los días y las semanas. Al cabo del tiempo, un paje tembloroso se arrodilla ante el Duque y le comunica que el Caballero está definitivamente fuera de peligro, consciente y sin fiebre.

Esa noche, Puño de Hierro organiza un banquete, y ríe a carcajadas, y bebe, y habla a grandes gritos, y se lleva un par de mujeres a su cama. A la mañana siguiente, el Duque se baña en el torrente helado y luego se viste con sus mejores ropas. Cruza el campamento, llega a la tienda del enfermo, entra en ella como un remolino de aire frío. El Caballero de la Rosa se incorpora dificultosamente sobre un codo, muy pálido aún, muy desmejorado, con el pecho vendado y el perfil filoso. Se contemplan los dos sin decir ni palabra; el silencio es más violento que un insulto. Entonces Puño de Hierro desenfunda su cuchillo de gala, una hoja de acero fina y bien templada con una empuñadura guarnecida de perlas.

—Ya te he pagado la vida que te debía —dice el Duque.

Y, con un movimiento rápido y preciso, se corta el ojo derecho por la mitad. Como una hoz partiendo requesón, dice Chrétien.

—Y con esto he pagado por tu ojo —añade, impávido, con la voz apenas algo más ronca—. Ya no debo nada. La próxima vez te mataré.

No dice más Puño de Hierro y abandona la tienda. Poco después, el Caballero de la Rosa, todavía muy débil, es puesto en el camino con un par de caballos y provisiones.

Conjetura el eminente Jacques Le Goff que esta extraña leyenda no debió de ser del gusto de Edmundo Glasser, IX duque de Aubrey, y que tal vez fuera por eso por lo que el texto jamás se dio a conocer. Incluso puede que Chrétien de Troyes cayera en desgracia con su benefactor y que tuviera que salir corriendo de Cornualles, tras haber confiado su manuscrito a un monje amigo. O puede que fuera el propio Duque quien, insatisfecho con esta historia sombría, enterrara la obra en el monasterio, que a la sazón estaba dentro de sus propiedades.

Sea como fuere, ya nos queda muy poco para el final; pues, aunque Chrétien asegura que tras aquel encuentro todavía transcurren muchos años, apenas si dedica un puñado de líneas a describirlos. Tan sólo dice que tanto Puño de Hierro como el Caballero de la Rosa tardan algún tiempo en curar del todo sus heridas, y que después regresan a sus batallas. Pero ahora, mientras guerrean, intentan dirigir sus pasos hacia la región en donde piensan que pueden encontrar al hermanastro. Así, buscándose el uno al otro, recorren sin fruto los caminos. Y envejecen.

Un atardecer, cuando la edad ya les pesa en el pecho y las canas empiezan a brillar en sus cabezas, ambos gentileshombres consiguen reunirse. El Duque acaba de llegar a su castillo, en donde piensa permanecer unas semanas. Pero antes de que termine de instalarse, y siguiéndole los pasos, aparece el Caballero de la Rosa. Puño de Hierro, sin recibirlo, ordena que lo atiendan, que le den de comer opíparamente, que le preparen el mejor aposento. Así se hace, mientras los cortesanos hierven de susurros, embargados por la expectación de lo inminente. Nadie duerme aquella noche en el castillo, salvo los hermanastros.

Al despuntar el alba ya se encuentran los dos en el patio de armas. Ambos tienen puestas sus armaduras completas, unos espléndidos equipos de combate. Puño de Hierro lleva espada y maza; el Caballero de la Rosa, lanza corta y espada. Siguen siendo igual de altos, Puño de Hierro algo más corpulento. Se miran el uno al otro, rodeados a prudente distancia por una muchedumbre silenciosa. Pasan los minutos sin que nada se escuche, sin que nada se mueva, mientras el sol asciende por la curva del cielo y empieza a lamer el patio. Entonces, cuando el charco de luz alcanza la base de la torre, se oye algo parecido a un lúgubre redoble: es Gwenell la fantasmal, la prisionera, que golpea allá arriba, en las tinieblas, las paredes de su bárbara mazmorra. En ese mismo instante, los hermanastros se bajan la celada y comienza la lucha.

Combaten como leones durante todo el día, asegura Chrétien, con la típica hipérbole de este tipo de relatos caballerescos. Se golpean y acuchillan hora tras hora, y a la caída de la tarde son dos hombres de hierro muy abollados y cubiertos por ese barrillo pegajoso que se forma al mezclar el polvo con la sangre. Llega un momento en que apenas si tienen fuerzas para mantenerse en pie. Apoyados en las espadas, acezantes, se observan el uno al otro desde el infinito cansancio de sus vidas. Entonces arrojan las armas al suelo, se acercan tambaleantes, se funden en un abrazo desesperado.

Los prestigiosos maestros armeros de Cornualles habían introducido una curiosa innovación en las armaduras de combate: en vez de dotarlas de un ristre normal, esto es, de ese hierro situado en el peto, sobre la tetilla derecha, en el que se afianzaba el cabo de la lanza, habían afilado la pieza hasta convertirla en un pincho largo y agudísimo, que podía utilizarse como arma defensiva en el cuerpo a cuerpo.

El Caballero de la Rosa y Puño de Hierro, nos cuenta Chrétien, llevaban en sus corazas este ristre mortífero. Por eso, cuando los hermanastros se ciñen y se estrechan mutuamente, van apretando los punzones, que atraviesan primero el peto, y luego el sudado y ensangrentado jubón, y después rasgan la piel, y por último se entierran en la carne, justo en el pecho izquierdo. Los dos hermanastros igual de altos, los dos como gemelos, los dos partiéndose el corazón, el uno al otro, en el definitivo abrazo de la muerte.

Cuando Zarza llegó a Rosas 29 eran las 18:20 y las farolas de la calle acababan de encenderse. El cielo se había despejado de nubes y tenía ese tono azul profundo y casi sólido de los atardeceres invernales. Hacía mucho más frío que por la mañana y los escasos peatones caminaban deprisa, arrebujados en los cuellos de sus abrigos y con los faldones aleteando al viento. El barrio había cambiado bastante desde la infancia de Zarza. Antes era una zona únicamente residencial, de hotelitos aislados y ajardinados. Ahora habían construido algunos bloques bajos de apartamentos de lujo y un centro comercial con restaurantes y boutiques.

Hacía muchos años que Zarza no volvía por allí y la visión de la casa familiar le produjo una impresión que no se esperaba, un desagradable escozor de herida mal curada. El lugar seguía igual, aunque envejecido y deteriorado, con ese aspecto de desgracia que poseen las casas que permanecen cerradas durante mucho tiempo: todas parecen haber sido el escenario de un antiguo dolor. Zarza dio cautelosamente la vuelta a la propiedad; el seto de arizónica se había secado por completo y ahora era un laberinto de ramas marchitas tomadas por un ejército de arañas. El murete estaba desconchado y el cemento se deshacía como miga blanda entre los dedos. Y al portón de hierro apenas si le quedaban unas pocas escamas de la pintura verde original; lo demás era metal podrido y oxidado. No parecía que hubiera entrado nadie por la puerta del jardín desde hacía mucho: también la cerradura tenía telarañas. Y lo que se atisbaba de la casa, por entre las veladuras del seto seco, ofrecía esa misma sensación de completo abandono. Después de todo, era posible que Nicolás no estuviera allí.

Abrir la cancela, aun teniendo la llave, fue muy difícil; después de muchos forcejeos, tan sólo consiguió desplazarla unos pocos centímetros. Tuvo que quitarse el chaquetón para poder pasar por el angosto hueco y, una vez dentro, le fue imposible volver a cerrar. Era como si la hoja se hubiera clavado en el suelo. También la cancela se ha rendido, pensó Zarza. Encallada y descolgada de su marco, era un destrozo más para sumar a las otras ruinas. Zarza tomó aire, sacó la pistola del bolso, comprobó que el seguro seguía puesto y avanzó blandiendo timoratamente el arma. Dio una vuelta por el jardín a la luz del día que se apagaba. Donde antes hubo césped, ahora había una tierra resquebrajada y seca salpicada de rodales de malas hierbas. Los árboles, aunque alicaídos y medio enfermos, habían sobrevivido casi todos; el castaño, el abedul, los arces... La piscina, vacía y agrietada, parecía un basurero. Zarza se asomó con cautela por el borde: hojas podridas, charcos de agua negra y repugnante, plásticos, papeles de periódico, un zapato de hombre tan retorcido que al principio lo confundió con una raíz, los restos de un sofá azul con la mitad del armazón al aire. El sofá del despacho de papá. Zarza se volvió hacia la casa; las puertas correderas del despacho estaban cegadas por las viejas persianas de madera. Y era evidente que las pesadas y polvorientas lamas habían roto el mecanismo, porque estaban desplomadas y atrancadas en sus rieles. Por ahí tampoco había entrado nadie en muchos años. Zarza respiró hondo, intentando aligerar la opresión que le aplastaba el pecho. El tiempo era una maldita enfermedad; las cosas, libradas a su suerte, eran destrozadas inmediatamente por el furor del tiempo.

Siguió dando la vuelta al chalet y comprobó que todas las ventanas estaban cerradas y con rejas. Lo de las rejas era un añadido reciente: debía de haberlas instalado su hermana para proteger la propiedad. Entonces se le ocurrió que Martina podría haber cambiado también el cerrojo de entrada. Era algo muy posible, y Zarza se maldijo por no haberlo pensado antes. Apretó el paso, convencida de que el lugar estaba vacío y deseosa de probar suerte. Tanteó en la oscuridad del porche; la pistola era un fastidio, pesaba y abultaba en la mano y ahora entorpecía además la acción de abrir. La depositó en el suelo, entre sus pies, y luego volvió a localizar a ciegas la cerradura e introdujo la delgada y larga llave en el agujero. Funcionó. Recogió prudentemente el arma, dio un pequeño empujón y abrió la hoja. Una bocanada de aire rancio le golpeó la cara. Olía a cañerías viejas y humedad.

Zarza no había llegado a ver con anterioridad la casa familiar sin muebles, y la desnudez de las habitaciones le pareció impúdica e inquietante, tan desagradable de contemplar como la humillación ajena. Aunque en realidad la casa no estaba del todo vacía y eso empeoraba la situación; en un cuarto quedaba una silla coja, en otro un somier sin colchón, en el de más allá una alfombra polvorienta. Por las ventanas, a través de las rejas, entraba el lejano resplandor anaranjado de las farolas de la calle, tiñendo la penumbra de un fantasmal matiz amarillento. Así, a oscuras y sin amueblar, la casa parecía mucho más grande y casi desconocida. O peor: era un lugar conocido pero deforme, como a menudo sucede con las casas propias cuando se nos cuelan en las pesadillas. Zarza iba de pieza en pieza, aturullada y equivocando a veces el camino, tan distinto y confuso le resultaba todo. Éste era el cuarto de juegos, no, era el comedor de los niños. Y en aquella gran estancia inundada de sombras había estado la habitación de su madre. Parecía increíble que ese espacio ahora vacío y desabrido hubiera sido el escenario de tanto misterio. Recordaba Zarza el sobrecogimiento que siempre experimentaba cuando se acercaba al dormitorio materno: voces en susurros, pasos sigilosos, el ligero tintineo de una cucharilla revolviendo medicinas en un vaso. Y al fondo, arrimado a la pared, el amplísimo lecho, ese templo secreto en donde Zarza fue engendrada, ese blando sepulcro en donde mamá murió, o se suicidó, o fue asesinada.

El único lugar en donde su padre había instalado persianas era en su propio despacho; el resto de la casa tenía contraventanas de madera, pero ahora estaban todas abiertas y desencajadas, medio desprendidas de sus goznes; la luz exterior se colaba sin impedimentos por los sucios cristales, marcando el siniestro perfil de los barrotes. La casa era una cárcel. Zarza entró en la sala, grande y rectangular, con una chimenea de mármol en uno de los muros más pequeños. En el hogar había ceniza, astillas, ramas a medio quemar, dos calcetines viejos chamuscados, una lata vacía y manchada de hollín. Recordó borrosamente que, en algún momento de su abandono, la casa había sido asaltada por vagabundos; tal vez Martina hubiera puesto las rejas a raíz de aquello. Y esos extraños habrían comido y dormido allí, ignorantes del pasado del lugar. Ignorantes del rico arroz con leche que preparaba la tata Constanza, que fue la que más duró dentro de la vertiginosa sucesión de criadas, o al menos la única memorable; ignorantes del seco olor a fiebre de mamá, y de las manos frías de papá, y de esa música china que en realidad no era china y que Nico y ella escuchaban protegidos por la mesa del comedor. Que era la misma mesa sobre la que forraban, cada otoño, los libros de texto, ateridos por la tristura del invierno creciente. Esos vagabundos, en fin, se habían metido hasta las entrañas de su infancia, como buitres picoteando una res muerta. Zarza sacudió la cabeza con brusquedad intentando ahuyentar la desagradable imagen y entonces advirtió, con el rabillo del ojo, que algo se movía en la habitación.

Dio un salto hacia atrás y un alarido. Y se encontró mirándose a sí misma, paralizada del susto y sin aliento, en el espejo de la pared de enfrente. Era el espejo de siempre, el del marco de caoba, ahora con el azogue turbio y empañado. Estaba colocado junto a la puerta de entrada de la sala, de cara a las ventanas, y su padre solía echarse ahí un vistazo final antes de salir. Ahora se daba cuenta Zarza de que la última imagen que guardaba de su padre, antes de que se fuera para siempre jamás, fue uno de esos vistazos a medias satisfechos y retadores. Porque su padre se miraba a sí mismo a los ojos: estrechamente, inquisitivamente, como si se estuviera midiendo o reconociendo. Aquel día, tantos años atrás, el padre se miró en ese espejo, primero de frente y después de escorzo. Para entonces ya estaba bastante calvo y los ojos se le habían enrojecido, esos ojos árabes de los que siempre se sintió tan orgulloso, o más bien ojos tártaros, mongoles, ardientes ojos bárbaros de oscuridad oriental. Aquel día Zarza le vio mirarse, pues, y darse unos tironcitos a las mangas de la camisa. Y luego salió por la puerta sin despedirse y desapareció para siempre en el ancho mundo.

La casa era un sepulcro, pensó Zarza. De pie en mitad de la sala, percibía a su alrededor el agobiante laberinto de las demás habitaciones. Su antiguo hogar era un sucio desorden de espacios cuadrangulares y vacíos. Como un cubo de Rubik entregado al caos. Como una de esas pesadillas geométricas que arden en el interior de nuestros cerebros cuando la fiebre nos devora. Teófila Díaz, la psiquiatra, le dijo años atrás que soñar con la casa de la infancia era una representación del propio subconsciente. Zarza detestaba a la doctora Díaz, pero aquello se le había quedado extrañamente grabado; y ahora desde luego sentía que la casa era su propio cerebro troceado, un hervor de monstruos personales. Experimentó un repentino vértigo que hizo bailar las esquinas del cuarto. Dejó la pistola sobre la repisa de la chimenea; le sudaban las manos, tiritaba. Hacía mucho frío y al respirar iba soltando pequeñas nubes de vapor en el aire mohoso.

Entonces lo escuchó. Aunque al principio simplemente creyó que estaba loca. Escuchó el repiqueteo de las notas en la penumbra, esos sonidos limpios y pequeños, tan agudos como un cristal fino que se rompe. Es el delirio, se dijo: escucho cosas. Y ese primer pensamiento se agarró a su nuca como una mano helada, llenando de pavor su corazón. Pero el tintineo continuaba, horriblemente real en apariencia. Haciendo un colosal esfuerzo de voluntad, Zarza consiguió mover su cuerpo agarrotado en dirección al sonido. Abandonó la sala caminando despacio, muy despacio, un pie delante del otro, con esa agónica dificultad para desplazarse que a menudo acomete en los malos sueños; y cruzó el pasillo y se acercó al despacho de su padre, una habitación en la que todavía no había entrado. La puerta estaba entornada y el interior muy oscuro, a causa de las persianas rotas; y por el filo abierto se deslizaba, nítida y saltarina, la antigua melodía, esa música china que no era china y que parecía salir de los infiernos. Tenía que estar ahí dentro, en el despacho; sin duda estaba ahí la vieja caja de música que ella creía perdida. Y, de alguna manera, la presencia misma de su antiguo juguete le horrorizó aún más que el hecho evidente de que alguien (y quién, sino Nico) había tenido que accionar la caja. El soniquete proseguía imperturbable, emergiendo desde los abismos de la memoria e inmovilizando a Zarza en una jaula de notas. Tengo que hacer algo, pensó, mientras se sentía caer hacia el pasado: tengo que extender la mano y empujar la puerta entornada para abrirla, para ver quién está ahí dentro, para ver qué me espera. Pero las tinieblas se pegaban al borde de la hoja como una sustancia viscosa y maligna, mientras la musiquilla desgranaba sus obsesivas notas. Una ola de puro terror golpeó a Zarza, dejándola sin voluntad y sin raciocinio. Terror hacia algo innombrable que la estaba esperando dentro del despacho; algo que ella no sabía definir pero que era peor que la venganza de su hermano, peor que su propia muerte. Un infierno a su medida. La negrura del Tártaro.

Dio media vuelta con un brinco animal, un movimiento dictado por los meros músculos y la adrenalina sin ninguna participación de la inteligencia, y salió disparada por el pasillo. Abrió la puerta de un tirón, abandonó la casa, voló por el jardín, se empotró en el resquicio entreabierto del portón herrumbroso, forcejeó como un bicho atrapado en un cepo hasta poder salir, dañándose en un hombro y en la cadera. Y corrió por la calle como enajenada, hasta quedarse sin aliento. Apoyada en un muro, temblorosa, intentó recuperar el funcionamiento de los pulmones, mientras empezaban a aterrizar en su conciencia las confusas memorias de lo que había vivido: la sensación de decadencia, la amenazadora melodía de la infancia, la presencia evidente de Nicolás, el tumulto opresivo de esos cuartos sombríos. Y entonces recordó que se había dejado la pistola sobre el polvoriento mármol de la chimenea.

Hubo otros momentos. Pequeños recuerdos que Zarza atesoraba en la memoria como valiosas joyas. Una vez, un invierno, en una mañana oscura y tediosa de las vacaciones de Navidad, Zarza se acercó de puntillas al despacho de su padre. La casa se encontraba silenciosa y vacía; Nicolás no estaba presente, cosa extraña, porque siempre andaban juntos: tal vez se hallara enfermo. Mamá estaría en la cama, como siempre. Miguel, en sus clases de cuidados especiales. Y Martina jamás hacía ruido. Zarza se recordaba perdida en aquella abúlica mañana, insoportablemente sola en su desacostumbrada soledad de gemela. Dentro de la casa, la luz era grisácea y por los pasillos circulaban insidiosas corrientes de aire frío. Zarza cruzaba habitaciones, andaba y desandaba corredores, hacía resonar sus pasos en las baldosas rojas de la zona de la cocina. Por último, se acercó al despacho de puntillas, a ese despacho en el que, los días laborables, solían entrar y salir señores graves, tipos encorbatados y altaneros, los clientes de la asesoría financiera de su padre. Pero esa mañana no había venido nadie, tal vez por lo avanzado de las fechas navideñas, y la casa era una envoltura seca e ingrata, la carcasa vacía de un cangrejo muerto.

Zarza se recordaba escuchando desde el otro lado de la puerta cerrada del despacho; ni un ruido, ni una respiración, ni el crujir de un papel. Transcurrió un minuto interminable, y luego otro más, y después otro, tristes minutos del color del plomo. Llamó con los nudillos. Esperó. Volvió a llamar. Como no contestaba nadie, agarró el picaporte y empujó. La hoja se abrió sin ruido sobre una habitación que también estaba anegada de luz gris. Enfrente de la puerta, de espaldas hacia ella, vio a su padre y su hermana, los dos de pie, el uno junto al otro; parecían contemplar algo a través de las grandes ventanas correderas y permanecían cogidos de la mano. A Zarza no le hubiera importado morirse en ese instante, tan sola se sentía. Pero entonces el padre giró el cuello y la miró por encima del hombro, mientras Martina arrugaba su naricilla con expresión de fastidio.

—Ah, Zarza, Zarcita, ven aquí...

Agitaba papá su mano libre en el aire, como la promesa de una caricia o como el aleteo del pájaro feliz que anunció la reaparición de la tierra tras el diluvio. Zarza corrió a colgarse de esa mano, ella a la izquierda de papá, Martina a la derecha. Pero Zarza podía concentrarse en mirar hacia adelante y olvidar que su hermana estaba al otro lado.

—Fíjate, Zarza, ¿lo ves? Fíjate qué bonito.

Ella no se había molestado en asomarse al exterior en toda la mañana, concentrada como estaba en la tristura del día, que había traspasado los muros de la casa como la caladura de una gotera. Por eso no se había dado cuenta de que el mundo entero se había transformado en un cristal.

—Es porque ha habido niebla y al mismo tiempo ha helado —explicaba su padre.

Al otro lado de las ventanas, el jardín de la casa se había transmutado en un mundo resplandeciente y fabuloso. Todo era vidrioso y liviano y frágil, una extraordinaria construcción tallada en hielo. Cada brizna de hierba, cada ramita pelada de los árboles, cada hoja puntiaguda de la conífera, todo estaba revestido de un apretado traje transparente que seguía con asombrosa y escarchada exactitud hasta el menor detalle de los objetos. Qué precisión la de esos pequeños témpanos, aferrados al mundo como la piel al cuerpo. En el aire flotaban todavía algunos jirones de bruma, plumas desgarradas en mitad de un campo de diamantes.

—Si vuestra madre no estuviera siempre enferma... —suspiró de pronto el padre.

La madre era la oscuridad, el cuarto en penumbra, el olor a lo humano, sábanas revueltas, cabellos enredados, muñecas heridas por viejas cicatrices. Pero el mundo también podía ser así, un enorme caramelo que Zarza haría crujir entre los dientes, una joya metida en su estuche de hielo, algo tan limpio y tan exacto como la estructura de un cristal, o como ese cubo de Rubik que Zarza todavía no conocía y que el húngaro Erno aún no había inventado. Zarza absorbió con avidez ese quebradizo instante de belleza y apretó la mano de su padre. No le hubiera importado morir justo entonces. Probablemente nunca fue más feliz.

¿Sabe el traidor quién es? En México existe una comarca en donde se practica la costumbre cruel de los *cultivos*. Consiste en que la comunidad, para burlarse de alguien, le *cultiva* una creencia sobre sí mismo. Es un trabajo lento, colectivo, minucioso. Por ejemplo, pongamos que los vecinos le dicen a un pobre hombre, a lo largo de meses o de años, que es un clavadista formidable. No es más que una broma, pero una broma grave; porque el desgraciado, para hacer honor a su prestigio, puede terminar arrojándose de cabeza a un cenote sin tener ni idea de cómo hacerlo, desparramando sus sesos por las rocas. ¿Sabe el traidor quién es? Si, como es evidente, dependemos para construir nuestra identidad de lo que los demás opinan de nosotros, el traidor ha de ser por fuerza un sujeto confuso. Hay traidores que practican la impostura prolongada, como los espías, y otros que cometen su traición de manera definitiva e instantánea. Pero todos defraudan la confianza que los demás han depositado en ellos. Esto es, rompen la continuidad de su propia imagen, matan su identidad. El traidor en realidad es un suicida.

¿Fue un traidor el Caballero de la Rosa al acostarse con la esposa de su padre, con la madre de su hermanastro? ¿Fue ésa la gran culpa que le condenó a vagar por el mundo sin reposo e incluso a perder su propio nombre? Pero Chrétien de Troyes, fiel al espíritu cortés, considera que el verdadero amor está libre de pecado. Más culpable parece, en la leyenda, el heredero. También Gaon traiciona de alguna manera a su hermanastro cuando le niega toda posibilidad de perdón. Su odio es extremado; su dureza, inhumana. Hay lazos de afecto tan profundos que no pueden romperse sin mutilarse y Gaon no supo vivir a la altura de sus sentimientos. Traicionó sus propias posibilidades de ser alguien mejor.

¿Sabe el traidor que es un traidor? El traidor siempre puede alegar, en la traición, un motivo imperioso y suficiente. Como el riesgo a perder la vida o el miedo insuperable. O, por el contrario, el convencimiento de que al traicionar está contribuyendo a un bien superior. En realidad, la palabra *traición* es muy traidora: basta con girar levemente el punto de vista para que el contenido cambie por completo, como las rosas movedizas de los caleidoscopios. Quien se aparta de nuestras ideas y se va con nuestros oponentes es un traidor, pero los enemigos dirán de él que ha evolucionado felizmente y se ha enmendado. Aunque hay un mundo elemental, un territorio descarnado de primeras necesidades y primeras muertes, en donde no existen estas confusiones relativistas y todos parecen conocer lo que es un traidor y qué suerte merece. Ya lo decía el Duque: al chivato le cortaban la lengua y luego se la metían por el culo.

Pero hay muchas clases de traiciones y no todas se cometen hablando. Cuando fue a buscar a su hermano subnormal al cochambroso apartamento que habían compartido, Zarza sintió que traicionaba a Nicolás, porque por primera vez estaba dispuesta a dejar atrás a su gemelo y a salvarse ella sola. Claro que podría argumentarse que era una cuestión de primera necesidad. Respirar y seguir. No mirar hacia atrás y continuar andando. Zarza había aprendido que, a menudo, la única diferencia entre los que se salvaban y los que sucumbían era que los primeros habían sido capaces de dar un paso hacia adelante. Con un paso bastaba. A fin de cuentas, todo viaje, incluso el más largo, no es sino una suma de pequeños pasos.

De manera que Zarza fue con el carpintero a su anterior domicilio, un cuchitril terminal y lleno de mugre en una de las callejas del centro de la ciudad, el piso de alquiler más miserable dentro de la escala descendente de pisos miserables que habían ido recorriendo en brazos de la Blanca. Y una vez en el portal le imploró a Urbano que la dejara sola, por favor, por favor, tú espérame aquí, esto tengo que hacerlo por mi cuenta, ten confianza en mí. Tanto le suplicó, y parecía tan importante para ella, que al final el hombre dijo que sí y se quedó en la calle, los pies movedizos y el carnoso ceño apelotonado, tan inquieto y receloso como un buey apartado del rebaño, mientras Zarza subía los seis pisos andando, porque el ascensor llevaba meses roto; y abría con su llave, y encontraba a Miguel sentado debajo de la mesa de la cocina, lleno de costras de suciedad y muerto de hambre. No pudo bañarlo, porque la bombona de butano estaba vacía; pero lo adecentó como pudo con el pico mojado de una toalla y le cambió las ropas por otras medio limpias; luego metió unas cuantas cosas de Miguel y de ella misma en un par de bolsas y bajó con su hermano por la escalera hasta toparse con Urbano, que, impaciente y angustiado por la espera, había ido subiendo peldaño a peldaño hasta el tercer piso, como el perro incapaz de aguardar a su amo sin moverse.

De modo que regresaron los tres a casa del carpintero y la vida siguió igual, pequeña y plácida, o por lo menos muchas personas la hubieran considerado así, una existencia tranquila y agradable. Hablaban poco, porque Urbano era un hombre silencioso; pero veían la televisión, y paseaban, y leían, mientras Miguel jugaba con su eterno cubo de Rubik, dando vueltas y más vueltas al caos de colorines. Sin embargo, Zarza comenzaba a ponerse nerviosa; y más de un día, mientras Urbano trabajaba en el taller, Zarza se fue de casa.

—Ya sabes que no quiero que salgas sola —refunfuñaba el carpintero.

—Pero ¿qué pasa? ¿Eres un califa reencarnado? ¿Te crees que me puedes encerrar en un harén? —contestó un día Zarza con aspereza.

—No es eso, no es eso —dijo Urbano, amainando el tono y con una expresión de dolorida duda en sus ojos hundidos—. No lo digo por eso y tú lo sabes... Es que no sé si... No sé si estás lo suficientemente bien como para poder salir sola sin peligro...

—¡Qué tontería tan grande! —se fue creciendo ella—. Pero ¿es que tú te crees que puedo pasarme la vida aquí encerrada preparándote la cena? Necesito salir, buscarme un trabajo, hacer otras cosas. Pero, claro, tú eres demasiado bruto para entenderlo...

A partir de entonces todo fue a peor, porque cuando uno pierde la mínima distancia de respeto luego es fácil dejarse resbalar ladera abajo. Día tras día se agriaban las palabras y los modos de Zarza, como si la recia y silenciosa paciencia del hombre excitara su crueldad. Eres un animal, eres una bestia, no tienes ni sentimientos ni cerebro, le escupía Zarza. Luego, al cabo de unas horas, siempre iba a pedirle perdón. Perdóname, Urbano, no pienso lo que digo. Yo sí que soy una bruta, no sé lo que me ocurre. Bueno, sí lo sé, es que pasarme el día encerrada me pone de los nervios. Creo que debería empezar a llevar una vida normal. Lo más normal posible, ¿no te parece? Eres tan bueno, Urbano, eres tan bueno.

Cuando la oía decir eso el hombre apretaba los labios y se sentía enfermo, porque ese «eres tan bueno» sonaba en sus oídos como el peor de los insultos. El más definitivo, el más irreversible, el que le inhabilitaba como pareja.

—No soy bueno —gruñía entonces, escocido y arisco.

Y Zarza, en su ignorancia, creía que el carpintero se había emocionado con sus palabras. De modo que, para culminar la ceremonia del perdón, a menudo solía arrastrarle después a la cama y hacía el amor con él, muy profesional, diciéndole guarradas a la oreja y fingiendo entusiasmo. Ardientes mentiras de las que no se sentía avergonzada sino casi orgullosa, porque no las hacía contra él, sino para obsequiarlo. Pero al poco rato recomenzaban los insultos, los desprecios; Zarza se escapaba de casa y desaparecía durante horas, en ocasiones con Miguel, casi siempre sola, y salir a menudo no parecía dulcificar su humor, sino lo contrario. Las cosas continuaron así, cada día un poco peor, durante algunas semanas.

Lo que Urbano no sabía era que, aquella tarde en que fueron a buscar a Miguel, había sucedido algo definitivo. Sí, en efecto, ella había subido a pie los seis pisos de la casa, y abierto la puerta con su llave, y descubierto a Miguel debajo de la mesa de la cocina, asustado y mugriento; pero también, como era por otra parte previsible, había encontrado allí a su gemelo. Hubo muy pocos gestos entre ellos, una escueta economía de dolor y palabras. El primer saludo de Nicolás fue un bofetón: sus dedos se marcaron en rojo ruboroso en la pálida mejilla de su hermana. Pero luego se abrazaron con desesperación, se besaron con hambre y lloraron un rato con apaciguada congoja, porque al volver a verse se supieron perdidos pero experimentaron el consuelo de perderse juntos. Por último, Nicolás le regaló una dosis que ella se tomó después, aquella noche. Nico metió de nuevo a Zarza en el amplio regazo de la Blanca y fue como si nunca lo hubiera abandonado.

Y lo que nadie sabe es la auténtica razón por la que Zarza regresó a su antiguo piso: si fue de verdad para rescatar a Miguel o si, por el contrario, lo que pretendía era reencontrarse con Nicolás. Incluso puede ser que, en realidad, Zarza no estuviera buscando ni a Miguel ni a Nico, sino a la Reina, porque fuera de los brazos de la Blanca el mundo parece sin sangre y sin oxígeno, un universo insoportable en blanco y negro. La Reina te mata pero sin la Reina no deseas vivir, y muchas veces no hay otra solución que correr y correr cada vez más deprisa, galopar hasta el abismo y estrellarse. Zarza había aprendido que, a menudo, la única diferencia entre los que se salvaban y los que sucumbían era que los segundos habían dado un mal paso. Bastaba con uno solo. El camino al infierno está hecho de pequeños tropezones.

De manera que todo había vuelto a empezar, y Zarza estaba viendo a Nicolás y frecuentando a la Reina. Era una situación que no podía durar y no duró. Una mañana, Urbano bajó al taller a trabajar y dejó su cartera en el dormitorio. Zarza corrió a cogerla: no era la primera vez que le robaba. Abrió el ajado monedero y encontró doce billetes de diez mil. Un pequeño tesoro. Estaba dudando Zarza sobre cuántos billetes tomar y cuántos dejar para que la sustracción no fuera demasiado evidente, cuando sintió una vibración del aire sobre la nuca. Dio media vuelta y se encontró cara a cara con Urbano; tenía los brazos cruzados sobre el pecho y un gesto impenetrable y estatuario. Permanecieron silenciosos durante unos segundos.

—Y ahora, ¿qué? —dijo al fin Urbano.

Ahora Zarza le odiaba y se odiaba.

—Deja ese billetero donde estaba —ordenó el hombre—. Ya me había dado cuenta de que me robabas. Estás otra vez metida, ¿verdad? ¿Cómo ha sucedido?

No sonaba enfadado sino triste, y esto enfurecía aún más a Zarza.

—¿Quién te crees que eres tú? —gritó ella—. ¿Quién te crees que eres tú para mirarme tan listo y tan seguro de todo desde ahí arriba?

—Sólo quiero ayudarte —musitó Urbano, palideciendo—. Sólo quiero ayudarte. No te preocupes, Zarza. Ten un poco de valor. Saldremos de esto.

Pero ¿por qué no le gritaba? ¿Por qué no la pegaba? ¿Cómo podía ser tan asquerosamente bueno? Zarza le arrojó la cartera a la cara. El billetero dio en la mejilla de Urbano y luego cayó al suelo. El hombre se agachó a recogerlo, un tipo grande que doblaba su maciza anatomía con torpeza. El primer golpe le hirió en lo alto de la cabeza, derrumbándole de bruces en el suelo. Intentó levantarse y otros dos mazazos, en la espalda y la nuca, le derribaron. Ya no se movía, pero Zarza seguía machacando el cuerpo inerte en un paroxismo de violencia. Al cabo, su propio agotamiento la detuvo. Se miró las manos, jadeante, y vio que aún sostenía el pie de la lámpara de la mesilla, ese hermoso pie de madera torneada que Urbano había fabricado para ella. Goteaba sangre y Zarza lo soltó, horrorizada. En el suelo, el hombre no era más que un cuerpo roto. Un ruido extraño, un lastimoso hipido, sacó a Zarza de su estupor: en el quicio de la puerta estaba Miguel, pálido y tembloroso. Hacía bascular su peso de una pierna a la otra y se golpeaba desmañadamente los ojos con las manos abiertas, como si quisiera no ver. Pero veía. Zarza se agachó, recogió el billetero y agarró a su hermano por un brazo. El muchacho chilló como una gaviota.

—¡Déjate de tonterías! Tenemos que irnos —gritó Zarza.

Y salió a toda prisa de la casa arrastrando tras de sí al trémulo Miguel, que iba dando tropezones y repitiendo la palabra *cama* para sí, cama-cama-cama, como en una letanía o un conjuro, quién sabe si añorando el urgente refugio de su lecho, cama-cama, o tal vez intentando convencer a la realidad de que no era real, de que todos estaban acostados y lo que acababa de suceder era un mal sueño.

Zarza pensó que ahora su hermano podría matarla con su propia pistola, cerrando así el círculo de inquietantes simetrías fraternales. ¿Creía de verdad Zarza que Nicolás sería capaz de disparar contra ella? Puede que sí. Zarza sabía que Nico era un hombre extremadamente apasionado. Conocía su capacidad de odiar y la obsesión con la que cultivaba sus sentimientos. Si algo le importaba lo suficiente, Nicolás carecía de medida. Y Zarza siempre le había importado mucho. Tal vez demasiado.

Y aún hay algo más: Zarza creía que su gemelo podría asesinarla porque ella misma se consideraba indigna de vivir. Por eso ahora, mientras recuperaba el resuello apoyada en la pared, toda revuelta aún por el recuerdo de la musiquilla y los miedos oscuros de la infancia, había una parte de ella que decía: Ríndete, regresa allí y acaba. Pero, aun a su pesar, Zarza era una superviviente por naturaleza. Sus células más humildes y recónditas estaban empeñadas en seguir existiendo. Sus pestañas. Sus uñas. Las elegantes hélices de su ADN. Respirar y seguir. Respirar y amansar el aliento alborotado. Seguir adelante y decidir una estrategia. Y ahora, qué. Ahora qué.

Ahora necesitaba ver a Miguel. Era extraordinario, porque su hermano pequeño no podría solucionarle nada; esto es, nada concreto que mejorara la situación de Zarza, que le ayudara en su huida, que calmara la furia vengativa de Nicolás. Y, sin embargo, Zarza sentía que había en juego otras cosas, ciertos misterios últimos, algo más importante incluso que la posibilidad de morir o matar. Unas tinieblas que era necesario iluminar porque de esa negrura nacía todo.

Iban a dar las ocho de la tarde y a las nueve solían acostar a los asilados, así es que Zarza tenía que apresurarse. Cogió un taxi y ni siquiera se molestó en hacer los cambios rutinarios de vehículo para despistar a su posible perseguidor. Cuando llegó a la Residencia era noche cerrada y había tan poca gente por la calle que parecía mucho más tarde. Llamó a la puerta y abrió la misma enfermera de por la mañana. Pero ¿qué interminables turnos hacían estas personas? Se la veía de mucho peor humor, en cualquier caso.

—¡Señorita Zarzamala! Ahora no es un buen momento para venir, los muchachos están cenando, les distrae cualquier cosa...

La enfermera llamaba muchachos a todos los residentes, incluyendo al viejo matusalénico que imprecaba a los cielos.

—Lo siento, pero tengo que ver a mi hermano. Sé que todavía es hora de visita...

—Sí, sí, pero, en fin... Bueno, pase usted... Y luego querrán que los muchachos estén tranquilos y arreglados, con este desorden de visitas...

La guió por el pasillo, refunfuñando, y la dejó en la puerta del comedor. Era una habitación grande construida con la suma de tres pequeñas: en las paredes se veían las marcas de los antiguos muros derribados. A la mesa, larga y con forma de U, cubierta con un hule de florecitas, se sentaba una quincena de asilados, todos aquellos que podían valerse por sí mismos. De pie dentro de la U, un par de auxiliares se afanaban por atender a los comensales: servían los platos, ponían orden, limpiaban barbillas, ayudaban a coger los pedazos de comida demasiado huidizos. Los cubiertos, así como la vajilla y los vasos, eran de plástico, lo cual no facilitaba las maniobras. Pero evitaba accidentes enojosos, como aquél protagonizado por una anciana que, años atrás, le clavó un tenedor en el muslo a su vecina de mesa. Miguel se encontraba en una esquina. Siempre le gustaron los extremos. Prefería permanecer lo más aislado posible de los demás.

Zarza arrastró una silla y se sentó junto a él. Su hermano estaba comiendo macarrones gratinados con los dedos y ni siquiera levantó la cabeza para mirarla.

—Hola, Miguel.

El chico no dijo nada, pero colocó un macarrón sobre el hule, frente a Zarza. Ella lo cogió con cierta repugnancia y se lo comió. Estaba frío y gomoso. Casi todos los residentes habían terminado ya de cenar; Miguel adoraba los macarrones y se los había guardado golosamente para el final, incluso para después del cacao con leche.

—Hummm, muchas gracias, Miguel.

Su hermano puso otros dos macarrones en el hule pringoso.

—Gracias, mmm, qué ricos, pero ya no me des más, no quiero más, cómetelos tú, yo no tengo más hambre...

Miguel echó una rápida ojeada a Zarza, sonrió un poco y siguió comiendo. Estaba contento de verla, eso era evidente.

—Ya te dije que no me iba a ir, ¿lo ves? He venido para que te quedes tranquilo. No te voy a abandonar nunca más.

Aunque, en realidad, ¿a quién quería tranquilizar Zarza con esa visita, a su hermano pequeño o a sí misma? Había algo poderoso y confuso que impulsaba a Zarza hacia Miguel, algo a medio camino entre el sufrimiento y el alivio, como cuando la lengua se va sola hacia la encía hinchada sobre una muela a punto de salir. Duele al apretar, porque la carne se rompe; pero también consuela, porque, cuanto antes quede libre el diente, antes acabará el tormento. En el regazo, sobre los muslos cerrados y apretados como las piernas de una púdica doncella, Miguel guardaba el Rubik, deshecho en un revoltijo de colores.

—Ah, tienes ahí tu cubo... —dijo Zarza, cogiéndolo. Miguel se lo arrebató de las manos.

—Es mío.

—Lo sé, lo sé...

—Me gusta. Es bonito. Cambia todo el rato.

—Lo sé. Es un juguete precioso.

Miguel daba vueltas al azar a los cuadraditos con sus dedos pálidos y arácnidos, y el objeto, en efecto, se transformaba de un instante al otro. No recordaba Zarza el número exacto de posiciones que podía tener el maldito cubo, era una cifra imposible y extraordinaria, quintillones de combinaciones de las cuales sólo una albergaba la solución; esto es, la homogeneidad de los colores, el orden, la armonía, la calma primigenia antes del caos. Zarza odiaba esa desalentadora abundancia de posibilidades. Que fuera tan difícil atinar y tan fácil perderse. Se sentía por completo incapaz de pastorear los cuadrados de colores hasta su posición primera, de la misma manera que había sido incapaz de ordenar su propio destino. En realidad, Zarza se consideraba un fracaso existencial; no sólo no sabía ser feliz, un conocimiento que pocos poseían, sino que ni siquiera sabía vivir la vida más simple y más estúpida. En esto era más inútil que un niño, más inepta que un tonto. Más inhábil que Miguel, el tonto de la familia, como decía Nico. Aunque Miguel no era tonto. Era puro y distinto.

—¿Estás contento de que haya venido a verte? —preguntó Zarza.

—¿Estás contenta de que haya venido a verte? —le devolvió Miguel. No era una simple repetición, porque había cambiado el género del adjetivo. En realidad era una pregunta y esperaba respuesta.

—Claro. Estoy feliz, Miguel.

El chico volvió a sonreír sin mirarla, enfrascado en el alegre desorden de su cubo. Zarza le contempló casi con orgullo: era tan guapo. El pelo rojo y espeso, los ojos enormes, las pestañas rizadas, esos labios bien dibujados sobre los dientes blancos. Pero luego estaba su cuerpo rígido y engarabitado, su delgadez inverosímil. Había algo en él que no acababa de encajar, algo definitivamente anormal. Una inadecuación que se iba haciendo más evidente a medida que pasaban los años. Era un niño imposible, un adulto abortado.

—Miguel, ¿te acuerdas de Urbano?

Zarza se sorprendió a sí misma con la pregunta: se le había escapado labios abajo antes de pensarla. Miguel la miró de frente, la primera vez en toda la visita; luego empezó a bambolearse.

—Urbano no me quiere. Urbano no me quiere. Urbano no me quiere...

—Calla, ¡calla! Para, no te muevas... ¿Por qué dices eso? Urbano sí que te quiere...

—No me quiere. Urbano es bueno y Miguel es malo y Zarza es mala. Urbano estaba muy enfermo. No me puede querer. No le curé.

—No, tú no eres malo. Fui yo quien le hizo daño a Urbano, tienes razón, mucho daño. Fue horrible lo que hice, pero yo también estaba enferma. Ahora nos hemos curado todos, Urbano y yo. Y él sabe que tú no tuviste la culpa, te lo aseguro.

—No viene a verme porque no me quiere.

—No sabe dónde estás. Si lo supiera, vendría a jugar contigo.

—Urbano no me quiere pero yo quiero a Urbano.

Miguel ya no se mecía, pero se le había ensombrecido la expresión. Zarza se maldijo por haber sacado el tema. Qué estupidez: estaba perdiendo por completo el control sobre sí misma. En realidad no sabía si el carpintero seguía viviendo en la ciudad. Porque vivo sí estaba, o eso suponía. Mientras Zarza se encontraba en la cárcel a la espera de juicio le llegó la noticia de que Urbano no había muerto tras la paliza. Ni había muerto ni la había denunciado; cuando le llevaron al hospital dijo que había sido agredido por un atracador al que no pudo ver. Estaba muy maltrecho, pero era un hombre fuerte y, al parecer, con el tiempo se repuso. Zarza no había vuelto a saber de él. En realidad, ni siquiera había vuelto a pensar en él hasta estas últimas horas. La memoria de Zarza era un volcán en súbita erupción y la lava producía una quemazón casi insoportable.

—Todo está bien con los colores tranquilos —dijo Miguel de pronto.

—¿Qué colores?

—Los colores tranquilos que están dentro.

Zarza no le entendía. Sucedía a menudo: Miguel el Oráculo y sus frases herméticas. Uno de los internos revolvió su vaso de cacao y la cuchara tintineó contra el vidrio. Como el antiguo repiqueteo de las medicinas de la madre, o el solitario batir de los huevos al atardecer, en la eterna cocina de la infancia. El comedor de la Residencia tenía los techos demasiado altos y las luces demasiado pegadas al techo. Unas luces desagradables, ni lo suficientemente brillantes como para ser alegres ni lo suficientemente suaves como para resultar íntimas. El ambiente poseía un matiz de irrealidad, un aura opresiva, la claustrofóbica sensación de algo ya vivido.

—Hora de dormir, amigos... —canturreó una de las auxiliares, una chica robusta empeñada en parecer simpática.

Y empezó a levantar mongólicos y a desdoblar las mohosas articulaciones de los ancianos.

—Venga, dale un besito de buenas noches a tu visita, y a la cama —dijo la mujer, agarrando a Miguel de un brazo.

Él dio un respingo y se soltó.

—No, no... —se apresuró a decir Zarza; la auxiliar debía de ser nueva—. Miguel no es de los que besan...

Vamos, que no me tiene que besar. Y no le gusta que le toquen. Es muy obediente, basta con que se lo digas de buenos modos.

—Ah, bueno, chico, perdona. Pues nada, príncipe, tú primero —dijo la cuidadora, señalando la salida.

Miguel agachó la cabeza, cogió su cubo y se levantó dócilmente.

—Adiós, adiós. Volveré pronto a verte. Que duermas bien.

Contempló a su hermano mientras se marchaba: casi tan guapo como un efebo, casi tan repulsivo como un monstruo. Los romanos llamaban *delicias* a los muchachitos que servían de entretenimiento al César. Zarza sintió náuseas y un intenso dolor en el corazón, que por alguna razón parecía haberse desplazado hasta una zona cercana a la garganta. Se llevó la mano al cuello y se esforzó en seguir respirando. Había recuerdos impensables, recuerdos literalmente imposibles. No hay mayor infierno que el de odiarse a uno mismo.

Una mañana, pocos días después de haber conseguido las pistolas en la tienda de la vieja, tras haber pasado los dos una noche terrible e interminable, sin dinero, sin nada que vender, torturados por la añoranza de la Reina y sintiéndose tan desesperados como enfermos, Nico decidió pasar a la acción.

—Es muy fácil. Entramos en el banco de la esquina, sacamos las pistolas, yo le apunto al guardia, tú al cajero, agarras el dinero y nos largamos.

—¡Pero si no se puede entrar con objetos de metal! Hay esas puertas dobles con arcos detectores...

—Qué va, en ese banco son muy confiados, abren a todo el mundo aunque la alarma pite, tú lo sabes...

—¡Pero es que en esa oficina nos conocen!

—Pues por eso. Mejor. Así nos abrirán.

Era el banco del barrio, y sólo la extremada angustia que produce la Blanca podría justificar que se les ocurriera la insensatez de atracar a unos vecinos, a unos individuos demasiado cercanos que tarde o temprano acabarían por localizarles. Pero la Reina tiene esos efectos: calcina la capacidad pensante de sus súbditos.

De manera que Nicolás cogió la Browning de 9 mm y trece tiros y se la metió en el cinturón, oculta por la chaqueta; y Zarza abrió su bolso y guardó el pequeño Colt que su hermano le había dado. Lo guardó con toda repugnancia, horrorizada. Convencida de que caminaban hacia la catástrofe.

—No lo hagamos, Nicolás. No podemos hacer esto. ¿Qué quieres, atracar un banco como en las películas? Esto es una pesadilla. No lo hagamos.

—La vida sí que es una pesadilla, Zarza, una puta pesadilla de la que no hay manera de despertarse. Y si no atracamos el banco, ¿qué hacemos? ¿Qué vas a hacer dentro de tres horas, eh? ¿Y esta noche, y mañana? ¿Cómo vas a aguantar? ¿Cómo vamos a aguantar, maldita sea?

Nico zarandeaba a Zarza mientras decía esto, la sacudía por un brazo mientras blandía la pistola con la otra mano, se la había sacado del cinturón y la agitaba en el aire como un poseso; tal vez ahora se le escape un tiro y me mate, sería una solución, pensaba Zarza casi sin pensar, no como quien hace una reflexión, sino como quien contempla con cierta desgana una mala representación teatral. Pero no, las cosas no podían terminar tan fácilmente. Nico gruñó todavía un poco más y luego volvió a meterse la Browning en el cinto.

—Basta ya de tonterías. Vámonos.

Salieron de la casa, Nicolás primero y Zarza después, caminando a la zaga de su hermano tan callada y sumisa como una oveja. Pero al pasar junto al contenedor de basura, ya en la calle, Zarza ejecutó un acto inconcebible, un gesto irreflexivo dictado por el miedo: sacó el revólver del bolso y lo arrojó dentro del recipiente. Fue un movimiento rápido, discreto; nadie pareció advertirlo y tampoco su hermano, que caminaba unos pocos pasos por delante. En ese momento, Nico se volvió:

—¡Date prisa! ¿Por qué vas rezagada?

Zarza apretó la marcha; temblaba visiblemente, pero eso le sucedía muchas veces desde que estaba en manos de la Blanca.

—Ya voy...

Subieron por la calle hasta llegar a la glorieta. Ahí, en la esquina de enfrente, estaba el banco. Se trataba de una oficina pequeña, con tan sólo tres o cuatro empleados. Era un barrio malo y una calle mala, el corazón podrido de la ciudad vieja; años atrás el banco había sufrido varios robos seguidos y desde entonces tenían un guardia jurado, además de los sistemas habituales de protección. Pero hacía mucho que las cosas parecían estar en calma y, como siempre sucede en los tiempos de bonanza, los procedimientos de seguridad se habían relajado. Era cierto lo que Nico decía: a menudo abrían sin más a los clientes.

—Entra tú primero y te colocas a la cola en la caja. Luego entraré yo —ordenó Nicolás.

Zarza abrió la primera puerta de cristal blindado, esperó a que se cerrara y luego pulsó el mecanismo de apertura de la segunda puerta. Ninguna voz grabada le ordenó depositar los objetos metálicos en la bandeja de la entrada, por la sencilla razón de que Zarza no llevaba objetos metálicos. Pero eso no lo sabía Nicolás, que observaba su avance desde la acera de enfrente, obviamente encantado de comprobar que su hermana era capaz de pasar sin más problemas dentro del banco con un revólver guardado dentro del bolso.

En esos momentos sólo había dos clientes en la sucursal, dos mujeres de mediana edad, una despachando con el cajero y otra esperando su turno. Zarza se dirigió hacia ellas, titubeante, dispuesta a guardar cola como había dicho su hermano. Pasó junto al guardia jurado y le miró de refilón. Era un chico muy alto, tal vez cercano a un metro noventa, con una cabeza demasiado pequeña para su envergadura y cara de niño imberbe. El guardia la vio mirarle y sonrió. Se conocían de vista. Sí, horror, se conocían. Antes de que Caruso la echara de la Torre, a veces pagaba los servicios de Zarza con unos cheques al portador que ella cobraba aquí. Zarza hundió la barbilla en el pecho, muy agitada.

—¿Te pasa algo? —preguntó el guardia con amistosa solicitud.

—No. Nada. Nada de nada.

—Estás temblando.

—Es que... Estoy con la regla... Y me pongo siempre fatal... Me duele y me mareo.

—Ah —dijo el muchacho, enrojeciendo ligerísimamente.

Tenía los ojos muy juntos, mejillas barbilampiñas y redondas, dos granos de acné en la barbilla. Era demasiado joven y Zarza seguía siendo guapa, a pesar del maltrato de la Blanca. Así es que la creyó:

—¿Quieres sentarte un rato y descansar?

—No, no. Muchas gracias. Ya estoy acostumbrada. Enseguida se pasa.

—Sí, sí, la regla... A todo le llaman la regla, hoy... —refunfuñó la mujer que esperaba en la cola.

Pero el guardia no la oyó. En ese momento entraba al banco un viejo y Nico aprovechó para meterse con él. Quedaron atrapados entre las dos puertas y el mensaje grabado les exhortó a depositar los objetos de metal, pero el cajero lanzó una ojeada rutinaria a los visitantes y pulsó la apertura sin aguardar más. El hombre mayor se dirigió a la cola y se puso detrás de Zarza; Nicolás se quedó junto a la entrada, como rebuscando un papel en los bolsillos. Pero en cuanto que el guardia apartó la vista de él, sacó la pistola y la blandió ante sí. Zarza sintió una sacudida en la boca del estómago y un tumulto de sangre en los oídos, el palpitar del tiempo, como si en el mismo momento en que su hermano mostró el arma hubiera empezado a marchar un cronómetro.

—¡Quietos todos! —chilló Nicolás, con tópico fraseo de delincuente— ¡Esto es un atraco!

La acción se congeló durante unos instantes: nadie se movió, nadie respiró, nadie parpadeó. Luego se escuchó un gritito de mujer, algún gemido, un par de resoplidos. El guardia, lívido, comenzó a levantar lentamente las manos. Nicolás le apuntaba directamente a él.

—¡Venga! ¿A qué esperas, idiota? ¡Saca el arma! —gritó Nico a Zarza sin dejar de mirar al chico.

—No... No la tengo... —balbució ella.

—¿Cómo que no la tienes? ¡El revólver! ¡Te lo he dado!

—No lo tengo, de verdad, pero no importa, voy a coger el dinero y nos vamos... —dijo Zarza.

Y empezó a meter los billetes del cajero en el bolso, mientras su hermano le lanzaba breves ojeadas furibundas.

Esta pequeña escena había alterado a Nicolás lo suficiente como para distraer su atención. Aprovechando el descuido, el guardia intentó sacar su propia pistola. Todo fue muy rápido: Nico dio un salto hacia atrás y disparó. La bala entró por encima del ombligo del chico, a la altura del último botón de la chaquetilla. El guardia se quedó sentado en el suelo, sin aliento, con las piernas estiradas y expresión de asombro, como si hubiera recibido un puñetazo en el estómago. Miró a Zarza; parecía un niño engañado por un adulto a punto de ponerse a sollozar.

—¡Mierda, mierda, mierda! —gritó Nicolás, fuera de sí, sacudiendo la mano con la pistola en todas direcciones.

Empleados y clientes gimieron con un sonido ululante parecido al viento entre los árboles.

Nico volvió a apuntar al joven herido:

—¡Yo te mato, te mato!

Zarza se abalanzó sobre su hermano, intentando sujetarle la Browning:

—No seas loco, no dispares, vámonos, déjalo ya...

—¡Déjame tú, gilipollas! Tú has tenido la culpa... —dijo Nico, arreándole a Zarza tal bofetón que la arrojó contra la pared.

De nuevo hubo un instante de silencio, una quietud absoluta. Luego todo volvió a acelerarse; Zarza se rehizo, abrió la primera puerta de cristal, esperó durante unos instantes interminables a que se desbloqueara la segunda hoja y después salió corriendo, aferrada a su bolso con el magro botín. Entonces Nicolás pareció volver en sí. Cogió la pistola del guardia y se la metió en un bolsillo; a continuación agarró por el brazo a una de las clientes, que se había arrojado al suelo cuando el disparo, y le hizo levantarse.

—¡Arriba! Tú te vienes conmigo.

La sujetó por el cuello: era una mujer rechoncha con el pelo teñido caseramente de color negro cuervo.

—Porfavorporfavornomematenomemate —susurraba ella con las manos unidas, como quien bisbisea una jaculatoria.

—Como me encerréis entre las puertas le reviento la cabeza de un tiro —dijo Nico.

Salieron del banco así, entrelazados, con torpeza de monstruo de cuatro patas, abriendo primero la puerta interior y luego aguardando a que funcionara el mecanismo de la segunda hoja. Que, por supuesto, funcionó. Nada más alcanzar el exterior, Nicolás tiró a la mujer de un empellón y salió corriendo calle abajo. Atrás dejaba un herido grave, un atraco miserable y chapucero, media docena de testigos y una cámara de vídeo que lo había registrado todo, incluyendo el hecho de que Zarza no llevaba armas (extremo confirmado por el equipo de detección de metales de la entrada); que había intentado detener a Nicolás, y que por ello había sido abofeteada. Todo lo cual le vino muy bien a Zarza cuando, dos días después, decidió vender a su hermano; cuando fue a comisaría y le denunció, Zarza la chivata, como el autor del atraco y del disparo.

La ninfa Salmacis amaba con tal intensidad a su hermano adolescente que no quería separarse de él ni el más breve momento. Acabaron por fundirse la una en el otro, transmutados en una deidad híbrida llamada Hermafrodita. Esto es, perdieron su identidad y se convirtieron en algo monstruoso. Nicolás siempre sintió por Zarza esa pasión devoradora e ignorante de límites que experimentaba Salmacis por su hermano. Por su parte, Zarza también adoraba y necesitaba a Nico, pero en su caso había algo que la sacaba del encierro de la abstracción fraterna, y ese algo era Miguel. A Zarza le embargaba una ternura desordenada y dolorosa cuando pensaba en su hermano pequeño; amaba a Nicolás con su cabeza y con todo su cuerpo, pero su corazón era de Miguel.

En realidad, Nicolás y Zarza no eran estrictamente gemelos sino mellizos, es decir, no procedían del mismo óvulo. Zarza consideraba esta diferencia como una de las pocas circunstancias afortunadas que había tenido en su vida: pensaba que si hubiera tenido que añadir la identidad genética a todo lo demás, el vértigo fusional le hubiera resultado insoportable. Aun así, siempre ocuparon ellos dos, Zarza y Nicolás, una isla hermética y privada.

Desde pequeñitos vivieron entregados el uno al otro, como náufragos en una situación desesperada. A Zarza le estremecía recordar que ambos habían conocido el mismo principio, los mismos latidos uterinos, el mismo mar de sangre; que habían compartido la oquedad primigenia, el paraíso cavernario de la carne materna. De esa madre desesperada y depresiva que, sin embargo, seguramente les hizo sentirse felices en su vientre. Zarza y Nico siempre desearon vagamente regresar a aquel lugar, a esa cueva viscosa y sonrosada en donde fueron uno. Quizá todos los gemelos padezcan esta misma pulsión hacia los orígenes. Y quizá Nico y Zarza se refugiaran bajo la mesa del comedor para rememorar la panza original.

Claro que también había otras razones. Se metían bajo la mesa para escapar de la luz mortecina, de las cortinas polvorientas y siempre cerradas del comedor inútil, del desapacible ambiente de la casa, del desolador sonido que producía la criada, al atardecer, cuando batía los huevos de la cena: un repiqueteo de metal y loza que sonaba a toque de difuntos y que anunciaba la llegada de la noche, con todos sus terrores, sus secretos visitantes y sus fantasmas. Zarza se recordaba sitiada por el miedo; desde que tenía uso de razón, el miedo había sido su compañero constante. Miedo a una tristura que mataba (¿o acaso su madre no murió de pena?), miedo a intentar respirar y no poder, miedo a que su padre no la quisiera, miedo a que su padre la quisiera, miedo a sus propios deseos y traiciones. Sólo la Blanca había sido capaz de adormecer sus temores.

De pequeña, Zarza sentía de manera imprecisa pero inequívoca que algo no marchaba bien a su alrededor. Ni ella ni Nicolás trajeron jamás amigos a casa. Tampoco es que tuvieran muchos amigos, porque se bastaban a sí mismos en su orgullo de gemelos; pero sabían, sin saberlo conscientemente y sin decirlo, que los otros niños se hubieran extrañado de cómo vivían. Esto es, se sabían raros. No alcanzaban a entender con claridad el porqué de esa rareza, pero intuían que tenía que tratarse de algo sustancial, algo tan profundo que se hallaba por debajo del nivel de flotación de las palabras, algo infame e informe que les manchaba de culpa. Y así, se avergonzaban de esa madre sufriente y en eclipse; de esa casa sombría y mortecina, tan tiesa como un museo; de ese padre altivo e impredecible, tan pronto encantador como tronante. Rosas 29 no parecía un verdadero hogar: era un comedero, un dormitorio, un espacio frío que los inquilinos usaban para cubrir las necesidades elementales. Nunca tenían visitantes, aparte de los clientes de su padre, que entraban directamente al despacho y luego se iban. Ni siquiera el servicio aguantaba durante mucho tiempo en esa casa inhóspita; las criadas cambiaban todo el rato, convirtiendo la inestabilidad en una rutina. Tan sólo la tata Constanza permaneció con ellos, haciendo honor a su nombre, durante un par de años, pero fue porque, según decía, le daban pena los niños. Ese relativo afecto de Constanza les hizo aún más daño, porque supuso la confirmación de algo que ya temían: que eran dignos de conmiseración, que suscitaban lástima.

Zarza recordaba a una compañera de clase. Era la hija de la portera del colegio y estudiaba con beca. Zarza entró dos o tres veces en su casa, en los bajos del edificio escolar, apenas dos pequeñas habitaciones, un baño diminuto, una cocina, con tragaluces provistos de barrotes y arrimados al techo por los que se veían pasar las piernas de la gente. En ese espacio ínfimo y oscuro se apretujaba un batiburrillo de muebles viejos que sin duda debían de venir de un piso más grande; pero las malas maderas estaban barnizadas y había tapetitos de encaje de plástico sobre las mesas. Zarza envidiaba esos tapetitos, el olor a cera, el tresillo de escay, la cálida luz de la horrorosa lámpara y, sobre todo, la colección de figuritas del roscón que había sobre el aparato del televisor. Imaginaba a su compañera, y a la madre, y al padre, y a los hermanos, y a las tías, y a los primos, y a los abuelos, y a los amigos de los padres, porque unos padres así tienen amigos; imaginaba a una muchedumbre de personas, en fin, apiñadas en esas habitaciones pequeñitas comiendo roscón de Reyes y bebiendo chocolate, y le parecía que eso debía de ser la esencia de la felicidad. Durante muchos años esa escena se convirtió en una obsesión. El paraíso perdido era un pedazo de roscón sobre un tapete de encaje de plástico.

A los trece años, Nicolás empezó a husmear entre las páginas de la enciclopedia que el padre guardaba en su despacho y a traer consigo algún volumen cuando se metía con Zarza bajo la mesa. Encendía entonces una linterna y leía en voz alta todas las entradas que tenían alguna relación con la locura. «Depresión», recitaba por ejemplo Nico: «Frecuentemente observada en muchos desórdenes psicóticos, la depresión también puede aparecer en síndromes neuróticos como el síntoma más prominente. Hay una relativa alta frecuencia de depresión neurótica entre los grupos sociales más sofisticados, educados, maduros e intelectuales, siendo más común esta dolencia en la mediana edad. Una consecuencia de ello es que el porcentaje de suicidios en los países occidentales es mayor entre los treinta y cinco y los setenta y cinco años, con una tasa máxima en torno a los cincuenta y cinco». La madre de Zarza murió a los cuarenta y dos.

«Psicosis», seguía leyendo Nicolás: «Psicosis es el término comúnmente usado para designar un desorden psiquiátrico grave o severo. De acuerdo con algunas autoridades, el término psicosis indica no sólo una gravedad real o potencial, sino también que ese estado alterado es aceptado por quien lo sufre como una forma normal de vida. El diagnóstico más frecuente entre las psicosis mayores es el de esquizofrenia. Muchos autores han interpretado la esquizofrenia como una enfermedad hereditaria».

A menudo encontraban palabras que no entendían, aunque cada vez se fueron haciendo más expertos en el lenguaje psiquiátrico. Y en cualquier caso siempre comprendieron lo fundamental. Que el mundo de la locura llenaba muchas páginas de apretada e intimidante letra. Que su madre no era como las demás madres, ni su padre como los demás padres. Que Miguel era anormal. Que ellos dos, gemelos y solos, supervivientes de una catástrofe remota, llevaban probablemente el veneno en las venas, la herencia del dolor y del delirio. Los niños apaleados apalean niños de mayores, los hijos de borrachos se alcoholizan, los descendientes de suicidas se matan, los que tienen padres locos enloquecen. La infancia es el lugar en el que habitas el resto de tu vida.

Zarza acababa de abandonar la residencia de Miguel cuando empezó a sonar el teléfono móvil; miró la pantalla y no aparecía indicativo alguno. Tenía que ser él. Por fuerza tenía que tratarse de Nicolás. El móvil pertenecía a la editorial y ellos eran los únicos que la llamaban; ningún amigo de Zarza conocía ese número de teléfono, por la sencilla razón de que Zarza no tenía ningún amigo. Desde que salió de la cárcel había vivido una pequeña vida de austeridad absoluta, una cotidianidad desnuda y calcinada. Ni adornos en su apartamento, ni amistades en sus horas libres, ni recuerdos en su memoria. Se había dedicado a comer y a dormir, a trabajar y a leer. Siempre había utilizado la Historia como escape, tanto en su primera juventud, cuando estudió la carrera en la universidad, como en la cárcel, y ahora había vuelto a recurrir a esa vieja estratagema consoladora y se había zambullido en sus libros medievales, en un tiempo y un mundo que nada tenían que ver con su realidad. ¿O quizá sí lo tenían? El acoso de Nicolás la estaba poniendo paranoica, porque empezaba a creer que todo lo que le rodeaba encerraba ocultos mensajes para ella. Como la leyenda del Caballero de la Rosa, por ejemplo: ahora le parecía demasiado angustiosa, demasiado próxima. No soportaba que no hubiera salvación para el protagonista, que no pudiera escapar de su destino trágico. El libro de Chrétien confirmaba los peores temores de Zarza sobre la existencia; la vida como trampa, la vida como un maligno rompecabezas en el que cada pieza que colocas te va acercando más y más, sin tú saberlo, al diseño final, al dibujo de tu propia perdición.

Pero el teléfono sonaba en la calle oscura, en la noche solitaria y neblinosa, y parecía el chillido de furia de un animal pequeño. Zarza descolgó con inquietud.

—Sí.

—Ya queda menos para tu final.

Zarza se estremeció y miró con ansiedad a su alrededor, buscando una cabina, un coche estacionado, un peatón sospechoso. Buscando a Nicolás en un radio visible. Pero no consiguió descubrir a nadie.

—Escucha... —dijo Zarza con la boca seca—. Escucha, llevo años pagando por lo que he hecho... Lo siento. Siento haberte delatado. No pude, o a lo peor no supe hacer otra cosa... ¿Sigues ahí? Por todos los santos, estoy segura de que la policía te hubiera detenido de todas maneras antes o después, con o sin mi denuncia... Lo que no quiere decir que no me arrepienta de lo que hice...

Se detuvo, aguardando una respuesta de su hermano. Pero al otro lado de la línea sólo había silencio. Volvió a hablar con aturullada agitación, porque sintió que el vacío la chupaba:

—Escucha... ¿Estás ahí? Verás, tengo dinero... Estoy dispuesta a dártelo para que puedas empezar una nueva vida...

—Qué estupidez. Qué lugar común tan imbécil. Nadie puede empezar una nueva vida. Todos nos vemos obligados a seguir adelante arrastrando la miserable vida que tenemos. Tú destrozaste la mía. No tienes dinero suficiente para pagarme.

—Pero entonces ¿qué pretendes? ¿Qué es lo que quieres de mí? —se desesperó Zarza.

—Quiero que sufras —dijo él. Y colgó.

Lo primero que hizo Zarza al cortarse la comunicación fue arrojar el móvil a la papelera más cercana. Tiró el aparato sin más, sin siquiera apagarlo; y por un instante le regocijó el fugaz pensamiento de que su hermano volviera a telefonear y de que su llamada sonara inútilmente entre basuras. Luego Zarza paró un taxi y le dio al conductor una dirección de la que ella misma se asombró. Eran las nueve de la noche y apenas si había tráfico. Se notaba la resaca de enero, el fatigado desaliento del final de las fiestas. Una ligera bruma se adhería al asfalto húmedo, como el vaho del sudor a la piel de una bestia. Todavía no habían retirado las iluminaciones navideñas; centenares de bombillas apagadas colgaban de cadenetas zarandeadas por el viento, produciendo una sensación lúgubre y marchita.

—Es ahí. En la esquina.

Pagó y se bajó, y mientras el taxi desaparecía Zarza se detuvo a contemplar la casa desde fuera. Había luz en las ventanas del primer piso, las que correspondían a la vivienda. Miró el portal: para su fortuna, estaba abierto. Subió las escaleras a pie con la boca seca por la ansiedad y el pulso latiéndole en las sienes, un doloroso redoble de jaqueca. Llegó ante la puerta y, aspirando una bocanada profunda de aire, pulsó el timbre. El sonido de la campanilla la sobresaltó; entonces, y sólo entonces, se le ocurrió que tal vez abriera una mujer. Pero no. Abrió él. Abrió Urbano.

—Tú... —exclamó, en voz baja, encogiéndose un poco sobre sí mismo, como si Zarza hubiera hecho ademán de golpearle.

Luego se quedó mirándola, paralizado, pálido.

Tan grande como siempre, con rodales de canas en el pelo a cepillo. Los hombros redondos y rotundos, las manazas inertes a ambos lados del cuerpo, la cara avejentada. Ahora tenía una red de arrugas en los ojos y las densas mejillas parecían haber perdido algo de su espesor. Estaba más delgado: la carne le colgaba del poderoso esqueleto como ropa colgando de una cuerda. Una larga cicatriz partía su ceja derecha y le cruzaba la frente. Probablemente un producto de mis golpes, pensó Zarza. Qué hago aquí, se dijo; es un horror, soy un horror, tengo que irme. Pero en vez de marcharse extendió la mano hacia la frente lesionada de Urbano. El hombre se echó para atrás, evitando el contacto. Zarza retiró el brazo.

—Perdona. Perdona. Es mía, ¿verdad? Quiero decir, es culpa mía, ¿no? La cicatriz. La herida.

Urbano la miraba sin pestañear.

—¿Qué quieres? —dijo al fin el carpintero. La voz parecía salirle de los talones, estrangulada y seca—. ¿A qué has venido?

—No sé. No lo sé. Supongo que a pedirte perdón. Tenía que verte. Lo siento tanto, Urbano. Lo siento tanto. Eres lo único bueno que me ha pasado en la vida.

El hombre cerró los ojos un instante con expresión dolorida. Zarza lo entendió muy bien: sabía que los sentimientos de afecto pueden producir heridas mucho más profundas y lacerantes que un hierro al rojo vivo. Luego él volvió a clavar la mirada en ella sin mover un músculo. A los pocos segundos, Zarza no pudo más.

—Lo siento. No debí venir. Adiós —farfulló, aturullada, dando media vuelta para irse.

La voz de Urbano la detuvo al borde de las escaleras.

—¡No! Espera... Espera. Ven. Entra.

El carpintero echó a un lado su lento corpachón y la dejó pasar. Curiosamente, la casa conservaba un aspecto muy parecido al que antes tenía; seguía siendo un entorno limpio y arreglado. Urbano poseía ese don para ordenar las cosas propio de los buenos trabajadores manuales. Los dos se dirigieron de manera automática a los sofás colocados en ángulo. Antes siempre se sentaban ahí: Urbano en el que quedaba más cerca de la puerta, Zarza en el otro. Ocuparon sus antiguos lugares sin pensar y luego se observaron disimuladamente el uno al otro. Zarza estaba sentada en el borde del mueble, como a punto de levantarse e irse; Urbano tenía las grandes manos posadas en las rodillas, como quien está en la sala de espera del dentista. Zarza soltó una risita nerviosa, aunque en realidad sintiera ganas de llorar. Pero llevaba tantos años sin hacerlo que se le había olvidado la mecánica.

—Te has puesto el diente —dijo Urbano en tono quedo.

—Sí, ejem... —carraspeó Zarza—. Cuando salí de la cárcel.

—Estás guapa. Estás mucho mejor que antes.

—Tú... tú también. O sea, te veo bien —dijo Zarza.

Y era verdad. El tiempo y las arrugas habían dulcificado los rasgos un poco brutales de Urbano. El carpintero suspiró, se frotó los ojos y estiró hacia el techo sus brazos descomunales. Cuando terminó su rutina de desperezamiento parecía otro. Era como si se hubiera rendido a las circunstancias.

—¿Quieres tomar algo? —preguntó, poniéndose en pie.

—No... no, no gracias —contestó Zarza, todavía envarada.

—Yo estaba a punto de prepararme algo para cenar. Ven a la cocina. Haré cualquier cosa.

Zarza se levantó y le siguió, alelada. Urbano empezó a trastear entre los muebles. Cortó jamón de una paletilla envuelta en papel de plata, abrió una lata de paté, sacó quesos y fruta, descorchó una botella de Rioja.

—Siéntate.

Zarza obedeció y se sentó a la mesa de la cocina. Ahí desayunaban juntos, años atrás.

—Come.

Zarza obedeció y empezó a comer. Acababa de descubrir que tenía mucha hambre. Masticaron en silencio durante unos minutos.

—Tienes muy buen aspecto —repitió al fin Urbano.

—Estoy limpia, si es eso lo que quieres saber. Hace siete años ya. Desde que entré en la cárcel.

—¿Cuánto estuviste dentro?

—Dos años y cinco meses.

—¿Murió aquel chico? El guardia del banco.

—No.

—Menos mal.

—Se quedó paralítico. La bala le tocó la columna vertebral al salir.

—Mala suerte.

Zarza resopló:

—Sí. Muy mala suerte.

Se callaron de nuevo.

—Pero por lo menos tú estás bien..., ¿o no? —aventuró Zarza con un hilo de voz.

Urbano se tocó la cicatriz de la frente.

—Sí, estoy bien.

—Perdóname. Perdóname. Perdóname —musitó ella—. Hice cosas horribles. Contigo y... Cosas horribles.

Urbano agitó la manaza en el aire.

—Déjalo. No quiero hablar de eso.

—Qué bueno eres conmigo —se acongojó Zarza.

—¡No vuelvas a decirme que soy bueno! —rugió el carpintero—. No soy bueno. No hago esto porque sea bueno. Soy débil contigo, eso es lo que pasa. Debería haber escuchado tus disculpas ahí, en el descansillo, y haberte dicho que sí, que muy bien, que vale, y luego haberte cerrado la puerta en las narices. Eso es lo que tenía que haber hecho, eso es lo que me hubiera gustado poder hacer. Pero no puedo. Me das miedo. Me das miedo porque sé que puedes hacerme mucho daño. Pero pasan siete años, vuelves a aparecer salida de la nada y yo no soy capaz de cerrarte la puerta en las narices. Soy un imbécil.

—Lo siento...

—¡Y tampoco me digas más veces que lo sientes! Creo que me merezco lo que me pase... —gruñó Urbano.

—No te va a pasar nada, porque me voy... —dijo Zarza, levantándose de la mesa.

—¡Siéntate! Por favor. Por favor, siéntate —dijo él, suavizando la voz—. En realidad... en realidad me alegro de verte, ¿quieres creerlo? Estoy así de loco.

—Yo también.

—¿Tú también, qué?

—Yo también estoy loca... y también estoy contenta de verte.

Y esa frase dibujó una sonrisa en la cara de Urbano, una pequeña mueca feliz y boba que el carpintero no pudo reprimir y de la que se arrepintió inmediatamente.

—Bueno, cuéntame. Qué ha sido de tu vida, y de Nicolás, y de Miguel... —preguntó, para disimular, en tono seco y expeditivo, como el administrativo que rellena un impreso.

—Trabajo en una editorial. Me encargo con otra chica de una colección de Historia. Ahora estoy preparando un texto hermoso y terrible de Chrétien de Troyes. Trabajo sobre todo con libros medievales.

—Qué suerte. Siempre te gustaron.

—Vivo sola. A menudo voy a ver a Miguel, que está internado en una residencia para gente como él. Creo que está bien. Por lo demás, no tengo amigos. Me alegro de no tener amigos. Vivo como un monje de la Edad Media. Me basta mi trabajo. Estoy tranquila.

Urbano frunció el ceño y clavó en ella sus hundidos y tristones ojos color uva. Reflexionó durante unos instantes. Casi parecía escucharse la lenta y firme mecánica de su cerebro.

—Si estás tan tranquila, ¿para qué has venido?

Zarza tosió brevemente para disimular el nudo que le apretaba la garganta, compuesto de emoción, o de miedo, o de rabia.

—Ya te he dicho que no sé bien por qué he venido. Y es verdad, no lo sé —contestó con ira contenida—. Pero tienes razón, no estoy tan tranquila. Ha aparecido Nicolás, y me amenaza. Ha salido de la cárcel. Me llamó esta mañana a casa y desde entonces estoy huyendo de él. Me persigue y quiere vengarse.

—¿Vengarse de qué? —preguntó Urbano.

—Le denuncié a la policía. Después de lo del banco. Pero no fue por lo del banco... Fue por... Bueno, no quiero hablar de eso —dijo Zarza roncamente, sintiendo que le faltaba la respiración.

Urbano calló.

—¡No me mires así! —gruñó Zarza—. Te contesto porque me has preguntado, pero no he venido aquí buscando tu ayuda. ¿Me has oído? Como se te ocurra pensar algo parecido me marcho.

Urbano siguió en silencio.

—Y tú ¿qué has hecho en todo este tiempo? —preguntó Zarza al cabo con esfuerzo, intentando calmarse y salir de la jaula de sus pensamientos.

—Nada. Yo nunca hago mucho, ya lo sabes. Todo ha seguido igual. El taller, los trabajos de restauración con el anticuario... Soy un hombre aburrido.

—No digas eso.

—Estoy seguro de que lo piensas. Lo piensa todo el mundo, incluso yo.

—No eres aburrido. De verdad.

—Por cierto, tengo una historia que contarte. La leí no sé dónde hace varios años, quizá tres o cuatro. Y me quedé pensando en que te interesaría conocerla. Es una cosa medieval de esas de las tuyas... Ya ves, la he guardado en la memoria todo este tiempo para ti. Como si te hubiera estado esperando. Pero no te esperaba, te lo aseguro. No quería volver a verte.

—Te creo.

—Pues es la historia de una mujer, de una gran maga. Vivió a finales del siglo XII en Francia, no recuerdo bien dónde. Esta mujer era muy famosa por su sabiduría. Conocía todas las plantas del campo y de los montes, todos los remedios para sanar a hombres y animales. Pero lo que más me gusta de este cuento, que no es un cuento, porque sucedió de verdad, es que la mujer vivía en las afueras de una ciudad, en una casucha miserable. De hecho, no era ni siquiera una casa, sino un viejo corralón para ganado, con paredes de adobe y techo de paja, y sin más luz que la que entraba por la puerta, porque no tenía ventanas. Y todo el mundo pensaba que la maga habitaba en una cochiquera, en un sitio inmundo, porque no sabían que el interior del lugar estaba encalado, y que todos los muros se encontraban cubiertos de unas pinturas maravillosas, de unos frescos que representaban jardines estupendos, salones fantásticos, colgaduras de terciopelo, muebles incrustados de madreperla y oro. Y las pinturas estaban tan bien hechas, que toda esa magnificencia parecía más real que la realidad. De manera que los que venían a ver a la maga, y la encontraban a oscuras en su casa, pensaban que la mujer vivía en la cochambre; pero cuando ella se quedaba sola y encendía sus lámparas de aceite, en realidad estaba en el palacio más bello y más lujoso de la Tierra. ¿Te das cuenta? Basta con poner un poco de voluntad y con saber mirar para que el mundo se convierta en otra cosa. Esa mujer lo hacía y por eso era una maga. No porque supiera curar a las personas, sino porque sabía salvarse de la fealdad.

—Ya. Y por eso acabaron quemándola viva.

—¿Conoces la historia?

—Es la bruja de Poitiers, Magdalena DuBois. La prueba que la perdió frente a la Inquisición fue justamente ésa: las extraordinarias pinturas de su casa, esos *trompe l'oeil* que parecían tan reales que sólo podían ser obra del demonio. Eso dijeron en el juicio. De manera que los trampantojos no sólo no la salvaron de nada, sino que la condenaron a una muerte espantosa.

Urbano movió la cabeza con pesadumbre.

—Lo que sucede, Zarza, es que no quieres salvarte —dijo al fin.

Zarza se sintió herida por las palabras del hombre, incluso un poco furiosa. Calló, mientras Urbano miraba el reloj y se ponía de pie.

—Las once. Tengo que bajar un rato al taller. Van a venir a buscar unos muebles que he restaurado.

—¿A estas horas?

—Así no interrumpimos el tráfico al cargar la furgoneta, es el mejor momento. Si quieres, te puedes quedar a pasar la noche. Digo, si prefieres no volver a tu apartamento... Por seguridad, vaya, por lo de tu hermano.

—Gracias, pero no. Ya te he dicho que no he venido a eso. No necesito tu ayuda.

—Como quieras, pero piénsatelo. Espérate a que vuelva y lo decidimos. No tardaré más de media hora.

Salió el carpintero y Zarza se quedó sola. Qué extraña sensación, sola de nuevo en aquella casa que durante cinco meses fue la suya. Se levantó de la mesa, dejó el plato en el fregadero y empezó a recorrer el piso. El baño, que, para su sorpresa, estaba renovado por completo. La habitación pequeña en donde metieron a Miguel. Y el dormitorio. Zarza tuvo que forzarse a sí misma para entrar en aquel cuarto que ella había salpicado de dolor y de sangre. Empujó la puerta lentamente y se sintió desfallecer al comprobar que todo seguía igual. La cama doble en la que ella había fingido tanto amor fogoso. Las mesillas de sólida madera. Y la lámpara de pesada peana con la que Zarza le abrió la cabeza al carpintero. No quedaban señales de sangre ni melladuras; la madera, bastante oscurecida por los años, mostraba una superficie suave, redondeada y amable. Zarza escapó corriendo de la habitación y se dejó caer en el sofá de la sala. A veces tenía la aguda sensación de ser incapaz de seguir respirando.

Entonces vio el dinero. Estaba sobre la mesita baja de la sala, un puñado de billetes de diez mil. Zarza frunció el ceño, casi segura de que ese dinero no se encontraba ahí cuando ella había entrado. Urbano lo ha dejado sobre la mesa para probarme, pensó Zarza; y se sintió morir de vergüenza. Cogió los billetes de un manotazo: 275.000 pesetas. No era mucho. Desde luego a Nico no le iba a parecer mucho. Pero sumado a lo que ella tenía, era más de medio millón. Quizá pudiera convencer a su hermano de que se fuera. Una fiebre negra le subió a la cabeza, un extraño deseo de dañar y dañarse, una mortífera voluntad de acabar con todo. Como quien se asoma a una ventana muy alta y experimenta el ansia incontenible de arrojarse.

—¿Querías tentarme? —dijo en voz alta—. Muy bien, pues me has tentado.

Metió los billetes en el bolso, temblorosa de ansiedad y de furia. Pero qué estoy haciendo, se decía; por qué me comporto así. Un revuelo de ideas y sensaciones aturdía su cabeza. Se lo devolveré, pensaba; le devolveré todo esto y más con mi sueldo, mes a mes, poco a poco. Se lo merece, pensaba; por qué no ha confiado en mí ese cretino. Me lo merezco, pensaba; me lo llevo porque no valgo nada, porque soy una perdida y una chivata, me lo llevo para humillarme y para salvarle.

—Perdona —balbució al aire.

Y salió del piso, rápida y callada, con andares furtivos de ladrona.

Un día, en la cárcel, yendo a la enfermería por una pequeña herida que se había hecho en el taller de maderas, Zarza escuchó sin querer lo que una de las asistentes sociales estaba comentándole a la auxiliar de clínica:

—Como lo de Sofía Zarzamala, esa que llaman Zarza, no veas la vida que dice ella que tiene, es una historia tártara, que si su hermano es subnormal, que si asesinaron a su madre, que si su padre abusaba de ella... El padre era el Zarzamala aquel que desapareció hace mucho tiempo, el del escándalo financiero, no sé si te acuerdas... Bueno, total, el colmo de las desgracias, hija; según ella le ha pasado de todo...

En ese momento las dos mujeres advirtieron la llegada de Zarza y callaron abruptamente, mientras la asistente social se encendía como un carbón al rojo. Se trataba de una chica muy joven; éste era su primer año de trabajo en prisiones, y era evidente que provenía de un medio tranquilo y protegido, de una pequeña vida rutinaria. Intentaba aparentar veteranía y un extenso conocimiento de la existencia, pero en realidad su ignorancia era monumental. Ahora bien, el convencimiento de la bisoñez y sinsustancia de la chica no atenuó el golpe que Zarza sintió al escuchar sus palabras. En primer lugar, ¿qué quería decir con eso de que su vida era «una historia tártara»? ¿Que no se la creía, que todo era un cuento? Ciertamente los súbditos de la Blanca eran los seres más mentirosos del planeta, pero para entonces ella ya llevaba limpia más de un año. Por otra parte, una de las inclinaciones naturales del preso es el fingimiento (la otra es la voluntad de fugarse), y tal vez fuera por eso, por su condición de reclusa, por lo que la asistente social no la juzgaba digna de confianza. Fuera como fuese, estaba claro, en cualquier caso, que a la mujer no le parecía normal semejante cúmulo de desgracias.

Sin embargo, Zarza consideraba que su existencia no era en realidad nada extraordinaria. El mundo estaba lleno de historias tártaras, de realidades atroces y dolientes, de horrores tan redondos y completos que no nos cabían dentro de la cabeza. Porque los infiernos que podemos imaginar son siempre menos crueles que los auténticos. ¿Qué diría la asistente social, pensaba Zarza, de esos bebés de meses violados y desgarrados por sus propios padres; de esas madres aquejadas del mal de Munchausen, que hacen enfermar deliberadamente a sus propios hijos y les someten a decenas de operaciones quirúrgicas; de esa niña de Sierra Leona a la que amputaron los brazos y las piernas a machetazos, y aun así sonreía a la cámara (tumbada en una cama, un pedazo de carne cubierto de vendas y ortopedias), simplemente feliz de seguir viva? Por no hablar de los muchos ejemplos que había en la propia cárcel: terroristas casi adolescentes que el fanatismo había convertido en embrutecidas máquinas de matar; o emigrantes analfabetas que habían asfixiado con una bolsa de plástico al hijo recién parido y pataleante. Existían mil maneras de destrozarse la vida y cada cual podía encontrar su propia vía hacia la perdición.

Aunque, si se miraba bien, la asistente social tenía razón: eran todas ellas historias tártaras, historias de la barbarie y de los bárbaros, del Gengis Khan del Mal y la Derrota, de la violencia que aplasta a los pacíficos y el caos que desbarata los proyectos. La humanidad se había construido en una búsqueda milenaria de algo mejor, de un marco de convivencia más grande que la mísera medida individual; pero los mismos seres que eran capaces de imaginar el bien y la belleza destruían a renglón seguido sus propios logros con una ciega orgía de dolor. La historia de la humanidad era en realidad la historia de una traición. Tantos juramentos desmentidos, tantos proyectos abandonados, tantos sueños perdidos.

Eran historias tártaras, sin duda, porque hablaban del Tártaro, que era, según los griegos, la región más profunda y desesperada del infierno, el tenebroso lugar de los castigos, allí donde penaron los Titanes. Cerbero, el perro de las tres cabezas, guardaba los confines de ese lugar sombrío, el reino de la infelicidad y el sufrimiento; y Caronte, el barquero, te conducía a través de las aguas hasta tu perdición, ese Caronte que se confundía con tu destino, con tu voluntad, con tu cobardía, con todo lo que te había hecho ser lo que eras, y acabar donde estabas, y deshacerte. Y hundirte para siempre en las entrañas de tu Tártaro, de un averno a la medida de tus pesadillas.

Pero había algo aún peor que la incredulidad de la asistente social, y era el hecho de que esa recién llegada, esa pobre tonta primeriza, conociera tantos detalles sobre su vida. ¿Cómo se atrevía a asegurar que era ella misma, Zarza, quien decía esas cosas? Ella sólo recordaba haberle comentado algo a Teófila Díaz, la psiquiatra de la cárcel, así es que las palabras de la chismosa provocaron que Zarza detestara a la psiquiatra. El incidente le hizo darse plena cuenta de que, en una prisión, lo primero que se le arrebata al preso es su individualidad, el derecho a su intimidad, el control sobre su propia vida; que le reducen a un ser irresponsable, a un mero testigo de sí mismo, a un cuerpo presidiario que los demás ordenan: los funcionarios, el director de la cárcel, el médico, el Estado. De manera que, en la cárcel, todos parecen saber mucho más sobre uno que uno mismo, y no queda otro lugar de libertad que la retirada interior hasta el más remoto rincón del cerebelo, cavar una trinchera en la conciencia profunda, no hablar con nadie, no decir la verdad de lo que uno siente o piensa a nadie, no manifestarse, no existir externamente. Digamos que la última gran escuela de Zarza fue la cárcel; ahí aprendió a vivir sin Nicolás y sin amigos, sin objetos, sin memorias. Aprendió a vivir incluso sin la Reina, aunque ésta abundaba en la prisión. Pero había algo, un dolor demasiado agudo para ser expresado, que impidió que Zarza regresara a la Blanca. Aislada y sin palabras, sola desde dentro y desde fuera, Zarza retomó sus antiguos libros de Historia y aprendió a vivir casi sin vida. En ese estado cercano a lo vegetal se había mantenido durante cuatro años y medio, desde su salida de prisión. Hasta que había recibido la llamada de Nicolás y su estrecha pecera protectora se había roto.

Sin embargo al principio, cuando llegó a la cárcel, Teófila Díaz le había parecido a Zarza una persona interesante. Un día, Teófila le había contado el «Cuento del traidor». Curiosa coincidencia, puesto que luego la psiquiatra traicionaría a Zarza. Era una historia fascinante, un relato que, según la psiquiatra, formaba parte de *Las mil y una noches*. Cuando Zarza salió en libertad buscó el texto e investigó su origen. El cuento aparecía, efectivamente, en la traducción francesa de Galland de principios del siglo xviii, pero no debía de pertenecer al cuerpo original de *Las mil y una noches*, y por consiguiente no había sido incluido en la *Zotemberg's Egyptian Recension*. Probablemente fue una adición del propio Galland, como «La lámpara de Aladino» o «Alí-Babá y los cuarenta ladrones». Borges había tomado prestado el relato y lo había reescrito en su *Historia universal de la infamia*, con el título de «El traidor Mirval»; y era esta versión borgiana, ligeramente distinta de la contada por Teófila, la que Zarza prefería.

Mirval era un monarca sasánida que habitaba en las islas de la China. Su reino era una burbuja de bienestar y paz en mitad de un mundo atormentado. Mirval había tenido suerte: las islas eran ricas y pequeñas, todo el mundo tenía para comer, no existían rencillas entre sus habitantes. Por añadidura, el archipiélago estaba lo suficientemente lejos y a desmano como para que nadie quisiera conquistarlo. El reino de Mirval era un paraíso y Mirval era un rey extraordinariamente amado por sus súbditos. Porque la abundancia, en general, y los paraísos, en particular, suelen favorecer los buenos sentimientos. Mirval tenía esposa, cuatro concubinas y veintisiete hijos. Vivía en un hermoso palacio de mármol y malaquita; todas las mañanas paseaba a caballo con su visir, que era su hermanastro y amigo íntimo; cada dos días cenaba con los consejeros de la corte, opíparos banquetes que eran un mero pretexto para la diversión; y una vez a la semana presidía el desfile de la guardia real, de la que se sentía muy orgulloso: recios guerreros con pijamas de seda y alfanjes relucientes. Mirval se consideraba un buen rey y era feliz, porque pertenecía a esa clase de hombres pequeños y sin imaginación, dice Borges, que son capaces de soportar la dicha.

Pero un día se presentó en el palacio un efrit, horroroso y tronante; había oído hablar de la felicidad del reino de Mirval y, siendo como era un genio maligno, tanta placidez le sacaba de quicio. Agarró al aterrado monarca del pescuezo y le comunicó que venía a quedarse una temporada; en ese mismo instante el alcázar quedó aislado del exterior porque todas las puertas y ventanas desaparecieron mágicamente, siendo reemplazadas por sólidos muros. En el salón del trono, sin embargo, había ahora una pequeña puerta de madera negra que antes no existía. El efrit explicó que esa puertecita debía permanecer cerrada y ordenó que no se acercara nadie. «¡Ay de aquel que atraviese ese umbral!», dijo el genio. «Te lo advierto, Mirval: ésa es la puerta de tu infierno.»

Salvo esa prohibición, los habitantes del palacio eran libres para continuar con su vida normal. Estaban prisioneros, pero el alcázar era muy grande y disponía de perfumados jardines interiores. El efrit se materializaba de pronto aquí o allá, pero sólo les observaba y sonreía. Con el paso del tiempo, los cortesanos empezaron a acostumbrarse. Mirval había recuperado sus antiguas rutinas y era casi feliz porque pertenecía a ese tipo de hombres perezosos y sin imaginación, dice Borges, que son capaces de resignarse ante la pérdida.

Pero un día el genio apareció horroroso y tronante y agarró al monarca por el pescuezo. «Me aburro», dijo el efrit. «Desde hoy, tú y yo jugaremos una partida de ajedrez todos los días.» Empezaron aquella misma tarde y como es natural el genio ganó al rey. «Has perdido», dijo el efrit, «y estás obligado a pagarme un rescate. Puedes escoger: o cruzar la puertecita negra, o entregarme algo que a mí me guste». Mirval, tembloroso, se apresuró a ofrecer a su contrincante joyas y perfumes, pero el genio soltó una carcajada despectiva: «Ni el oro ni la seda ni el incienso me interesan, rey tonto; soy un efrit, y puedo obtener todos los tesoros del mundo con sólo desearlos. Tienes que proporcionarme algo mejor o te haré cruzar la puertecita». El rey probó infructuosamente con sus instrumentos de música, sus pájaros mecánicos, sus libros más queridos, su biblioteca entera. Al cabo, desesperado, le ofreció las muchachas vírgenes del reino, y con eso el efrit se dio por satisfecho. Y es que el genio sólo se contentaba con seres vivos. «¿Qué vas a hacer con ellas?», preguntó Mirval muerto de miedo. El efrit se echó a reír: «Es asunto mío». Y dicho esto hizo desaparecer a todas las doncellas de repente, tanto las que estaban dentro del palacio como las que se encontraban en el exterior. Las gentes, asustadas, empezaron a decir que el genio bebía los alientos de los humanos, que les chupaba el alma hasta borrarlos.

A partir de aquel día, y en cada una de sus inexorables derrotas, el traidor Mirval fue traicionando a todos con tal de no atravesar la puerta negra. Primero entregó a los ancianos del reino, pensando que no servían para mucho; luego, a los artistas; después, a los comerciantes, a los campesinos, a todos los gremios artesanales, a las madres. Desaparecidas las madres, Mirval consideró que los niños no tenían nada que hacer, y también se los dio al ávido efrit. Luego tuvo que ofrecerle a la guardia real, con los alfanjes brillando al sol y los bigotes trenzados; a los criados del palacio, a los cocineros, a los eunucos. Después se evaporaron los intelectuales, los médicos de la corte, los ingenieros e incluso los consejeros, que tanto le divertían a Mirval en los banquetes. Y a partir de ese momento fue peor, porque el rey entregó a sus propios hijos, y a sus concubinas, y a su esposa, y al final también vendió al visir, su hermanastro y gran amigo, y a Pandit, el perro favorito, que dormía tumbado a los pies de su cama. Todos se esfumaron en un abrir y cerrar de ojos, como dibujos en la arena que el viento borra.

Para entonces al traidor Mirval sólo le quedaba su propio miedo; pero no tenía más remedio que seguir jugando y volvió a perder la última partida. «Ya no posees nada que me interese», dijo el efrit. «Hoy no te libras de cruzar el umbral.» Mirval lloró, gimoteó, imploró, se arrastró ante el genio como un gusano; pero éste se cruzó de brazos, horroroso y tronante, y dio un soplido mágico que hizo volar al rey hacia la puerta. La hoja negra se abrió y Mirval, contra su voluntad, atravesó el dintel. Y entonces se encontró fuera de su palacio. La puertecilla daba simplemente al exterior: no era nada más que una salida o, mejor dicho, era la salida del encierro. El atónito Mirval regresó al alcázar: el efrit había desaparecido y el edificio había recuperado su apariencia original, con todas sus entradas y sus ventanas. La puertecilla negra, sin embargo, permanecía visible, ahora abierta de par en par, anodina, inocente, comunicando un palacio desierto con un reino vacío. Allí quedó Mirval, solo y desolado, único habitante de su infierno.

Zarza salió o más bien escapó de la casa de Urbano sin saber en realidad por qué se iba. Las horas se habían ido encadenando unas tras otras desde el momento, que ahora le parecía remoto, en que había recibido la primera llamada de Nicolás, y a lo largo de esa jornada interminable la realidad de Zarza había ido cambiando. Una antigua y oscura imagen de sí misma emergía poco a poco de su interior, como el hinchado cadáver del ahogado emerge de las aguas. Apretó los puños, clavándose las uñas en las palmas. Respirar y seguir. Hacía años que no se cuestionaba la existencia porque había escogido el entumecimiento antes que el dolor. Pero ahora tenía la cabeza atiborrada de preguntas angustiosas, de palabras que pugnaban por ser dichas. El taxi apenas tardó veinte minutos en dejarla frente al portal de Martina. Pocas horas antes, Zarza había intentado llegar a esta misma calle, pero un ataque de pánico le había hecho salir corriendo. Ahora regresaba y el miedo se enroscaba en su estómago como una culebra dormida.

Eran las 23:30 y las aceras estaban vacías. Apretó el botón del portero automático. Esperó unos momentos y volvió a pulsar. Al cabo se escuchó una voz de hombre seca y alarmada:

—¿Quién es?

—Soy Zarza. ¿Está Martina?

—¿Quién es? —repitió la voz, algo más tensa.

—¡Soy Zarza, la hermana de Martina! ¿Puedo hablar con ella?

Hubo una pausa amenizada por los ruidos estáticos del altavoz. Al cabo se escuchó a Martina:

—¿Quién es?

No sonaba nada acogedora.

—Soy Zarza. ¿Puedes abrirme?

—¿Estás sola?

—Claro.

—¿Qué quieres?

—Sólo hablar contigo un minuto.

—No voy a darte ni una peseta.

—No quiero dinero. Quiero hablar contigo. Por favor. Ya sé que es tarde. Será sólo un momento. Por favor.

—Llámame mañana por teléfono.

—Nicolás ha salido de la cárcel. Por favor. No podemos hablar a través de este chisme.

Nueva pausa, nuevos chisporroteos sonoros. Al fin se escuchó el timbre de apertura, demasiado estridente en la oscura calma de la noche. Zarza empujó la hoja, que se cerró detrás de ella con un chasquido. Buscó a tientas la luz de la escalera, iluminando un vestíbulo elegante y recién pintado, con palmeras enanas en grandes macetones. Subió a pie hasta el tercer piso; una de las dos puertas del rellano estaba entreabierta y sujeta con la cadena de seguridad. Por el estrecho quicio asomaba el perfil inquisitivo de Martina. Zarza se puso delante de ella.

—Hola. ¿No me vas a dejar pasar?

Martina la escrutó de arriba abajo con gesto suspicaz. Zarza no debía de tener muy mal aspecto, o al menos no debía de tener el mal aspecto que Martina temía encontrar, porque el ceño de la hermana se suavizó ligeramente.

—¿Qué quieres? —repitió.

Zarza se encogió de hombros con desaliento:

—¡Sólo hablar contigo! Llevo un día horrible, Martina; hazme el favor, dame una tregua.

—Es muy tarde y llevamos muchos años sin hablarnos. No sé a qué viene esto.

—Esta mañana he recibido una llamada de Nicolás. Ha salido de la cárcel. ¿Quieres que tus vecinos se enteren de que tienes un hermano en la cárcel o prefieres dejarme entrar?

Resultó ser una razón lo suficientemente convincente. Martina cerró la hoja, descorrió la cadena y volvió a abrir.

—Pasa. Y no hagas ruido, que los chicos están acostados.

Era la puerta de servicio y daba directamente a la cocina. Zarza no pisaba esa casa desde bastante antes de entrar en prisión: quizá nueve o diez años. En cualquier caso, no recordaba esa cocina en absoluto. Era enorme, de acero pulido, tan limpia y ultramoderna que hubiera podido ser el interior de un laboratorio espacial. El suelo era de pizarra, las paredes de una luminosa pintura color crema. Todo parecía nuevo y sin tocar, como recién puesto. Delante del lavaplatos se afanaba una mujer asiática con uniforme a rayas azules y blancas.

—No te preocupes por ella —dijo Martina, interceptando la mirada de su hermana—. Es Doris, acaba de llegar y sólo entiende el inglés. Doris, *you can go to your room now. Don't worry about that. Good night.*

—*Good night, ma'am* —contestó la criada, retirándose.

—Álvaro está en la sala y no quiero molestarle, así es que nos quedaremos aquí —dijo Martina en tono expeditivo, sentándose en una de las sillas de acero y madera ante la mesa metálica—. A ver, qué es lo que pasa.

Zarza se sintió repentinamente hundida, agotada, incapaz de explicarle su situación a esa hermana mayor que era más extraña que una extraña, a esa Martina que la interrogaba con desdeñosa prisa, en la cocina, sin permitirle pasar a las partes más nobles de la casa, como para dejar constancia de su lejanía y su desprecio. Además, no era del regreso de Nicolás de lo que Zarza quería hablar con ella. En realidad no sabía muy bien de qué quería hablar, pero en cualquier caso no era de eso. Decidió pasar por el tema con rapidez.

—Esta mañana me ha telefoneado Nicolás. De hecho, hoy he recibido varias llamadas suyas. Me he enterado de que salió de prisión hace unos meses. Supongo que le han dado la libertad condicional. Ahora me está llamando y me amenaza.

—Ese chico siempre fue un tarado. ¿Y yo qué pinto en todo esto?

—Nada, en realidad. Sólo quería saber si se había puesto en contacto contigo.

—¡Para nada! —contestó Martina con gran énfasis—. Y si lo hiciera y me amenazara, telefonearía inmediatamente a la policía.

—Esta afición a delatar debe de ser un rasgo de familia...

—¿Qué dices?

—Nada. Una broma imbécil.

—Yo no quiero volver a saber nada de ese desgraciado, ¿entiendes? Para mí Nicolás se ha acabado.

—Tampoco quieres saber nada de mí... —murmuró Zarza.

Martina arrugó la frente y se dejó caer contra el respaldo del asiento. Se había dado mechas claras en su pelo oscuro y ahora era casi rubia. Vestía unos vaqueros de terciopelo verde muy pegados y un jersey fino color verde manzana metido por dentro del pantalón. Estaba muy delgada y tenía un aspecto deportivo y saludable; de hecho, parecía más joven que Zarza, aunque le llevaba cuatro años y era madre de dos hijos.

—Bueno... Tú eres un caso un poco distinto... Desde luego no se puede decir que seas mi hermana ideal, pero, en fin... Ya ves, el caso es que estás aquí, hablando conmigo. Te he dejado pasar, ¿no?

—Muchas gracias —dijo Zarza con sorna.

Pero Martina no cogió la ironía. Nunca había sido una chica sutil.

—De nada. Pero que tengas claro que no te voy a dar dinero.

—No quiero tu dinero, Martina —se encrespó Zarza—. No necesito tu dinero. Tengo un trabajo, una casa, un sueldo. No he venido por eso. Te puedes meter tu dinero donde quieras.

—No te pongas grosera, guapa, porque antes no le hacías estos ascos, ¿eh?, es más, me has sacado bastante, así es que no te des ahora esos aires de princesa ofendida...

Era verdad. Antes de la cárcel, en los malos tiempos de la Blanca, Zarza había pedido una y otra vez dinero a Martina; y, cuando su hermana había dejado de dárselo, le robó un marco de plata, un reloj Cartier y doscientos dólares que había encontrado en un cajón. Ésa fue la última vez que pisó la casa de Martina. Zarza agachó la cabeza, humillada por el recuerdo, y ablandó el tono.

—Tienes razón. Lo siento. Pero eso fue hace mucho. Ahora no quiero nada, de verdad.

—Bueno... —se apaciguó también Martina—. Entonces, ¿sigues trabajando en... en esa escuela o lo que sea?

—En una editorial. Sí, sigo.

—Eso está bien...

Martina se inclinó hacia adelante, sobre la mesa, y volvió a escudriñar a Zarza estrechamente.

—Mira, si necesitas un tratamiento de desintoxicación, eso sí que estoy dispuesta a pagártelo. Pero te buscaría yo el lugar y les daría el dinero directamente a ellos.

Zarza se puso en pie, exasperada, y empezó a caminar por la cocina.

—¡Martina, por favor! No necesito un tratamiento de desintoxicación. Estoy bien. Aquello se acabó. Hace siete años que se acabó. Nunca más. Para siempre.

—Vale, bueno, me alegro. Yo sólo lo decía por si acaso.

Zarza se apoyó en la mesa y acercó su rostro al de su hermana:

—Martina, ¿cómo es posible que haga años que no nos veamos y que sólo seas capaz de hablarme de dinero? ¿Pero qué vida de mierda tienes para comportarte así?

—¿Que qué vida tengo? ¿Tú me preguntas a mí que qué vida tengo? —se asombró Martina.

Levantó las manos, señalando con un gesto elocuente el mundo que la rodeaba, la cocina con brillos de quirófano, el espléndido piso de trescientos metros en el barrio más caro de la ciudad. Se la veía boquiabierta y genuinamente pasmada de que su hermana pequeña, esa perdida, se atreviera a criticar su sólida y opulenta existencia. Y lo peor era que tenía razón, se dijo Zarza. No ya por el lujo y el estatus del marido notario, sino por los hijos, y por la estabilidad emocional, y por el núcleo familiar estrecho y cohesionado, y por el perfecto control con que vivía su vida. Sólo Zarza sabía con cuánta determinación, con qué enormes dosis de voluntad y trabajo había conseguido construirse Martina esta vida extremadamente convencional. Lo que para otros no era más que una pura rutina, un producto de la docilidad o la pereza social, para Martina había sido el resultado de un dificilísimo plan de emergencia, de un proyecto de salvación personal acometido en circunstancias extremas. Se había casado a los diecinueve años con Álvaro para escapar de casa. Por muy imbécil que le pareciera a Zarza su cuñado, siempre fue una opción mejor que la Blanca.

—Está bien. Dejémoslo. Perdona. No quiero discutir —calmó los ánimos Zarza, volviendo a sentarse—. Por cierto, hoy he estado viendo a Miguel.

—Sí, ya me han dicho que vas bastante por allí.

Zarza intentó morderse la lengua, pero no pudo:

—Tú, en cambio, no vas nada.

—Eso no es cierto. Y, además, no sé de qué te puedes quejar. Yo soy la que se ha hecho cargo de Miguel. Soy yo quien le paga la residencia...

—¡Otra vez el dinero!

—¡Soy la única que se ha ocupado de verdad de él! ¿Qué hiciste tú por tu hermano? ¿Qué hiciste con él? Le maltrataste, le descuidaste... ¡Te importaba un pimiento! Menos mal que yo anduve detrás y le rescaté... Pobrecito, estaba destrozado, sucio, muerto de hambre... No hacía más que llorar cuando le recogí. Qué desgracia de familia...

Si ella supiera, pensó Zarza, con la boca seca y la respiración acelerada. Si ella supiera lo que había sucedido con Miguel. Lo que ella le había hecho. Zarza escuchó un zumbido y las luces de la cocina se oscurecieron. Se apoyó sobre la mesa, casi desvanecida.

—¿Qué te pasa? ¡Zarza! ¿Qué te ocurre?

—Nada... Nada... Me he mareado...

Martina sirvió un vaso de agua y se lo trajo. Frunció el ceño y la miró de nuevo inquisitivamente, mientras se lo bebía:

—¿De verdad que estás bien? ¿De verdad que no te estás metiendo nada?

—Te lo juro, Martina. Esto es solamente un ataque de angustia.

Martina volvió a sentarse y contempló dubitativa a su hermana con una expresión entre recelosa y apenada.

—Tienes que cuidarte, Zarza. Tienes que llevar una vida ordenada.

—Ya lo sé. Eso es lo que intento.

Callaron unos segundos. A lo lejos, a través del patio, se escuchó el tintinear de una cucharilla de metal contra un vidrio. Como el monótono y fúnebre batir de los huevos en el plato. Durante un ínfimo instante el aire pareció vibrar amenazadoramente en torno a Zarza y los objetos perdieron su firmeza, como si la cocina de Martina pudiera transformarse, por una monstruosa deriva temporal, en la cocina de la infancia. Pero enseguida la realidad volvió a pesar y las paredes mostraron su reciedumbre. Zarza se estremeció.

—Oye, Martina, tú que eres la mayor... ¿Sabes quién pegaba a Miguel cuando éramos niños?

Martina se puso rígida.

—¿Cómo que quién le pegaba? ¿A qué te refieres?

—Miguel aparecía de vez en cuando con el cuerpo lleno de moretones, ¿no te acuerdas?

Martina apretó los labios:

—Pues no, no me acuerdo. ¡Qué cosas tan raras se te ocurren!

—La psiquiatra de la cárcel decía que mi padre era un sádico. O sea, nuestro padre.

—Pobre papá. A saber qué ha sido de él.

Zarza cerró los ojos y tomó aire, dispuesta a zambullirse. Nunca habían hablado de eso antes. En realidad, Martina y ella nunca habían hablado de nada.

—Papá venía por las noches a mi cama y me tocaba. Me tocaba de esa manera, ya sabes.

—Pues no, no sé —contestó Martina con irritación.

—Me tocaba como toca un hombre.

Martina se quedó estupefacta.

—Pero ¡qué dices! Estás delirando...

—¡Martina, por favor! Sé que lo hacía también contigo. Le vi. Os vi. Muchas veces. Al principio, cuando sólo lo hacía contigo, os tenía envidia.

Martina apretó los puños y abrió la boca de par en par, como para producir un grito atronador, pero de su garganta no salió un solo ruido. Se mantuvo así, atrancada y sin aliento, durante unos segundos interminables, y luego todas las palabras le brotaron de golpe, a borbotones, sostenidas por una voz chillona:

—¡Eso es... eso es lo más asqueroso que he escuchado en mi vida! ¡Eso es una mentira, una asquerosa mentira! Te estás inventado todas esas porquerías porque siempre fuiste una niña celosa y posesiva... ¡Eres una maldita loca como mamá, eso es lo que te pasa!... Que Dios me perdone por decir esto y que en paz descanse... Pero eres una maldita loca como mamá...

La infancia era el lugar en donde pasabas el resto de tu vida. Zarza se tapó la cara con manos temblorosas.

—Martina, por favor... Es algo muy importante para mí. Papá me tocaba. Nos tocaba. Abusó de nosotras. Sólo te estoy diciendo la verdad.

—¡La verdad! ¡La verdad! —jadeó la hermana con voz ronca.

Se miraron a los ojos, asustadas y lívidas. Martina hizo un visible esfuerzo por controlarse. Se pasó la lengua por los labios secos y habló con lentitud y firmeza:

—Estás enferma. No sé por qué te inventas todo eso, pero te lo inventas. Siempre fuiste patológicamente posesiva. Querías ser el centro de todo, como mamá. Por lo menos nuestro padre trabajaba para nosotros, nos mantenía, pagaba nuestros colegios, se cuidaba de todo.

Si no llega a ser por él, nos hubiéramos muerto de asco y de abandono. Con esa madre que nunca se levantaba y que sólo pensaba en su propio ombligo. Como tú. Estás enferma. Por eso te pasó lo que te pasó.

Zarza sintió un asomo de vértigo. ¿Habría algo de verdad en lo que decía? Pero no, desde luego que no. Su hermana se engañaba.

—Eres tú quien te engañas, Martina. No quieres acordarte de lo que sucedió porque es mucho más cómodo ignorarlo.

—Venimos de una familia desgraciada, Zarza. Tan desgraciada que no sé quién pegaba a Miguel, por qué aparecía de repente lleno de cardenales. A lo mejor fuiste tú, o esa fiera de Nico. O mamá la loca. O el propio Miguel, a lo mejor se golpeaba sin saber lo que hacía. O incluso papá, el pobre papá. Venimos de una familia tan desgraciada que lo único que sé es que yo no fui. yo NO FUI, ¿entiendes? Sólo me fío de eso. Venimos de una familia desgraciada, pero ahora vosotros ya no sois mi familia. Ahora tengo a Paola, y a Ricardo, y a Álvaro. Y esta casa tan bonita, y el dinero, sí, que me da tranquilidad y seguridad. Y estoy dispuesta a defender a mi familia con uñas y dientes. Es la obra de mi vida y estoy orgullosa de lo que he hecho.

Qué sola debió de estar Martina en la infancia, se dijo Zarza. Ella, por lo menos, tenía a Nicolás. Pero Martina era una niña extremadamente callada, siempre bien peinada, quieta y obediente, con los calcetines limpios y subidos, la cartera del colegio ordenada con toda pulcritud. Se pasaba las horas estudiando o leyendo, escondida en una esquina de la casa, sin hacer el menor ruido, hasta el punto de que todos olvidaban su presencia. Ahora que lo pensaba, Zarza se daba cuenta de que no guardaba en su memoria ninguna imagen de Martina riendo. Sintió algo parecido a la piedad y decidió abandonar la discusión.

—No tienes por qué defenderte, Martina. No quiero atacarte.

—Y yo no quiero echarte de mi vida, Zarza. Es que me das miedo.

Las palabras de Martina golpearon a Zarza en una zona blanda y lastimada.

—Es la segunda vez que hoy me dice alguien que me tiene miedo... ¿Tan dañina soy? —preguntó con un susurro casi inaudible.

Martina se mordió los labios por dentro, como hacía cuando era niña y se ponía nerviosa. Se removió incómoda en su silla.

—Bueno, supongo que sobre todo te haces daño a ti misma... —dijo al fin.

La frase no sonaba muy convincente, pero resultaba casi afectuosa. Callaron las dos durante unos instantes, exhaustas. En el silencio se escuchaba el tictac de un enorme reloj de pared, de esfera redonda y niquelada.

—¿Qué vas a hacer con Nicolás? —preguntó Martina.

—No sé.

—Vete a la policía.

—No. Otra vez, no. Ya sabes que le denuncié cuando lo del atraco.

—Hiciste bien.

—No sé.

—Pero Nico puede ser peligroso...

—Ya lo arreglaré con él de alguna manera. No te preocupes.

Enmudecieron de nuevo, mientras el reloj palpitaba pesadamente en la pared.

—A mí me parece una indecencia suicidarse, sabes... —dijo Martina de repente—. Estoy hablando de mamá. Es una indecencia tener niños pequeños y matarse. Eso demuestra su enorme egoísmo. Mamá no pensaba en nadie, sólo en ella misma.

Zarza recordó las viejas y abultadas cicatrices que cruzaban las muñecas de su madre, y un vago sentimiento de culpabilidad le apretó la garganta. Carraspeó con nerviosismo y dijo:

—Yo creo que sufría mucho. No supo hacer nada mejor con su vida. Estaba enferma.

—Ya lo creo que sufría mucho. Estaba encantada de sufrir. Le encantaba ser una víctima y compadecerse de sí misma. Hace falta ser espantosamente egoísta para instalarte de esa manera dentro de tu dolor. A todos nos cuesta vivir, pero no hacemos que el precio de nuestra vida lo paguen los demás.

—Eres injusta.

—Ella sí que fue injusta con nosotros.

Zarza titubeó unos instantes:

—¿Sabes?... Durante muchos años pensé que... Tenía la obsesión de que papá había podido matar a mamá... Con las medicinas, sabes... Echándole una dosis demasiado grande... Hubiera sido fácil. A veces todavía pienso que fue así.

Martina la miró con curiosidad, y luego suspiró.

—No sé, Zarza... cada cual escoge aquello que quiere creer... Cada cual escoge los recuerdos que quiere tener. Y cada cual escoge la vida que quiere vivir.

Tal vez su hermana tuviera razón, pensó Zarza; tal vez los humanos reinventaran cada día sus biografías, de la misma manera que Chrétien inventó un pasado fabuloso para el duque de Aubrey. Martina había sido una lectora furiosa, una alumna modelo. En el colegio, todos le auguraban un futuro profesional brillante. Sin embargo, cuando se casó con Álvaro abandonó la universidad y los estudios y se convirtió en la tópica ama de casa de clase alta, un prototipo insulso y plano que ella representaba a la perfección. Zarza la contemplaba ahora, con sus uñas pintadas y bien cuidadas, sus cadenas de oro al cuello, sus pantalones de marca y su jersey de lana dulcísima, probablemente cachemir, y calculaba que, cuando menos, debía de llevar medio millón de pesetas encima en ropa y complementos. Martina personificaba todo lo que Zarza detestaba, pero era el resultado de una voluntad de ser así; su meticulosa convencionalidad era una construcción, porque la infancia no les había preparado para una existencia burguesa, sino para el abismo. La vida de su hermana podía parecerle a Zarza lamentable, pero sin duda era su vida, la que ella había escogido libremente. En esto Martina era como Martillo: personas dispuestas a tomar una opción, a luchar por ella, a pagar el precio necesario. Zarza se puso en pie.

—Tengo que irme.

—Está bien. Vaya, no te he ofrecido nada de tomar —dijo Martina, en un tono ligero y artificial.

Zarza se irritó:

—No me sueltes tontas frases de cortesía, por favor. No soy una visita y nunca tuviste ninguna intención de ofrecerme nada.

Martina se echó a reír.

—Tienes razón. Creo que era demasiado pronto para que compartiéramos un café... Pero quizá la próxima vez podamos tomarlo...

Y eso sí sonó casi sincero.

A estas alturas de la noche había algo que asustaba más a Zarza que la furia vengativa de su hermano, algo escurridizo e innombrable que se agazapaba dentro de su memoria. Azuzada por ese miedo interior, Zarza echó a caminar por las calles vacías sin pararse a pensar en el peligro cierto que corría. Aquella mañana se había sentido despavorida y acosada en esas mismas aceras, a plena luz del día y rodeada de gente, pero ahora, encandilada por sus barruntos íntimos, Zarza atravesaba la ciudad como sonámbula, cruzando calles sin cuidarse del tráfico y doblando esquinas sin pararse a comprobar si la perseguían.

Un error lamentable, porque en esta ocasión sí que había alguien siguiéndole los pasos. Era una silueta furtiva que se detenía cuando Zarza se paraba, que apretaba la marcha cuando Zarza corría. Las calles estaban vacías, el asfalto mojado por el relente; la madrugada, gélida, escarchaba la superficie de los coches aparcados. La ciudad entera comenzaba a cubrirse de una pátina de hielo rechinante y ofrecía un aspecto desolado. Por ese desierto inhóspito y urbano, entre luces de semáforos parpadeantes, caminaban Zarza y su perseguidor a toda prisa, como un pájaro seguido a distancia por su sombra.

Anduvieron cerca de media hora, Zarza plenamente ignorante de llevar compañía. En ese tiempo abandonaron el elegante barrio de Martina, cruzaron el nuevo distrito profesional, subieron por el antiguo centro comercial y enfilaron al cabo las calles hacia la ciudad vieja, el corazón roñoso de la urbe, allí donde los desvencijados edificios se apuntalan los unos contra los otros y las fachadas están llenas de desconchones. La ciudad de la noche, el territorio de la Reina.

Era la una de la madrugada, pero en ese confín de la miseria la vida se iniciaba justo entonces. O, al menos, cierta vida. Sólo en estas calles agobiadas comenzó a encontrar Zarza alguna animación: vagabundos envueltos en diversos estratos de indescriptibles ropas, travestis desnudos bajo abrigos de pieles, mulatas resoplando de frío con los muslos al aire y un termo de café y coñac entre las manos, clientes merodeantes e indecisos, chulos y traficantes. Cuando Zarza llegó a la plazuela del Comendador se detuvo al amparo de la estatua. Allí, frente a ella, al otro lado de la pequeña plaza triangular, estaba la entrada de la Torre. En realidad era un edificio de apartamentos construido en los años sesenta, en plena especulación inmobiliaria. Angosto y alto, sus diez pisos sobresalían un buen trecho por encima de las viejas casas circundantes. Era una abominación arquitectónica, con cristales ahumados y aluminios baratos de color verde guisante. En el bajo estaba el Desiré, un inconcebible bar de copas, tan estrecho y largo como un vagón de tren. La interminable barra arrancaba desde la puerta y llegaba hasta el fondo del local, y tras ella, iluminadas por focos estratégicos, atendían nueve o diez chicas con los pechos al aire. Junto al Desiré estaba la entrada a los apartamentos, un mísero portal con palmeras pintadas en las paredes. El edificio entero pertenecía a Caruso, que se había reservado las dos últimas plantas para su uso privado. Los apartamentos de los restantes pisos sólo se ocupaban por horas.

Zarza no había vuelto a pisar esa plaza desde que Caruso la echó de la Torre. Durante los últimos años había estado viviendo en una ciudad mutilada, en un mapa urbano salpicado de territorios prohibidos que ella evitaba cuidadosamente. Pero ahora se había atrevido a regresar a una de esas zonas dolorosas, ahora volvía a pisar un suelo que quemaba. Contemplaba Zarza la Torre frente a ella como el pequeño roedor contempla, paralizado por el miedo pero también fascinado, a la serpiente que va a devorarle. ¿Intuye el ratón, dentro de su terror, que al instante siguiente va a vivir la experiencia más importante de su vida? La muerte es una especie de oscura apoteosis. La boca de Zarza se llenó de una saliva salobre y pesada. También ella iba al encuentro de una revelación definitiva.

Estaba tan ensimismada en sus pensamientos que no advirtió la presencia del otro hasta que una mano grande y fuerte se apoyó en su hombro. Dio un nervioso brinco hacia adelante y giró en el aire al mismo tiempo para poder encarar al recién llegado. Se oyó un pequeño grito y al principio Zarza no supo distinguir si había sido ella quien había gritado. Pero no. Fue el otro. O la otra. Fue el travesti, asustado por el inesperado salto de Zarza.

—¡Ay, guapa, me has dejado el corazón estrujadito! —exageraba el travesti, dándose pequeños golpes en el pecho con sus rojas y puntiagudas uñas de tigresa.

—¿Qué quieres? —preguntó Zarza, cautelosa, manteniendo la distancia.

—Nada, dulzura, nada. Tengo un recado para ti, eso es todo.

Era guapa, tal vez treintañera, muy femenina. Llevaba un opulento abrigo de visón y por debajo emergían unas tetas duras como el cemento y azuladas de frío.

—¿Un recado? ¿De quién?

—Ay, no sé, nena, de un caballero que andaba por aquí y me lo ha dado. Toma, tú sabrás.

La mujer le tendió un papel. Era un sobre pequeño, como los que usan en las floristerías para las tarjetas, y dentro había una hoja arrancada de una agenda de bolsillo con dos líneas escritas en letras mayúsculas: «A las cuatro de la madrugada en tu apartamento. No faltes o te arrepentirás». Zarza miró instintivamente a su alrededor.

—¿Quién te ha dado esto?

—Ya te lo he dicho, ricura, un caballero con muy buena pinta... Ahí mismo estaba, en esa esquina. Me llamó, me dio el sobre y me dijo que te lo diera.

—Pero ¿qué aspecto tiene? Descríbemelo.

—Yo no quiero saber nada, guapa, no quiero líos, es un señor normal, con gabardina, estaba oscuro, me dio dos mil pesetas y *sé finí*, que quiere decir que se acabó y que me largo, tía. Chau.

Y, en efecto, se fue, desapareció corriendo entre las sombras agitando su voluminoso abrigo a las espaldas.

Zarza volvió a quedarse sola en mitad de la plaza, pero ahora se sentía desprotegida y expuesta. Escudriñó la embocadura de las calles a su alrededor, las figuras de hombres y mujeres que entraban y salían del Desiré. No vio a nadie que le recordara a su hermano. Un hombre con gabardina y buena pinta. ¿Habría cambiado mucho Nico en este tiempo? ¿Seguiría siendo el Nicolás de siempre? A veces, Zarza temía no poder reconocer a su gemelo. Sentía un inquietante extrañamiento con el pasado, una lejanía casi enloquecedora con su propia biografía, con la mujer que un día fue. Aquellos años cumplidos en brazos de la Reina aparecían en su memoria como depositados al otro extremo de un oscuro y largo túnel, lejos de ella, muy lejos, unas vivencias remotas que podían pertenecer a otra persona. Zarza resopló. Ésa era la razón por la que estaba aquí. Había regresado a la Torre para hablar con Caruso; necesitaba verle porque necesitaba mirar lo que se agazapaba al otro lado del túnel. Consultó su reloj; era la 1:10. Todavía no había decidido si obedecería la orden perentoria de su hermano y acudiría a la cita, pero, en cualquier caso, tenía tiempo de sobra hasta las cuatro. Tiempo para intentar subir a la Torre.

El gorila de la puerta la detuvo. Era un chico moreno, probablemente norteafricano, con un ligero acento gutural.

—Eh, tú, ¿dónde vas?

—Quiero ver a Caruso.

—¿Quieres ver a Caruso? ¿Quieres ver a Caruso? —se pasmó tontamente el muchacho; era muy joven y tal vez muy nuevo, y todavía estaba demasiado impresionado por el poderío de su jefe—. Aquí no se puede ver a Caruso así como así, tú qué crees...

—Dile que soy Zarza. Me conoce.

Zarza habló con toda la convicción de la que fue capaz, pero no estaba ni mucho menos tan segura de que

Caruso quisiera verla. En realidad, temía ser despedida sin contemplaciones. El gorila sacó un teléfono móvil, marcó un número, se cuadró de manera casi imperceptible.

—Una chica con el pelo rojo quiere ver al señor Caruso... Dice que se llama Zarza y que la conoce...

Transcurrieron unos instantes, durante los cuales el norteafricano mantuvo sin pestañear su posición de firmes. Luego escuchó algo, suspiró, se relajó. Cortó el móvil.

—Que subas —sonrió, amistoso y coqueto de repente—. Es el noveno piso.

—Ya lo sé.

Entró en el portal y cogió el ascensor de uso general, pringoso y lleno de pintadas. El otro ascensor era privado y sólo subía a las dos últimas plantas, pero necesitabas llave para utilizarlo. Pulsó el botón del noveno y el aparato ascendió ruidoso y renqueante. Cuando llegó al piso, Zarza aporreó la puerta para que la abrieran; en el noveno y en el décimo, la puerta del ascensor de los bárbaros estaba cerrada con cerrojos por fuera, para que los clientes no molestaran al jefe.

—Calma, escandalosa —gruñó Fito, liberándola de su encierro.

Fito era el matón de confianza de Caruso. Un tipo con la nariz aplastada y una nube blanca en un ojo. Tenía aspecto y comportamiento de bulldog; detestaba el desorden, el ruido, la vida social, la humanidad. Con un gesto, Fito indicó a Zarza que levantara los brazos y la cacheó rápida y eficientemente. Hacía siete u ocho años que no se veían, pero la contemplaba con una absoluta falta de interés, como si hubiera estado con ella el día anterior. Fito sacudió la cabeza, señalando a Zarza que podía pasar. Él entró detrás de ella y cerró la puerta.

El solo hecho de volverse a encontrar en aquella sala hizo que Zarza rompiera a sudar copiosamente. El lugar seguía más o menos igual que antes: los mismos espejos, los mismos sillones entre macarras y modernos tapizados de leopardo sintético, la librería de cristal y bronce sin un solo libro, el piano de cola con el que Caruso solía acompañarse, con dedos aporreantes, cuando cantaba fragmentos de zarzuela. Ahora había, además, un modoso tresillo de flores que Zarza no recordaba, una mesa de comedor con ocho sillas y un enorme árbol de Navidad, saturado de bolas y con las luces de colores encendidas.

—Vaya, vaya, vaya, qué sorpresa... aunque no tanta, porque el Duque ya me había dicho que andabas por aquí...

Caruso bajó por la escalera interior con andares de estrella. Era un tipo bajo y cuarentón con los hombros caídos, los mofletes caídos, la barriga caída. Parecía poseer una masa carnal demasiado blanda y haber sufrido los efectos de una aceleración brutal. Sus labios, lisos y muy estrechos, estaban constantemente ensalivados. Ahora esa boca fina y húmeda se distendía en una sonrisa sarcástica:

—Pero la auténtica sorpresa es comprobar que sigues viva... La última vez que te vi pensé que reventarías, la verdad...

Caruso apartó un pequeño triciclo que había en la base de la escalera y se acercó a ella.

—De mi hijo pequeño. Ya ves, me he casado. Están arriba, durmiendo. Una niña y un niño. Y mi mujer. Ser padre de familia es lo más grande. Lo más grande. Te lo digo yo, que lo he vivido todo. Y que lo sigo viviendo, no te creas. Yo, en mi casa, hago lo que me da la gana. Y mi mujer se aguanta. Ella es cubana. Completamente blanca, pero cubana. Tenía catorce años cuando me casé con ella. Y era virgen. Ya sabes, yo aquí siempre me he quedado con lo mejor.

Zarza apretó los puños. Tenía las manos chorreando. Caruso dio una vuelta en torno a ella, contemplándola con ojo crítico. Iba vestido con un traje gris bastante vulgar, con camisa lila y sin corbata. La camisa, abierta hasta el tercer botón, dejaba entrever un pecho liso y lampiño, una carne gomosa, como de pollo.

—Chica, no sólo no te has muerto, sino que vuelves a estar bien. Pero que muy bien. Primera clase, con ese aire de princesa desdeñosa que tienes... Gustan mucho las princesas desdeñosas. Es un placer follártelas y ver cómo se tragan el orgullo... además de otras cosas...

Rió con voluntaria zafiedad, sin ninguna alegría, más para violentarla que otra cosa.

—¿Y qué quieres de mí, princesa? ¿Vienes a buscar trabajo? —Caruso apresó las mejillas de Zarza con su mano derecha—: Por mí puedes quedarte y empezar ahora...

Zarza sacudió la cabeza para liberarse y dio un paso hacia atrás.

—No vuelvas a tocarme —dijo, con una voz más temblorosa de lo que ella hubiera deseado.

—Está bien. ¡Está bien! Soy un civilizado hombre de negocios. Claro que no te tocaré, si tú no quieres. Tú te lo pierdes, chica. Aquí podrías ganar mucho dinero...

Acuérdate, al principio lo ganabas. Luego te perdió tu mala cabeza. Pero siéntate, ¡siéntate! ¿Quieres tomar algo?

Caruso se repantigó en uno de los sillones de leopardo e indicó a Zarza que ocupara el otro.

—No, gracias. No quiero nada —contestó ella, permaneciendo de pie.

—Pues tú dirás. Y dilo prontito, porque no tengo tiempo —dijo Caruso con creciente fastidio.

Las luces parpadeantes del árbol de Navidad ponían reflejos verdosos y rosados en su cara. Zarza jadeó, angustiada, e intentó tragar saliva infructuosamente. Su cerebro era una cámara oscura, una cubeta de revelado en la que se iba positivando, poco a poco, en confusos y todavía indiscernibles manchones, la fotografía de su pasado.

—Mi hermano... —farfulló al fin, con la boca seca.

—¿El chulo ese que tenías? Ya me ha dicho el Duque que va detrás de ti...

—¡No! No... No me refiero a ése... Hablo del otro... de mi hermano pequeño... Recordarás que yo le... Un chico subnormal... Quería preguntarte qué pasó con él...

Caruso abrió los ojos, sinceramente sorprendido:

—¿Quién? ¿Qué? Pero ¿de qué me hablas?

—Mi hermano subnormal... Yo le traje un día aquí y...

—¿Tú sabes de qué habla, Fito? —preguntó Caruso.

Fito, que seguía adherido a la puerta de entrada, tieso como una gárgola, movió la cabeza negativamente. Caruso frunció el ceño.

—Déjate de chorradas, Zarza. No me puedo creer que hayas venido hasta aquí sólo para preguntarme por no sé qué hermano tonto al que nadie conoce... Di la verdad, ¿qué es lo que andas buscando?

Zarza cerró los ojos y aguantó la respiración: ésa era la gran pregunta, desde luego. En realidad, ¿qué andaba ella buscando? ¿Por qué había venido?

—¡Contesta! ¿Para qué has venido?

Zarza soltó el aire despacio y miró a Caruso. Esas mejillas blandas, esa boca babosa.

—He venido... —dijo lentamente—. He venido para saber que soy capaz de resistirlo. He venido para no seguir teniendo miedo de encontrarte por la calle algún día. He venido para poder olvidarte.

Caruso la miró atónito durante unos instantes, y luego soltó una risotada salpicada de perdigones de saliva.

—¡Lo que tiene uno que aguantarle a estas zorras, Fito, hay que joderse...! Anda y lárgate con tu culebrón a cuestas, so pringada, que yo tengo mucho trabajo... —dijo Caruso, poniéndose en pie y dirigiéndose hacia la escalera.

Pero antes de empezar a subir se volvió hacia Zarza:

—Y te diré una cosa, loquita: durante el par de años que te estuve follando no tenías esos humos.

—Tú ni me has rozado —silabeó Zarza, ronca y trémula—. Yo ya no soy aquélla. Tú ni me has rozado.

Y salió del piso sin esperar respuesta, agitada y altiva, la perfecta princesa desdeñosa.

Zarza abandonó la Torre en un estado cercano al estupor, ciega y sorda, ajena a todo lo que no fuera la idea obsesiva que acababa de hincarse en su cerebro. Súbitamente había visto con dolorosa y deslumbrante claridad lo que tenía que hacer; comprendía que no podía postergarlo más, que estaba obligada a enfrentarse a ello de inmediato, con la misma urgencia que si de ello dependiera su vida. Porque de alguna manera dependía. Azuzada por esa tensión insoportable, Zarza pasó como una exhalación junto al norteafricano, cruzó de cuatro zancadas la plazuela, desembocó por la calleja de la Gloria en la avenida principal y allí detuvo un taxi atravesándose en mitad de la calzada; y luego machacó al taxista durante todo el trayecto exigiéndole que se diera prisa, que se apurara, mientras el conductor circulaba con fluidez por la ciudad vacía y observaba por el retrovisor a Zarza, receloso, convencido de que ya se le había vuelto a meter en el coche una colgada y de que trabajar en el turno de noche era una actividad peligrosa y jodida. Hasta que al fin llegaron a la Residencia, entraron en el descuidado jardín, que siempre permanecía abierto, y se detuvieron delante de la puerta principal. Allí dejó el taxista a Zarza, muy aliviado, ante el caserón apagado y dormido. Eran las 2:20 de la madrugada.

Zarza pulsó el timbre, aporreó la puerta, pateó el dintel. Pese a todo ese paroxismo llamador, tardaron largos minutos en abrir. En el quicio apareció el custodio de noche, un auxiliar de clínica con aspecto de gorila a quien Zarza conocía de vista. Su bata blanca estaba toda arrugada: sin duda se había echado a dormitar en algún camastro, pese a estar de guardia. Se le veía evidentemente irritado por el escándalo y el malhumor apelotonaba y enrojecía sus rasgos, embotando aún más su rostro pesado y somnoliento.

—Pero ¿qué demonios le sucede? —gruñó.

—Tengo que ver a mi hermano. A Miguel Zarzamala. Tengo que verlo ahora mismo.

—¿Está usted loca? Son las dos y media... Su hermano duerme. Todos duermen. ¿Ha bebido, o qué?

—Es una urgencia. Necesito verle. No se lo puedo explicar ahora. Tenga: le doy quince mil pesetas si me deja pasar. Serán unos minutos.

El tipo dio un paso atrás, dubitativo, mirando los billetes que Zarza le ofrecía e intentando poner en funcionamiento su entumecido cerebro.

—Treinta mil —subió Zarza, sacando el resto del dinero de su bolso.

El hombre carraspeó y cogió los billetes con el ceño arrugado.

—Está bien. Pero no haga ruido. Y no le diga a nadie que la dejé pasar.

Zarza entró y el auxiliar cerró la puerta con cuidado detrás de ella.

—Sígame. En silencio.

Subieron sigilosamente por la escalera de piedra hasta el primer piso y se internaron, guiados por las luces de emergencia, en el sombrío pasillo de los dormitorios. Las habitaciones tenían números, como en los hospitales, y cerrojos exteriores, como en las cárceles. Miguel ocupaba la cinco. El auxiliar sacó un manojo de llaves y abrió la cerradura.

—Quince minutos. No más. La espero abajo.

Zarza aguardó unos instantes hasta quedarse sola y luego empujó la puerta. La hoja se abrió sobre una habitación estrecha y colegial iluminada por el pálido resplandor de una luz nocturna. Había osos de peluche, tebeos, fotos pegadas a las paredes. En la cama, roncando ligeramente, el anguloso bulto de Miguel. Sólo se le veía un remolino de pelo rojo y enmarañado asomando entre las sábanas. Zarza entró, cerró la puerta a sus espaldas y se sentó en el lecho. Prendió la lámpara de la mesilla.

—Miguel... ¡Miguel! —susurró, sacudiendo suavemente a su hermano.

El chico refunfuñó un poco, se quejó, se removió entre el burruño de sábanas y al cabo emergió como un pequeño topo de su topera, parpadeando deslumbrado y con expresión de desconcierto.

—Miguel, soy yo. He venido a verte. Quería verte. Necesitaba hablar contigo. No te asustes, no pasa nada.

Pero Miguel no estaba asustado, sino simplemente adormilado y aturdido. A él le daba igual que fueran las dos de la madrugada o las dos de la tarde, pensó Zarza. No tenía conciencia de lo irregular de su visita. El chico resopló y se sentó en la cama, frotándose los ojos con sus puños cerrados. Sus manos frágiles y huesudas, sus cándidos ojos azules. Zarza sintió que algo se desmoronaba en su interior.

—Miguel... —musitó con angustia.

Quiso cogerle las manos, pero el muchacho las escondió, huraño como siempre. Con el pelo zanahoria todo revuelto y los rasgos hinchados por el sueño, el treintañero Miguel parecía más joven que nunca. En realidad era idéntico al niño que había sido, a ese crío escuálido y de pecho hundido que siempre permanecía encogido sobre sí mismo, tan quebradizo e indefenso como un ave zancuda con las alas rotas. Nunca le habían hecho el menor caso, recordaba ahora Zarza; nadie había querido nunca a ese niño distinto. Ni siquiera ella, Zarza, que era la única que se preocupaba por Miguel en Rosas 29; pero ni siquiera ella había podido evitar que el hermano tonto fuera el receptor de todas sus frustraciones de la infancia. Atormentaron a Miguel, Nico y ella, no dejándole entrar debajo de la mesa, y encerrándole en habitaciones oscuras durante horas para que no diera la lata y también para disfrutar de su sufrimiento. Porque los seres distintos son un perfecto objetivo martirizable. Le recordaba ahora Zarza, en la infancia, siempre callado, tan frágil que cualquier soplo de viento le hubiera podido desbaratar, un puñado de huesos coronado por un par de inmensas y absurdas orejotas. Le recordaba trotando detrás de ellos, los hermanos mayores, con sus menudos y afanosos pasitos de hermano pequeño; les seguía como un perro, mirándoles fijamente con su absorta mirada de niño tonto, con las mejillas manchadas por el pegajoso rastro de las lágrimas y el pelo repeinado al agua por la sucesiva legión de criadas. Tampoco las criadas podían entender que Miguel forcejeara para escaparse de sus brazos y enseguida se irritaban con él, le cogían rabia, anda y que te ondulen, escupían, despectivas, después de pelear con el chico para peinarle. Y Miguel deambulaba por la casa como un alma en pena, a menudo cubierto de magulladuras que nadie cuidaba, ignorado por todos salvo para el martirio.

—Tengo sueño —murmuró Miguel, parpadeando varias veces con sus hermosos y vacuos ojos azules.

—No te duermas, por favor, tengo que hablarte... —le apremió Zarza.

Y a pesar de todo eso, era verdad que Zarza le quería, aunque fuera con un amor herido y enfermizo, un amor que dolía. Los romanos llamaban *delicias* a los muchachitos destinados al placer del César. Zarza se llevó la mano al pecho, convencida de estar a punto de morir.

—Miguel... Hace años te llevé una noche conmigo... ¿Te acuerdas? Te saqué de la cama... Te llevé a una casa muy alta con palmeras pintadas en la puerta. ¿Recuerdas lo que te pasó? —la voz de Zarza se iba haciendo cada vez más aguda y la histeria emborronaba sus palabras—. ¿Te acuerdas de ese señor malo que te tocó? ¿Te hizo daño, cariño? ¿Te dolió?

Miguel la miraba, sobrecogido, y en su expresión normalmente plana había una luz extraña, algo parecido a la inteligencia. Ahora, de repente, volvían sobre Zarza todos los recuerdos, una catarata de imágenes prohibidas y venenosas. Volvía la evocación de aquel día final, después del atraco, cuando Nico y ella ya no tenían nada que vender y la Reina rugía en sus venas exigiendo alimento. La necesidad era tanta, y el dolor de la carencia de la Blanca tan elemental y tan agudo, que Zarza llevó a Miguel a la Torre y lo vendió. Vendió el cuerpo de su hermano a un viejo verde. Ese pobre cuerpo que se retorcía de angustia con sólo ser rozado.

—¡Miguel, por favor, escúchame! Yo fui la culpable. Yo te llevé allí, te dejé allí, te abandoné. Yo tengo la culpa de que aquel hombre te tocara. Lo siento, lo siento, ¡lo siento tantísimo! Nunca más volverá a pasar, te lo prometo. Nunca dejaré que te vuelvan a hacer daño. Oh, Dios mío, qué he hecho...

Fue por eso por lo que denunció a Nicolás. No por el atraco, sino por Miguel. O no por Miguel, sino por miedo a sí misma. El mismo pavor que sentía ahora.

—¿Entiendes lo que digo? He sido yo, Miguel, yo hice que aquel hombre malo te molestara... No me entiendes, por Dios, haz un esfuerzo...

—Sí que entiendo —dijo Miguel, con voz tenue y seria—. Me acuerdo del hombre. Pero te quiero igual.

Bastaba con el perdón de un individuo bueno. Bastaba con la existencia de un justo para que la ciudad pudiera salvarse de la lluvia de fuego.

—No llores —dijo Miguel, compungido.

¿De modo que esto era llorar? ¿Esta aterradora sensación de desmoronamiento, este fuego que abrasaba sus ojos, este clavo de hierro hincado en su garganta? Hacía tanto tiempo que no lloraba que su organismo se resistía violentamente a las lágrimas.

—Toma, para ti. No llores.

Zarza lanzó una confusa ojeada sobre el objeto que Miguel había sacado de debajo de la almohada y que le ofrecía en su palma abierta. Se quedó sin aliento: era el viejo cubo de Rubik, pero ahora estaba perfectamente ordenado y cada cara mostraba un color homogéneo. Zarza agarró el cubo de un manotazo.

—¿Quién te lo ha hecho? ¿Quién lo ha solucionado? ¿Has visto a Nicolás? —hipó entre lágrimas.

Miguel sonrió:

—Los colores tranquilos son bonitos. Los colores tranquilos que estaban ahí dentro.

—¿Lo has hecho tú? ¿Tú solo? —preguntó Zarza, mientras un escalofrío le tensaba la espalda.

—Por las noches pongo todos los cuadraditos en su casa —dijo Miguel.

—No puede ser, Miguel. No puede ser.

Con manos nerviosas, Zarza empezó a deshacer el cubo. Volteó una y otra vez los engranajes, haciendo girar los cuadrados al azar a toda prisa. Unos instantes después, el cubo estaba completamente desordenado: bastaban unos cuantos movimientos para desbaratar el juguete. Zarza, expectante, devolvió el rompecabezas a Miguel. El chico sujetó el objeto articulado entre sus finos dedos y lo hizo rotar con delicadeza. Sus movimientos parecían casuales y carentes de método, pero a los pocos segundos el Rubik volvía a mostrar un único color en cada una de sus caras. Zarza, estupefacta, tomó de nuevo el cubo y lo deshizo, poniendo en la labor destructiva toda su saña. Pero Miguel recompuso una vez más la solución con una facilidad y una simpleza sobrehumanas.

—Son los colores tranquilos que están dentro —repitió, satisfecho.

Sólo había una posición en la cual las caras se ordenaban. Una única posición entre quintillones de posibilidades. Zarza se quedó mirando a su hermano, estupefacta, sobrecogida ante su misterioso potencial de monstruo distinto. Era Miguel el tonto, Miguel el sabio, Miguel el Oráculo. Aquí estaba, con la cabeza hundida entre sus hombros picudos y los omóplatos emergiendo en su espalda como las alas plegadas de un murciélago. O como las plumosas alas de los ángeles.

—No llores —volvió a decir el chico.

Y Zarza advirtió que las lágrimas seguían cayendo por sus mejillas, ahora sin dolor y sin aspavientos.

—Yo te quiero, Zarza. Era un hombre malo pero yo te quiero —susurró Miguel.

Toda esa inocencia la redimía. La inocencia de los subnormales, de los seres puros, de los idiotas. Criaturas transparentes que constituían el contrapeso de la maldad. No eran más que unos pobres tipos anormales a los que considerábamos defectuosos y, sin embargo, compensaban con su candidez la atrocidad del mundo y mantenían a raya las tinieblas. Qué otra cosa podían ser, sino auténticos ángeles. Los únicos tangibles y reales. Zarza se dobló sobre sí misma, extenuada, y apoyó la frente en las rodillas de su hermano, cubiertas por la sábana y la manta. Miguel se sobresaltó al advertir el roce, pero aguantó quieto, sin retirar las piernas.

—Zarza guapa... —dijo.

Extendió la mano, titubeante y agarrotado, y empezó, cosa extraordinaria, a acariciarla. O más bien a propinarle pequeños golpecitos sobre la cabeza con la palma extendida y los dedos tiesos, un tableteo rítmico y ligero.

Ea, ea, ea, musitaba Miguel, el Ángel Tonto, mientras rozaba torpemente la nuca de su hermana, ea, ea, ea, y las leves palmadas tenían la misma cadencia que el corazón de Zarza.

Cuando Zarza recuperó el control de sí misma ya eran las 3:10 de la madrugada. Estaba de pie en la acera desierta, frente a la residencia de Miguel. Cansado de esperar, el celador había subido a buscarla y, tras arrancarla de los rígidos brazos de su hermano, la condujo sin demasiados miramientos hasta la calle. Allí permaneció Zarza durante unos minutos, sumida en una especie de trance. La noche era neblinosa y las farolas estaban coronadas de un halo opalino. Era un mundo inhumano, ese mundo nocturno y espectralmente vacío. Era una ciudad barrida por la peste, una población abandonada por todos ante la inminente llegada de los tártaros. Zarza respiró hondo; la piel de sus mejillas estaba tirante, los ojos le ardían. Cuando uno no está acostumbrado a llorar, las lágrimas producen efectos secundarios; una suerte de agujetas emocionales. Tiritó de frío y volvió a mirar el reloj; las 3:16. Súbitamente recordó el mensaje de Nicolás: a las cuatro en tu apartamento o te arrepentirás. Todavía estaba a tiempo de llegar. El problema era dilucidar si quería hacerlo; si estaba dispuesta a acudir a la cita. Y sí, sí lo estaba. Era la única forma de acabar con esto. De una manera confusa e inconexa, Zarza barruntaba que algo estaba cambiando en su interior. Puertas que se abrían y se cerraban, piezas que iban encajando a la búsqueda del diseño original, del dibujo explicativo de todos los misterios, de los colores tranquilos que conforman el alma de las cosas.

En ese momento empezó a escuchar un ruido extraño, un blando retumbar, un estrépito turbio que parecía acercarse. Abrió bien los ojos y miró con ansiedad la calle solitaria, los brillos sombríos del asfalto húmedo. Durante unos instantes no vio nada, aunque el ruido aumentaba en intensidad, amenazador e indescifrable. Al fin apareció en el lomo de la calzada un revuelo de sombras y gañidos: eran cuatro perros grandes y oscuros, cuatro perros sin dueño ni collar. Corrían por mitad de la carretera, poderosos y ágiles, y sus patas producían un sordo redoble al golpear el suelo. Quizá fueran una manada y galoparan juntos camino de quién sabe qué destino; o quizá se estuvieran persiguiendo, tal vez los de detrás intentaban cazar al que marchaba delante para despedazarlo con sus blancos colmillos. Corrían y corrían a través de la ciudad desierta, rítmicos y ausentes, con esa total concentración de los animales en lo que hacen, los feroces morros alzados en el aire, jadeando y gruñendo sordamente. Pasaron por delante de Zarza, un relámpago negro de peligro y belleza, y luego desaparecieron en la noche y regresó el silencio.

Zarza tuvo que caminar un buen rato hasta tener la suerte de encontrar un taxi vacío. Se adormiló al calor del interior del vehículo y, cuando el conductor se detuvo delante de su portal, sufrió un instante de pánico al ser incapaz de discernir si estaba despierta o atrapada dentro de algún sueño. Bajó del coche todavía volando, con esa inseguridad en el entorno que uno suele sentir en las pesadillas, como si en cualquier momento la realidad fuera a prescindir de las leyes físicas y la calle pudiera empezar a deformarse o desleírse. Las 3:50. Faltaban diez minutos para la cita.

No tenía nada claro qué hacer y le asustaba entrar sola en el edificio oscuro y silencioso, así es que cruzó de acera y volvió a guarecerse en el bar de enfrente, es decir, en el umbral del bar, porque el local se encontraba cerrado. Se apoyó en la persiana metálica, helada y rugosa, e intentó fundirse con las sombras que inundaban el quicio retranqueado. Hacía un frío punzante que parecía irradiar desde el suelo, hiriendo los pies, las piernas, la espalda, las manos, las mejillas. Tuvo que hacer un verdadero esfuerzo de voluntad para no empezar a patear las sucias baldosas: no quería delatarse con el ruido. Tiritaba y le castañeteaban los dientes, y el mármol que recubría el dintel parecía más caliente que sus dedos. Así esperó durante un tiempo que se le antojó interminable, mientras su cuerpo se iba agarrotando y su mente, emborrachada por el agotamiento y la falta de sueño, se evadía del entorno y flotaba entre alucinadas vaguedades.

Y así, pensó absurdamente que todo era un problema de habitaciones, de cuartos clausurados, de alcobas amenazadoras o secretas. La torre del martirio de Gwenell, esa habitación tapiada en la que la mujer aguantó viva durante décadas, envuelta en sus detritus y cegada por las tinieblas, golpeando locamente las paredes. La choza milagrosa de la bruja francesa, con la equívoca belleza de sus muros pintados. El cuarto tenebroso de la madre enferma, la cama de los llantos y la muerte. La celda de la cárcel en la que Zarza estuvo, y el escueto dormitorio de Miguel en la Residencia: lugares limitados por rejas y cerrojos. La puertecita mágica que Mirval no quería abrir, temiendo caer de bruces en el infierno. La puerta del despacho del padre de Zarza, entornada sobre una oscuridad maligna y definitiva. Un tumulto de moradas interiores, espacios dentro de espacios, cubos dentro de cubos, como el ingenioso artefacto de Rubik. Un caos monumental y trillonario.

Algo cortó en seco las divagaciones de Zarza, colocándola de nuevo en estado de alerta. Había escuchado un ruido: pasos en la noche. Un repique de pies sobre el pavimento. Un tintineo de hielo. Zarza oyó la presencia ajena antes de verla. Tensó dolorosamente su cuerpo entumecido, apretándose aún más contra el dintel. Aguantó la respiración y abrió bien los ojos: el paseante estaba a punto de entrar en su campo visual. Ahí venía, ahí llegaba. Un bulto movedizo, una sombra, una silueta. Un cuerpo que se detenía indeciso frente al portal, que miraba hacia arriba recortando el perfil contra la mortecina luz de la farola. Zarza soltó el aire, incapaz de creer lo que veía. Atónita, dio un par de pasos hacia adelante y perdió la ventaja de su escondite, absorta en la contemplación de esa presencia imposible. Del cuerpo más bien flaco, los pantalones estrechos, el manchado chaquetón de cuero vuelto. De la melena rizada de reflejos rojizos; y la nariz pequeña, y las mejillas blancas. En el corazón de una madrugada fría y delirante, Zarza se miraba a sí misma desde el otro lado de la calle. Porque esa mujer que ahora tanteaba torpemente la cerradura del portal era ella misma. Se parecía a Zarza, vestía como Zarza, medía lo que Zarza. Algo semejante a un grito de angustia empezó a formarse en el interior del pecho de Zarza, si es que Zarza seguía siendo Zarza, si es que no era otra persona o incluso otra cosa. Los hijos de los locos enloquecen. Temiendo deshacerse, se tocó la cara con las manos por ver si aún existía: palpó una carne helada pero sólida. En ese momento la otra Zarza se volvió y se quedó mirándola desde la acera de enfrente. Fue un instante de completa quietud, un momento ensimismado e hipnótico.

—¿Tú eres Zarza? —dijo al fin la otra con una vocecita fina y quebradiza, una voz diferente que rompió el embrujo.

Zarza tragó saliva, incapaz de musitar una sola palabra. Asintió con la cabeza, recelosa. La mujer vaciló un segundo y luego las dos Zarzas echaron a caminar con lentitud la una hacia la otra. Se encontraron en mitad de la calzada y se contemplaron en silencio.

—Por eso me dijo que me pusiera este chaquetón —dijo al fin la otra.

—¿Quién lo dijo?

—Él. El hombre de la gabardina. Hizo que me soltara el pelo y me dio este chaquetón para que me lo pusiera.

Zarza escudriñó a la nueva Zarza. Las ojeras, la boca temblorosa. El cabello, de cerca, se advertía sucio y mal teñido. No era pelirroja natural. Era una súbdita de la Blanca y quizá también trabajase para la Torre. Zarza se estremeció: Nicolás le había mandado su retrato, el retrato de lo que ella fue y de lo que siempre podría volver a ser.

—¿Qué más te dijo ese hombre?

—Que viniera a las cuatro. Que subiera al 5° C. Creí que estarías dentro. Y que te diera esto.

La otra Zarza metió la mano en su despellejado bolso y sacó una cajita de metal cuya tapa anunciaba pastillas mentoladas. Pero dentro no había caramelos, sino una jeringuilla y una papelina. Zarza rechinó los dientes, esos dientes que la Reina le quiso arrancar. Un dedo de hielo le recorrió la espalda. Ella no era nadie, ella no era nada; ella caminaba por el túnel hacia el infierno de siempre, hacia ese sordo dolor que le estaba esperando al otro lado. Estaba ya a punto de hundirse en el pánico cuando pensó en Miguel. Metió la mano en el bolsillo de su chaquetón: sí, ahí seguía el cubo de Rubik que su hermano le había dado. Un pequeño objeto de plástico que ahora parecía tan poderoso como un talismán. Apretó el juguete dentro del puño y se dijo que, en realidad, su hermano ya la había salvado de la Blanca en la cárcel. La Reina reinaba en la prisión, pero ella había aprovechado sus años de condena para limpiarse; y lo hizo por Miguel, por el recuerdo de Miguel, por el horror de lo que le había hecho. Si entonces todo eso la protegió, ¿por qué no iba a servirle también ahora? Zarza respiró hondo, abrió la papelina y la sacudió con energía sobre la acera, regando la calle de polvos blancos.

—¡Qué haces! —chilló la otra Zarza, dejándose caer de rodillas al suelo.

Se mojó de saliva el dedo índice e intentó recoger, a cuatro patas, el material desparramado.

—Qué desperdicio... —gemía.

Zarza sacó una tarjeta de la caja de metal. Estaba escrita con las habituales letras mayúsculas: «Esto ha sido un regalo de la casa o una broma, como prefieras. Pero ya estoy cansado de jugar. Te espero a las ocho de la mañana en Rosas 29. No faltes. Es el final».

—No hagas eso... —murmuró Zarza, mientras la otra Zarza seguía lamiendo el polvo y la porquería de la acera—. No hagas eso, por favor.

La mujer se levantó con gesto contrariado. Tal vez fuera más joven que Zarza, pero estaba muy rota.

—No tenías que haberlo tirado... —se quejó.

—Lo siento. Pero el hombre de la gabardina te ha pagado, ¿no? Te habrá dado dinero. Puedes comprar más.

—Sí, pero no tenías que haberlo tirado... —repitió, enfurruñada como un niño.

—Está bien, ya te he dicho que lo siento.

La otra Zarza se apartó un mechón de pelo de la cara. Tenía las uñas negras y partidas. Observó a Zarza con mirada inquisitiva.

—Nos parecemos, ¿no?

Zarza intentó disimular su repugnancia.

—Sí, creo que sí. Nos parecemos.

La otra Zarza se encogió de hombros.

—Era un tipo muy raro. Hay muchos tipos raros. En la noche.

Seguían las dos la una frente a la otra, mirándose a los ojos. Igual de altas y posiblemente con las mismas heridas. Zarza se recordó en la noche, en la siniestra rareza de las noches, siempre bordeando el pánico. El asco no es lo peor cuando estás en la calle: los humores, los olores, los sudores de tipos pestilentes. Lo peor no es el asco, sino el miedo. Súbitamente, Zarza se sintió caer en los ojos de la otra Zarza, en el interior de la otra Zarza, en el aliento de la mujer que tenía enfrente.

Fue un instante de ofuscación vertiginosa, un delirante espasmo: se notó dentro de ella, de la otra Zarza, mirándose a sí misma; con las uñas rotas, la vida calcinada, las venas aullando por amor a la Reina. Se vio en mitad de la noche, de las noches, navegando sin brújula por aguas tormentosas, en la perpetua oscuridad de la laguna Estigia. Zarza se tambaleó.

—¿Qué te pasa? —preguntó la otra Zarza.

De nuevo su vocecita fina y enfermiza puso una distancia necesaria y volvió a dibujar el mundo en torno a ellas.

—¿Qué te pasa, tía? Parecía que te ibas a desmayar...

—No es nada... Es que estoy cansada, sólo eso...

La otra Zarza la observó con gesto suspicaz. Zarza conocía bien esa expresión: era la mirada del miedo, la alerta constante del animal nocturno, a ver si esta tipa se me muere, a ver si está fingiendo, a ver si es una trampa, a ver si las cosas se complican, a ver si estoy en peligro. La mujer dio dos o tres pasitos nerviosos, sin moverse del sitio, atusándose el deteriorado cabello con manos inciertas.

—Bueno. Yo he cumplido. Me abro —murmuró.

Y desapareció sin ruido, camino del dolor y de la Blanca.

Veinte años después de haber encontrado el manuscrito de *El Caballero de la Rosa* en un monasterio de Cornualles, Donald Harris, el inglés ignominioso, anunció un nuevo hallazgo: una versión distinta de las páginas finales del manuscrito, tal vez un borrador desechado por Chrétien o, por el contrario, un texto que el autor redactó posteriormente con intención de mejorar el original. Cuando Harris hizo público este segundo descubrimiento, su reputación estaba justamente en la apoteosis de la ignominia. Le Goff había publicado su célebre ensayo cinco o seis años atrás, dándole la razón con respecto a la autenticidad de *El Caballero de la Rosa*; a partir de entonces, el mundo académico había intentado recuperar con discreción a Harris, pero éste, en vez de callar prudentemente y disfrutar de los buenos tiempos, se había comportado de manera intolerable en todos y cada uno de los foros a los que había sido invitado, insultando bárbaramente a los expertos que habían dudado de su veracidad, carcajeándose de los profesores que le habían ninguneado y anunciando a los cuatro vientos que el catedrático que le había despedido se acostaba de forma regular con las becarias del departamento. Todo esto acompañado de un gran aparato de blasfemias y regado abundantemente con alcohol. Digamos que no era un hombre popular.

De modo que, cuando se sacó el nuevo manuscrito de la manga como un prestidigitador saca un conejo, el mundo académico encaró el asunto con recelo, casi con desmayo. Por un lado, no se atrevían a volver a dudar abiertamente de la autenticidad de las páginas, puesto que con anterioridad ya se habían equivocado de un modo ostentoso; pero, por otra parte, se negaban a apoyar, con su respaldo, a un individuo que les caía tan mal. Así es que ignoraron oficialmente la nueva aportación de Harris. No hubo críticas, reseñas o referencias públicas en congresos, revistas ni reuniones; privadamente, sin embargo, el asunto fue la comidilla de los historiadores durante varios meses.

Muchos sostenían que estas nuevas páginas eran evidentemente un puro fraude y que eso demostraba que también *El Caballero de la Rosa* había sido una falsificación, por más que el gran Le Goff hubiera caído en la trampa. Otros mantenían que esta segunda parte parecía ficticia, pero que eso no afectaba en absoluto la autenticidad del manuscrito primero. Y aún había unos pocos, entre ellos el prestigioso erudito clásico Carlos García Gual, que aseguraban que ambos textos eran originales y muy valiosos; y que el comportamiento del mundo académico había sido escandaloso y miserable, primero persiguiendo y hundiendo a Donald Harris, y luego silenciando su segunda aportación con crueldad olímpica. Sea como fuere, lo cierto es que a partir de aquel nuevo incidente Harris redobló su ingesta alcohólica y apenas si logró vivir un par de años más antes de reventarse el hígado.

Desde luego, el texto alternativo encontrado o falsificado por Harris resulta algo extraño, aunque mantiene el tono narrativo de Chrétien y posee una fuerza épica notable. Las nuevas páginas empiezan años después de la huida del bastardo. Edmundo ya se ha convertido en el Caballero de la Rosa y Gaon, en el cruel Puño de Hierro. Ambos han dedicado su vida al arte de la guerra y recorren el territorio inglés de batalla en batalla. Hasta que un día son reclamados por el rey sajón Ethelred II para entrar en combate contra los feroces vikingos; el Caballero de la Rosa acude solo y en calidad de mercenario, mientras que Puño de Hierro llega con su propio ejército ducal, como buen vasallo de su soberano. Allí, en el campamento real, se reencuentran los dos hermanastros por primera vez. No hablan entre sí y se rehúyen; saben que no pueden dirimir sus diferencias por el momento, porque los vikingos se encuentran muy cerca, dirigidos por el célebre y temible Thorkell el Alto.

Y, en efecto, la contienda se inicia al día siguiente. Los vikingos son unos enemigos formidables: el terror que producen les precede y a menudo sus adversarios huyen sin siquiera atreverse a presentar batalla. Son unos hombres gigantescos y fornidos, guerreros orgullosos que no luchan por un soberano sino para sí mismos, en pos del botín y de la gloria; desdeñan el dolor de las heridas y son capaces de arrancar cabezas humanas con las manos (como el niño le arranca la pata a un saltamontes, dice Chrétien, o Harris). El combate, que ha comenzado al amanecer, se prolonga, fragoroso y brutal, durante todo el día. Cuando llega la noche, nublada y sin luna, y los hombres ya no alcanzan a ver a quién están tajando con sus grandes espadas, ambas partes acuerdan una tregua. Se cosen las heridas, las cauterizan; cambian las hachas melladas por unos hierros nuevos; comen y duermen algo. Y a la mañana siguiente, al despuntar el sol, los supervivientes vuelven a ocupar el campo de batalla, un antiguo sembrado ahora pisoteado y cubierto con un limo rojizo que apesta a sangre.

El segundo día las bajas son aún más numerosas: los hombres están heridos y cansados, descuidan su defensa, dan mandobles de ciego. El resultado de la contienda es todavía incierto; las tropas de Ethelred son más numerosas, pero los vikingos están practicando una carnicería. Súbitamente se escucha un agudo clamor y hay un brusco movimiento de retroceso en el ala izquierda, que es donde se encuentra Puño de Hierro. El Duque ve a sus hombres correr, les grita, les insulta, ensarta a dos o tres, obliga a los demás a presentar batalla. «¡Son los bersekir!», ha gritado antes de morir, empavorecido, uno de los soldados que el Duque ha ejecutado. Son los espantosos hombres-bestia.

Las fuerzas vikingas tienen un arma secreta: pequeños grupos de guerreros sagrados salidos directamente del infierno. Van desnudos, carentes de armadura, tan sólo cubiertos por pieles de animales. Unos, los bersekir, son los hombres-oso; otros, los ulfhednar, los hombres-lobo. Profieren escalofriantes alaridos, las armas no les hieren y apenas son humanos. Enloquecidos y demoníacos, avanzan en pequeños racimos por el campo de batalla arrasándolo todo. Un ululante puñado de estos diablos está justamente ahora frente al Duque, que alza la maza y la descarga contra la criatura más cercana; el bersekir da un paso atrás pero no se desploma, como hubiera debido hacerlo por la horrorosa herida que ahora se abre en su pecho. Puño de Hierro contempla los ojos del guerrero-diablo: encendidos como carbones, alucinados. Se cuenta que, antes de la batalla, los bersekir danzan en torno al fuego y se atiborran de bebedizos mágicos.

Los soldados del Duque caen a sus pies como espigas cortadas. Los hombres-bestia están envolviendo a Puño de Hierro, que presiente su fin. De pronto, su hombro choca contra otro hombro con un rechinar de metales. Puño de Hierro vuelve la cabeza: junto a él está el Caballero de la Rosa. Son los dos únicos sajones que quedan en pie en ese rincón del campo de batalla, rodeados por los turbulentos bersekir. Durante un tiempo legendario e interminable, los dos caballeros luchan desesperadamente por su vida contra los demonios: espalda contra espalda, como luchaban las parejas de enamorados en la mítica e invencible cohorte sagrada tebana. Espalda contra espalda, pues, y redoblando sus esfuerzos porque la defensa del uno implica la del otro, el Duque y el bastardo consiguen mantener a raya a las criaturas del inframundo. Hasta que al fin, cuando ya creen que no van a poder resistir por mucho tiempo, los hombres-bestia dan media vuelta y desaparecen de repente: llegan tropas del rey para reforzar el colapsado flanco izquierdo. Los hermanastros han salvado la vida.

En realidad, han salvado algo más. Heridos como están y cubiertos de sangre, ambos sienten menos dolor del que sentían antes. Dice Harris, o Chrétien, que no tienen que hablarse: los dos saben muy bien lo que han de hacer.

Terminada la campaña contra Thorkell, los hermanastros regresan al ducado. Nada más llegar al palacio derriban con grandes mazas la puerta tapiada de la torre de Gwenell. Por el agujero sale un olor inmundo; y luego, arrastrándose, cubierta de excrementos, envuelta en la sucísima maraña de su cabellera, aparece Gwenell. Que ya no es Gwenell, sino una criatura infernal, un demonio patético con los mismos ojos alucinados que el bersekir vikingo. Jadea y ulula esa cosa espantosa, perdida la razón y mostrando un terror indescriptible. Entonces el Caballero de la Rosa y Puño de Hierro toman a la vez la misma decisión: desenvainan las espadas y atraviesan el pobre y retorcido cuerpo de la mujer, matándola en el acto. Como quien sacrifica a un perro agonizante para que no sufra.

Después, mandan lavar, adecentar y vestir con sedas finas el cadáver. Velan la muerte de su muerta durante tres días, sin comer, sin dormir y sin beber, arrancándose a tirones el pelo de la cabeza, haciéndose largos tajos con los puñales en brazos y mejillas. Luego la entierran, ordenan revestir los muros del palacio con lienzos negros y se retira cada uno a una torre. Cumplen allí la pena que les ha impuesto el confesor, siete años sin abandonar sus aposentos, rezando y meditando, no conociendo hembra, comiendo frugalmente. Hasta que al cabo salen de su encierro, hombres maduros ya, con el pelo canoso y la mirada un poco lagrimeante, mucho más delgados, perdida su musculatura de guerreros. Cenan Edmundo y Gaon por primera y última vez en la gran sala; deciden que Edmundo se hará cargo de un pequeño señorío que el Duque le cede y que Gaon se quedará en el castillo de

Aubrey; y al día siguiente se separan para siempre los dos hermanos, camino del resto de sus vidas. Zarza todavía no había decidido si añadir o no esta segunda versión en su edición de *El Caballero de la Rosa*.

Volvió a casa de Urbano de manera instintiva, sin pararse a pensarlo. Estaba agotada y el cansancio parecía actuar sobre ella como una droga relajante, produciéndole una sensación de tranquilidad casi narcótica, un desapego de las cosas enfermizo, semejante al de una persona que se está desangrando. Pulsó el portero automático y Urbano contestó enseguida, como si hubiera pasado la noche al lado del aparato. Cuando llegó al segundo piso, el hombre la estaba aguardando con la puerta abierta: vio su gesto tenso, su cara expectante, y toda la calma de Zarza desapareció bajo un súbito arrebato de furor.

—¿Por qué me dejaste ese dinero ahí? —gruñó a modo de saludo.

—Para ver qué hacías.

—Pues ya has visto lo que he hecho, maldita sea. ¿Por qué mierda tenías que probarme?

—¿Por qué llegas atacando? ¿Para que yo no tenga la oportunidad de echarte en cara lo que has hecho?

Zarza recapacitó un instante; no, le atacaba porque tenía miedo. ¿Dónde estaba esa anestesiada serenidad de hacía unos minutos? Estaba asombrada: cuando venía hacia acá no tenía la más mínima intención de agredirlo. Ahora Zarza miraba el rostro de Urbano, su boca pequeña y bien dibujada, sus mejillas carnosas, y se sentía frágil y en peligro.

—¿Por qué no fuiste lo suficientemente hombre como para echarme de tu casa por las claras? Porque en realidad era eso lo que querías. Me dejaste el dinero para que lo robara y me largara. Para poder decirte a ti mismo que no tengo arreglo, que no merezco la pena. Porque no tenías cojones para echarme.

Soltó Zarza todo esto en mitad del descansillo y sin respirar. Arrojó encima de Urbano sus maldades más sucias, más violentas. Quería hacerle daño. Para que la expulsara para siempre de su vida.

Urbano resopló, y apretó pensativamente sus manazas, haciendo crujir sonoramente los nudillos. Después la miró, suave como un cordero:

—Es posible eso que dices. Pero has vuelto. Y me alegro.

El estómago de Zarza se contrajo dolorosamente hasta no ser mayor que una canica. Empezó a rebuscar dentro de su bolso con manotazos histéricos:

—Pues yo no. Yo no me alegro. Toma tu maldito dinero. Tengo que marcharme. Toma tu dinero.

Los billetes escaparon de sus manos y se desparramaron por el suelo, y el bolso entero acabó por volcarse con tintineante estrépito. Zarza se agachó a recoger las cosas, intentando disimular el nudo que le agarrotaba la garganta. Pero ¿era posible que se pusiera a gimotear cada dos minutos? ¿Acaso se iba a convertir ahora, después de tantos años de control y sequía, en una llorona blanda e insoportable? Urbano, también a cuatro patas a su lado, acercó su cara a la de ella, como un perro hociqueando a otro.

—¿Quieres seguir discutiendo de todo esto en la escalera o pasamos a casa?

Zarza no podía hablar sin delatar su situación lacrimosa, así es que frunció el morro y asintió malhumoradamente con la cabeza. Entraron en la sala y se sentaron cada uno en su sofá, como dos pasmarotes, tiesos y ceñudos. Transcurrieron los minutos con lentitud insufrible mientras Zarza atisbaba al hombre a hurtadillas. Tenía unas manos hermosas, ágiles y grandes. Y ese rostro contundente que la edad había mejorado. O tal vez fuera cosa de la mirada de ella; tal vez ahora ella le estuviera mirando de otro modo. Pero Zarza no quería, no podía ilusionarse.

Urbano carraspeó. Había permanecido sumido en sus cavilaciones, muy dentro de sí mismo, un territorio remoto. Ahora que lo pensaba, Zarza se daba cuenta de que apenas si conocía a Urbano. ¿Cómo había podido vivir con él todos esos meses sin interesarse por él, sin preguntarle?

—Tú no sabes casi nada de mí, Zarza. Casi nada —rompió a hablar Urbano con voz ronca.

Y Zarza se estremeció ante la coincidencia de pensamiento.

—¿Tú crees que soy un cobarde? Contesta sinceramente. Por ejemplo, apareces por aquí al cabo del tiempo, después de lo que hiciste, y no te echo de casa. ¿Te parece que soy un cobarde?

Zarza se puso en guardia. Tenía la garganta apretada y una vaga molestia rodaba por su pecho.

—No, no lo eres.

—Dime la verdad, no tengas miedo, no me vas a hacer daño. ¿Soy un cobarde?

—No. No lo creo.

Y era cierto. Ahora no lo creía.

—Te voy a contar una cosa, Zarza. Mi padre era de origen campesino, pero se vino a la ciudad y entró a trabajar en una gran fábrica de componentes eléctricos. Terminó de jefe de personal. Supongo que se lo ganó con su esfuerzo, como él mismo nos repetía todo el tiempo, pero también debió de ayudar lo servil que era con la empresa. Sus compañeros le odiaban y no tenía amigos. Cuando murió, no vino nadie al entierro. Siempre fue un borracho, pero cuando le hicieron jefe empezó a beber whisky en vez de tinto, y la cosa empeoró. Que yo sepa, nunca nos puso una mano encima, ni a mi madre ni a mi hermana ni a mí; pero siempre le tuvimos miedo. Le bastaba la palabra para ser brutal y lograba que te sintieras como una mierda.

Urbano hizo una pausa. Los hijos de los borrachos se alcoholizan, pensó Zarza.

—Te voy a contar una escena. Con una escena basta. Un día estábamos en la casa del pueblo. Porque en las vacaciones siempre volvíamos al pueblo, y mi padre alardeaba de coche bueno y se iba al bar a beber whisky en vaso largo. Y estábamos un verano delante de la casa, yo tenía quince años, estábamos sentados en el porche, y atardecía. Mi padre limpiaba su escopeta de caza y creo que yo estaba intentando estudiar, porque nunca fui bueno en el colegio y siempre me quedaban asignaturas para septiembre. Entonces mi padre me dio en el brazo y dijo:

«A que no tienes huevos para pegarle un tiro a ese chucho». Miré. Frente a la casa pasaba un perrillo callejero, el típico canelo de tamaño medio, delgado como una raspa y con el morro oscuro. Hociqueaba por las cunetas de la carretera buscando algo que comer. «Venga, coge la escopeta», ordenó mi padre, tendiéndola hacia mí. «Ya está cargada y todo.» La cogí. Yo tenía quince años. Me la eché a la cara. Sabía disparar; mi padre me había enseñado a hacerlo, apuntando a botes. Ahora apunté al perrillo y empecé a sudar. Mi padre se reía: «Venga, cabrón, dispara... si es muy fácil...». No pude hacerlo. Simplemente no pude. Bajé el arma y mi padre me la quitó. «Ya sabía yo que no tendrías cojones», dijo; «ya sabía yo que eras un maricón». Apuntó rápidamente al perro y disparó. Recuerdo todavía el estampido del tiro, los chillidos agónicos del chucho. Salí corriendo hacia la carretera y me acerqué al animal: se retorcía con expresión de loco en la cuneta, malherido en el vientre, gimiendo como un niño. Yo no sabía que los perros podían gemir como las personas. Así es que agarré una piedra y le aplasté la cabeza.

Urbano calló durante unos segundos. También el Caballero de la Rosa y Puño de Hierro mataron a Gwenell para que no sufriera, pensó Zarza; y se preguntó si el perro moriría a la primera, si Urbano atinó a partirle el cráneo con un solo golpe o si necesitó machacar con la piedra repetidas veces. No se atrevió a formular una pregunta tan morbosa y él no dio detalles. No era un buen narrador: todo lo decía con el mismo tono, en un monólogo seco, pausado y rectilíneo, como quien lee un texto administrativo. Pero la expresión neutra, por contraste, rubricaba el patetismo de sus palabras.

—Mi hermana tiene cinco años menos que yo y trabaja de administrativa en una empresa de informática. Se llama Catalina. Cuando cumplió dieciocho años se enfrentó a mi padre, agarró a mi madre y se la llevó fuera de casa. Se marcharon las dos a vivir a un piso. Catalina hizo lo que yo no había tenido las agallas de hacer. Es una tía estupenda, aunque nos vemos muy poco. A ella le va muy bien, tiene su pareja estable, sus amigos... Es una persona muy normal, no como yo. Ya me ves, a mí me cuesta mucho relacionarme. Soy un bicho raro, una especie de topo. Soy como la carcoma de la madera. Siempre metido en mi agujerito. Hablar, ya lo sabes, me cuesta mucho. Creo que nunca he hablado tanto como hoy.

Volvió a detenerse. Zarza sintió unos deseos casi irresistibles de cogerle las manos y acariciar sus dedos largos y callosos. Pero no consiguió reunir el valor suficiente para hacerlo.

—De modo que sí, creo que soy un cobarde. Desde luego soy más cobarde que Catalina. O a lo mejor es que soy una persona más herida que mi hermana. La vida deja heridas por dentro. Cicatrices como esta de mi cara, pero que no se ven. Tienes que seguir adelante con eso y no es lo mismo. Quiero decir que no es lo mismo echar a correr cuando tienes sanas las dos piernas que intentar hacerlo cuando eres un tullido y vas arrastrando un pie detrás de ti... No sé si me explico, sé que soy muy malo hablando, y muy aburrido... Pero yo soy como una especie de tullido. La mayor parte del tiempo siento que me arrastro, aunque desde fuera nadie sea capaz de ver mi pierna mala.

—Te explicas muy bien... —musitó Zarza.

—Verás, yo podría haber sido como mi padre. Soy un hombre fuerte y grande, y a veces la furia me hace ver todo rojo. En realidad, creo que me parezco demasiado a él. También mi padre era un tipo asustado. Él bebía y nos insultaba y reventaba perros justamente para ocultar su miedo. Yo podría haber sido como él. Era lo más fácil. Pero escogí otra cosa. Luché por ser otro. Todo lo que soy, aunque sea poca cosa, lo he construido a pulso. No tengo más que darte, pero creo que es algo.

Se recostó Urbano en el sofá, agotado por el esfuerzo, mientras Zarza temblaba aún conmocionada por la última frase, que había explotado en sus oídos como un misil: «No tengo más que darte». Pero entonces, ¿Urbano estaba todavía dispuesto a arriesgarse? ¿Acaso le estaba proponiendo que lo intentaran de nuevo? ¿A ella? ¿A Zarza? ¿A la mujer que le había dejado medio muerto? Sintió una súbita, suicida añoranza de sus tiempos atroces, de cuando la Blanca le chupaba la vida, porque cuando estás en el infierno ya no puedes temer algo peor. Tengo que levantarme, pensó Zarza; tengo que caminar hasta la puerta, abrir, salir sin mirar hacia atrás, marcharme para siempre. Tengo que volver a ser remota e intocable.

—He hecho cosas horribles —balbució—. Cosas tan horribles que no caben dentro de las palabras.

—Entonces no las digas, no las cuentes. Ésa es tu pierna tullida, tendrás que aprender a caminar así.

—¡Pero es que yo sí que soy cobarde! Lo que quiero decir es que no me fío de mí misma. Escucha, yo denuncié a mi padre.

—Quieres decir a tu hermano...

—Sí, sí, a Nicolás también lo delaté, cuando el asalto al banco... Pero no era la primera vez. Muchos años antes, fui yo quien provocó la fuga de mi padre. Un día me enteré por casualidad de su negocio de facturas falsas... Una tarde que papá había salido saqueé su despacho y envié al juez algunos de los documentos más comprometedores. Por entonces yo estaba convencida de que mi padre había asesinado a mi madre y quería vengarme. Vengarme, no vengarla. Pero da igual, no importa la razón, lo que importa es que nunca he sabido enfrentarme por mí misma a los problemas, ¿te das cuenta? Siempre he buscado la ayuda de una autoridad exterior. Que algo o alguien me lo resolviera todo desde fuera. Yo creo que fue también por eso por lo que me entregué a la Blanca. Lo he intentado todo con tal de no ser. Mientras tú te esforzabas en construirte tal como eres, yo siempre he huido.

Se calló, compungida, nuevamente demasiado próxima a las lágrimas. De repente sentía una asquerosa pena de sí misma. Ella, que durante tantos años había conseguido protegerse en el desdén, en el simple y frío desprecio hacia su persona. Pero quien siente pena por sí mismo es porque considera que ha merecido un destino mejor; por consiguiente, quien siente pena por sí mismo es que aspira a más. Esto es, tiene esperanzas. Durante años, durante siglos, durante milenios, desde el principio de la formación de los planetas, Zarza se prohibió toda esperanza. Y ahora, de repente, ahí surgía esa pequeña expectativa en sus entrañas, ese sentimiento enano y deleznable, pugnando por crecer y hacerse cierto. Irritada por su nueva vulnerabilidad, volvió a experimentar unos deseos irrefrenables de marcharse. Lo mejor que podía hacer era salir corriendo. Ahora le voy a decir que tengo que irme, pensó Zarza. Le cuento lo de la cita con mi hermano y le digo que es a las seis de la mañana, en vez de a las ocho. Y así me voy ahora mismo y acabo con todo este sufrimiento.

—Lo de la cobardía, en realidad, lo estamos diciendo mal —dijo con lentitud Urbano, como quien devana trabajosamente una línea profunda de pensamiento—. Lo verdaderamente importante no es si uno tiene miedo o no, sino lo que uno hace con su cobardía. Puedes entregarte a ella atado de pies y manos, como un preso. O puedes intentar enfrentarte a ella y encontrar los límites. Los límites son siempre fundamentales. Una mesa no empieza a ser una mesa hasta que no recorto la superficie del tablero. Antes de hacer eso, antes de limitarla, no era más que una pieza informe de madera capaz de convertirse en cualquier cosa: en una silla, en el mango de un hacha, en leña para el fuego, en el pie de la lámpara del dormitorio...

Zarza se estremeció y una estúpida lágrima se asomó a sus pestañas.

—Lo siento —bufó, confundida y herida por lo que ella consideró una referencia a su agresión.

—¿Lo sientes? Ah, ya, pero no, no lo digo por eso. No lo sientas. Lo he pensado mucho, durante mucho tiempo, porque tú ya sabes que yo pienso despacio. Lo he pensado mucho y en realidad no me importa que me golpearas. Y no me arrepiento de lo que pasó. No me arrepiento de haberte metido en casa y todo eso, aunque terminara como terminó. No creas que lo digo porque soy un cobardica y un calzonazos, que a lo mejor lo soy, pero no por esto. Lo digo porque tiene que ver con el sentido del deber, con la propia responsabilidad. A mí nadie me enseñó eso que llaman sentido del deber y que ahora parece tan antiguo. Yo viví como mi padre vivía, solo y contra el mundo. Y luego llegó mi hermana y se hizo cargo de mi madre. Catalina salvó a mi madre, porque ella sí que sabía lo que era el sentido del deber; no sé cómo lo aprendió, pero lo sabía. He pensado mucho en todo eso después de que te fuiste. Si no eres capaz de ver a los demás, tampoco puedes verte a ti mismo. Porque los demás, los que te rodean, la vida y los compromisos que te tocan, son los límites que te hacen ser quien eres. Y si no reconoces esos límites y esas responsabilidades, no eres nada, no eres nadie. Una tabla de madera que no tiene forma. Yo viví toda mi vida enterrado en mí mismo, en el corazón de esa madera sin cortar. Tú fuiste mi primer límite. Mi primer deber cumplido. Por eso no me arrepiento de nada.

Había dicho las últimas palabras con la voz ronca y rota. Se quedaron mirando el uno a la otra con cauta expectación, como si acabaran de conocerse. Después Urbano se inclinó hacia adelante y puso una de sus manazas en el muslo de Zarza. Las rodillas de la mujer se estiraron por si solas como un muelle tensado y Zarza se encontró de pie en mitad de la sala.

—¿Qué ocurre? —preguntó Urbano.

—Tengo que irme —susurró ella—. Tengo que irme.

Urbano se levantó calmosamente y, acercándose a Zarza, la apretó entre sus brazos. Ese cuerpo grande y pesado, esa carne caliente. Su cuello era una recia columna sobre la que se asentaba una cabeza redonda y más bien pequeña. Qué extraña y deliciosa mezcla era su rostro, los rasgos casi infantiles, delicados, las mejillas brutales. Zarza pensó: esas cicatrices que le cruzan la frente, mis cicatrices, son como el tatuaje de Daniel. Son su pequeño equipaje. Enterró la nariz en el pecho de Urbano, en la camisa tibia, en el olor a hombre, con la clara conciencia de no haber estado jamás en ese lugar. Se había acostado con muchísimos tipos, había hecho el amor innumerables veces con Urbano, pero nunca antes había enterrado su aliento y su nariz en el pecho de un varón al que verdaderamente deseara.

—En prisión escogí trabajar en el taller de carpintería —dijo de repente Zarza, aturullada, con la boca aún aplastada contra la camisa de Urbano—. Creo que lo escogí por ti. Entonces no me daba cuenta, pero ahora sí. Aprendí muchas cosas. Ahora a lo mejor hasta podría ayudarte.

Urbano apretó un poco más su abrazo monumental. El cuerpo del hombre la envolvía, una cueva caliente, un refugio de carne. Zarza sentía las manos del carpintero sobre su espalda: descendían por sus caderas, se aferraban a sus nalgas, despertaban un alboroto de sensaciones en su piel. Los pechos de Zarza se endurecieron contra los músculos abdominales de Urbano: hubiera deseado poder taladrarle, hincar sus rígidos pezones dentro de esa carne elemental y espléndida, penetrar en él.

—Escucha... —dijo Zarza, haciendo un esfuerzo para arrancarse del vértigo del deseo, para alejar la cara y contemplar los ojos de Urbano—. Escucha, no tengo el sida. Me he hecho montones de pruebas y estoy limpia.

—Me alegro.

—Tengo hepatitis C, pero está controlada y no es contagiosa. Incluso podría tener hijos, pese a la hepatitis.

—Me alegro.

—No es que quiera tener hijos, entiéndeme —se apresuró a añadir Zarza, asustada de sus propias palabras. Pero dónde se estaba metiendo, qué estaba diciendo—. Porque yo no quiero tener hijos.

—Está bien.

—O a lo mejor sí que quiero, yo qué sé, ésa no es la cosa, o sea, no era a eso a lo que me refería —se embarulló aún más—. Yo sólo quería decirte que no estoy enferma, que no corres peligro conmigo.

—Me alegro.

—¿No ibas... no ibas a preguntarme?

—No.

—Pero estabas dispuesto a acostarte conmigo...

—Sí.

—Tampoco preguntaste hace siete años. ¿No te preocupaba, no te preocupa?

Urbano frunció el ceño.

—Cuando estoy contigo no me importa morirme —dijo al fin.

Y volvió a apretarla entre sus brazos, que eran diez, que eran cien, mil hermosos brazos de varón palpando y recorriendo hasta los más remotos recovecos de su cuerpo de hembra. Zarza sintió que su sexo se abría como un volcán, todo fuego y violencia. Aflojó las piernas, desfallecida, convertida en un agujero radial, una estrella de carne. Ella era una niña, ella era una virgen. Ella era un paquete de Navidad envuelto en celofán y alegres lazos.

Era la primera vez que se ofrecía. Fuera de su padre y de su hermano, Zarza no había amado nunca a ningún hombre. Urbano la tumbó en el suelo; la desnudó a tirones, se desnudó a tirones, entreabrió los muslos de Zarza con sus manos fuertes y separó el canal mojado y palpitante como Moisés separó las aguas del Mar Rojo. Es decir, fue un acto portentoso. Siseantes roces de pieles sudorosas, jadeos y gemidos, líquidos ruidos del placer. Esos ruidos magníficos que tal vez estuvieran traspasando ahora la pared, que tal vez alcanzaran los oídos de los vecinos; sólo que ahora Zarza se encontraba de esta parte del muro, de esta parte del mundo, donde estaba la vida. Los comienzos del universo debieron ser así, como la explosión de un coito luminoso; un revoltijo de humedades mezcladas, de ingles apretadas y de recónditas anatomías que se refrotan, hasta que la tensión de la carne crece y crece y estalla en un espasmo de plenitud, el cataclismo original en el que empieza todo.

Se quedaron enredados el uno en el otro, como algas anudadas por la corriente. Y, en efecto, Zarza sentía pasar los minutos sobre ella como un suave batir de olas en la playa, espumosas ondas de un tiempo feliz. Zarza la jorobada y Urbano el tullido: dos pequeños monstruos con heridas, arrojados a la arena por la marea. Zarza se apretó un poco más contra el cansado y satisfecho cuerpo del hombre, y sintió por primera vez que estaba en casa.

Lo peor es que las desgracias no suelen anunciarse. Caminaba Zarza a paso vivo por las calles heladas y se preguntaba si sería capaz de reconocer el día de su muerte. ¿Amanecería esa última jornada igual a todas? ¿O podría intuirse su condición final por alguna nota distintiva, algún indicio? ¿Cierta grisura o pesadez del aire, una premonición de frío entre los huesos? Zarza había salido muy temprano de la casa de Urbano; se escapó mientras el carpintero estaba dormido, porque no quería que el hombre la acompañara a Rosas 29. Necesitaba enfrentarse a Nicolás ella sola. Cumplir con su destino, fuera el que fuese.

Había decidido ir andando hasta el chalet; era una media hora de trayecto y quería aprovecharla para despejarse y poner en orden el galimatías de sus pensamientos. En el bolso llevaba 950.000 pesetas. Urbano le había dado el dinero que tenía en el taller para pagar una carga de madera y ella lo había aceptado. De nuevo estaba en deuda. ¿Será éste el día de mi muerte?, pensaba Zarza, mientras atravesaba la ciudad invernal, todavía nocturna y somnolienta. Allá arriba, sin embargo, la oscuridad del cielo empezaba a desteñirse en un azul cobalto. Tal vez ese azulón tan profundo y tan bello fuera uno de los anuncios del final. Dicen que es justo ante la muerte cuando la hermosura de la vida se acrecienta.

«Si no supiéramos que vamos a morir, seríamos como niños; al saberlo, se nos da la oportunidad de madurar espiritualmente. La vida sólo es el padre de la sabiduría; la muerte es la madre.» Estas palabras las escribió Perry Smith en la penitenciaría de Kansas mientras esperaba ser ahorcado, cosa que sucedió en 1965. Unos años antes, Perry, en compañía de Richard Hickock, entró en una granja de un pueblecito de Estados Unidos y asesinó al bueno de Herb Clutter, a su esposa Bonnie y a sus dos hijos quinceañeros. Mataron a la familia de granjeros con el fin de robarles, pero no se llevaron casi nada. Les maniataron y amordazaron, y luego degollaron a Herb y dispararon a los demás. Con toda tranquilidad, sin remordimientos. Un infierno metódico y carente de cólera. Este crimen real fue la base de la mejor obra de Truman Capote, *A sangre fría.*

Truman trató a los asesinos mientras éstos estuvieron en la cárcel, a la espera de que se cumplieran sus sentencias de muerte. Se hizo amigo de ellos o algo semejante, aunque durante más de dos años Capote deseó secreta y fervientemente que los jueces no aceptaran los desesperados recursos de los condenados y que les ahorcaran de una maldita vez, para poder terminar así su obra maestra. Ése fue el infierno inconfesable de Truman Capote, su joroba de tullido, su equipaje de miserias, y por eso, y por otras muchas cosas, acabó su vida hundiéndose de patas en el Tártaro. Cada cual se labra su propio camino hacia la perdición.

En el corredor de la muerte, Perry escribió un ensayo filosófico de cuarenta páginas titulado *De Rebus Incognitis (De las cosas desconocidas)*, que terminaba con la frase antes citada. Perry era casi un enanito, porque un terrible accidente de moto había acortado brutalmente sus piernas. He aquí una bonita historia tártara, como diría la asistente social de la cárcel de Zarza; uno de esos relatos de carencia y dolor que tanto abundan en el indecible secreto de las vidas. Perry era hijo de una india cherokee y un irlandés. Sus padres domaban potros en los rodeos y formaban una pareja artística llamada Tex y Flo. Ella era una borracha y se acostaba con todos, así es que el padre se largó y se hizo trampero en la remota Alaska. Flo siguió bebiendo con ansia criminal y un día consiguió ahogarse en su propio vómito (como la madre de Zarza, ahogada en la rosada espuma de los barbitúricos). Dejó en la calle a cuatro niños pequeños, que fueron repartidos por distintos orfanatos. Cuando maniató y amordazó a Herb Clutter, Perry temió que el granjero se sintiera incómodo tumbado en el frío suelo del sótano; de modo que trajo un colchón y colocó compasiva y amablemente al hombre sobre él. Luego le rajó la garganta con un cuchillo.

¿Hasta qué punto puede uno ampararse en la desgracia para dejarse ir, para no aspirar a otro paisaje que el de la propia brutalidad y el propio dolor, para vivir enterrado en la informe madera y carecer de cualquier conciencia de los límites? O bien, ¿hasta qué punto es posible escapar del propio destino, de una vida tan cerrada y mutiladora como los dientes de acero de una trampa para osos? Los hijos de los borrachos se alcoholizan, los hijos de los dementes enloquecen, los niños apaleados apalean.

O tal vez no.

Nicolás había sido un niño especial, un chico único. Siempre sacaba unas notas fabulosas en el colegio, aunque apenas se molestaba en estudiar. Lo leía todo, lo conocía todo, lo recordaba todo. No tenía amigos: reinaba con lejana displicencia entre sus compañeros. Zarza era la única persona que conocía sus sueños de grandeza, porque Nicolás ardía de frenética ambición de conseguirlo todo. Quería ser un inmenso escritor, y un filósofo revolucionario, y un historiador definitivo. Más que nada, quería simplemente ser el mejor, fulgurante proyecto que su padre se encargaba de reventar con un apretado programa de humillaciones. Pero Nicolás siempre volvía a levantar cabeza, encocorado y rabioso como un gallito.

Hasta que llegó la Reina. Puede que Nicolás se acercara a ella como un acto de rebeldía contra su padre, aunque para entonces el señor Zarzamala ya hubiera desaparecido para siempre, en su segunda vida de fugitivo; pero los padres son como la viruela, sus cicatrices permanecen mucho tiempo después de que la enfermedad se haya ido. Lo más seguro, sin embargo, es que Nicolás se arrojara en brazos de la Blanca para medirse una vez más a sí mismo. Para demostrar su propio poder.

—Eso que dicen de la adicción es una tontería. Cuentos de tipos débiles. Es como el alcohol. Bebemos lo que nos da la gana y no pasa nada, ¿no?

Bebían lo que les daba la gana y vomitaban de cuando en cuando. También vomitaron con la Blanca, pero fue distinto. Todo era distinto en el helado reino de la Reina.

—Tú hazme caso a mí —decía Nicolás.

Y Zarza se lo hacía, porque siempre estuvo sometida a su poder.

Caminaba Zarza por las calles pensando en todo esto y a su alrededor la ciudad despertaba, laboriosa. Restallaban los cierres metálicos de los bares al levantarse, el tráfico empezaba a arremolinarse en los semáforos, unos operarios aupados a una escalera-grúa desmontaban las marchitas bombillas navideñas y el mundo entero parecía prepararse para una nueva representación de la agitada vida. Ella, en cambio, tal vez se estuviera dirigiendo hacia su muerte. Tenía miedo, pero al mismo tiempo sentía una extraña resolución, el alivio de lo definitivo. Ocurriera lo que ocurriese, Zarza se creía preparada para aceptarlo.

Cuando llegó a Rosas 29 eran las 7:45 de la mañana. Peleó con la cancela herrumbrosa, se escurrió por el estrecho quicio y volvió a entrar en el jardín dilapidado, en ese pobre edén derrotado y caduco. ¿De verdad pensaba Zarza que Nicolás podía matarla? Ciertamente le sabía capaz de la mayor violencia: de pequeño le habían expulsado del colegio porque clavó un lápiz en el estómago de un compañero. Siempre fue un chico extraño y a veces le cruzaba por los ojos un relumbre de fuego, una furia demente (los hijos de los locos enloquecen). Tampoco a Nico le gustaba que le tocaran: era casi tan arisco como Miguel. Sólo se dejaba acariciar por Zarza a la hora de la siesta, en los veranos, cuando se metían entre los matorrales, ocultos por la maraña de hojas y envueltos en las lentas y pegajosas hebras de las telarañas, mientras el aire olía a hierba seca y el zumbido de los moscardones agujereaba la tarde.

Ahora Zarza estaba delante de esos mismos matorrales, que eran muñones polvorientos y sin follaje, palitroques engarabitados, esqueletos de un jardín fallecido hace tiempo, y sentía que en su interior ella también arrastraba parecidos cadáveres, los resecos despojos de las muchas Zarzas que había habido. Urbano tenía razón; también ella era una jorobada, una tullida. Una enana con las piernas quebradas como Perry. Ya lo decía Nicolás: no se podía volver a empezar. No se podía partir otra vez de cero, porque siempre llevabas tus ruindades y tus mutilaciones a la espalda. Si uno pudiera olvidar; si uno pudiera lavar la propia memoria, como se lavan las salpicaduras de sangre tras cometer un crimen. Pero los recuerdos te marcan como hierros candentes.

Abrió la puerta y penetró en la casa sombría, apenas iluminada por el resplandor de las farolas. Cerró la hoja tras de sí y se quedó escuchando el silencio unos instantes: no parecía haber nadie. Avanzó cautelosa hasta la sala y se acercó a verificar si su pistola seguía sobre la repisa de la chimenea, donde la había olvidado. Pero el arma no estaba. Zarza suspiró; le costaba respirar ese aire mohoso y saturado de vivencias antiguas. La casa, a su alrededor, parecía poseer una cualidad animal: era una criatura herida, tal vez una ballena erizada de arpones a punto de hundirse en un mar de tinieblas.

Con un esfuerzo de voluntad, Zarza se arrancó a sí misma de la sala y de su quietud de víctima propiciatoria. Salió al pasillo y se dirigió, tanteando la pared, hacia el despacho de su padre. La puerta de la habitación seguía entornada, como la última vez, cuando tuvo miedo de entrar y salió huyendo. Dentro se atisbaba una negrura casi física, una densa masa de oscuridad. Zarza sintió que el pánico volvía a trepar por su interior, como una araña que sube hacia la garganta. Aspiró profundamente varias veces, sacó la pequeña linterna que Urbano le había dado y empujó la puerta con la punta de los dedos. El haz de luz chocó en primer lugar contra el gran ventanal de hojas correderas, cegado por la persiana rota. Zarza dio un paso titubeante. Se detuvo. Intentó serenarse. Dio dos pasitos más. Ahora estaba dentro del despacho. Agarrotada por la tensión, empezó a girar sobre sí misma, alumbrando la habitación con el foco. Polvo arremolinado en los rincones, paredes deslucidas, una mancha de humedad y al fondo, cerrada como siempre, la pequeña puerta que comunicaba el despacho con el salón. El cuarto se encontraba por completo vacío; no sólo no estaba la caja de música, sino que ni siquiera había ninguna de esas briznas de mobiliario que se desperdigaban por el resto de la casa como los despojos de un naufragio: el somier oxidado del dormitorio de la tata, el espejo picado de la sala, la silla en la cocina. Nada, en el despacho no había nada. Apagó la linterna y regresó a la sala, aliviada y confusa.

Las ocho menos cinco. ¿Y si su hermano no viniera? La artificiosa luz de las farolas ponía un matiz de irrealidad en el entorno: la sala parecía un decorado, un forillo pintado en el que iba a tener lugar alguna representación poco importante. Sacó los billetes de su bolso, los contó y los colocó sobre la repisa de la chimenea. Quería que Nicolás viera que el dinero existía. Quería que pudiera cogerlo sin acercarse a ella. Su hermano, su demonio, su bersekir temible. Cada cual se construye su propio tormento.

La vida era dolor, pensó Zarza. La vida era una gota de crueldad entre tinieblas. El Tártaro era un infierno frío, un espacio lóbrego y siniestro. Hesíodo decía que era un enorme abismo: «Horrendo, incluso para los dioses inmortales». También la Blanca era un lugar glacial. Engañada por la falsa promesa de limpieza y orden que proporciona el frío, Zarza fue adentrándose en el territorio cristalizado de la Reina y terminó atrapada dentro de un témpano. Los hielos también queman y a Zarza se le abrasaron la dignidad, la esperanza y las venas. Recorrió todo el camino de su propia perdición hasta el final, hasta el mismo centro del infierno, el corazón del Tártaro.

Cuando fue ejecutado, Perry tenía veintisiete años. Colgado de su cuerda en el patíbulo, tardó dieciséis minutos en morir. Dicen los partidarios de la pena capital que el nudo de la horca desnuca al condenado, que la médula se daña y la muerte desciende piadosa e instantánea. Pero esto sí que es un cuento tártaro, una mentira atroz, un engaño siniestro. Perry pataleó con sus piernas tullidas durante un largo rato y mientras tanto lo más probable es que la lengua se le hinchara, que tuviera una erección y que los ojos amenazaran con salir de sus órbitas. Hasta que al fin llegó la muerte bondadosa, la muerte que todo lo iguala y todo lo borra. Esa muerte que es como una lluvia fina y persistente que va lavando el mundo de las menudas vidas de los humanos.

La vida de Perry, pensaba Zarza ahora, fue un disparate, un desperdicio, un destino de animal de matadero.

Aunque todas las existencias humanas eran en el fondo disparatadas, contempladas desde el fluir de la lluvia que las arrastra. Tanto el poderoso y fiero Gengis Khan, que soñaba con imperios monumentales, como la más humilde de sus víctimas, tal vez una niña violada y degollada en la gélida estepa, habían desaparecido de la misma manera por el desaguadero, junto con una legión de reyes y mendigos, sabios y cretinos, dinosaurios y amebas. Todos se habían igualado y reducido a la mera descomposición de un grumo orgánico. El estruendo de las antiguas civilizaciones al hundirse no es hoy más audible que el crujido de una hoja seca cuando se pisa.

Las farolas de la calle se apagaron. Fuera ya era de día, un día invernal y mortecino, con un cielo bajo tallado en nubes pétreas. El resplandor amarillo del alumbrado público había sido sustituido por una luz más débil pero más descarnada, por una lividez grisácea que había devuelto a la sala su cualidad real. El lugar ya no parecía un decorado, sino un espacio consistente, desolado, vagamente amenazador. Zarza tragó saliva; experimentaba la clara e inquietante sensación de estar despertando tras un largo sueño.

Entonces sintió algo. Un remover del aire, un crujido, un susurro. Un cambio infinitesimal en la materia. Y supo, sin necesidad de comprobarlo, que él se encontraba ahí, que ya no estaba sola. Los cabellos se le erizaron en la cabeza, empezando por la base de la nuca y subiendo, en una lenta oleada, hasta la parte superior del cráneo.

—¿Eres tú? —dijo con voz rota— ¿Estás ahí?

A su alrededor se apretaba el silencio, pero era un silencio que respiraba, que latía, que ocultaba un tumulto de sangre circulando por azulosas venas. Zarza volvió a estremecerse. Su corazón era un martillo neumático rompiéndole el pecho. Nicolás debía de estar fuera, en el vestíbulo, que, visto desde donde ella se encontraba, era un cubo impreciso e inundado de sombras. O tal vez estuviera a la derecha, tras la hoja batiente que llevaba a la cocina. Aunque también podía aparecer a sus espaldas, por la pequeña puerta que comunicaba la sala con el despacho de su padre. Esa puertecita, repentinamente tan amenazadora como la del traidor Mirval, siempre estuvo cerrada con llave, por eso ahora no se le había ocurrido utilizarla. Y ni siquiera se había detenido a comprobar si el cerrojo seguía echado. Zarza advirtió que la zarpa del pánico apretaba su estómago. Hizo un esfuerzo sobrehumano por controlarse y se repitió a sí misma que en el despacho de su padre no había nada. Nada. No había que tener miedo, por lo tanto. Sólo el razonable temor a la violencia de su hermano. Sólo el asumible temor a lo real.

—Sé que estás ahí. Por favor, sal de tu escondite. Déjame que te hable.

El silencio poseía una cualidad vertiginosa, como si la realidad anduviera mucho más deprisa de lo normal; el tiempo se le escapaba a Zarza entre los dedos, y esto era así, comprendió de modo repentino, porque ella ahora quería vivir. Ya no se trataba de una mera cuestión de supervivencia, respirar y seguir, del empeño ciego de las células, del desesperado forcejeo de la bestia contra la trampa. No, ahora Zarza *deseaba* vivir de manera consciente y voluntaria. Empezaba a abrigar en su interior una esperanza loca: la creciente intuición de que quizá pudiera perdonarse. Por eso, porque la vida comenzaba a parecerle un lugar estimable, era por lo que no estaba dispuesta a seguir adelante a cualquier precio.

—Nicolás, no sé cómo explicarte... Comprendo que quieras vengarte de mí. Yo no me voy a resistir. No voy a escaparme. Llevo toda la vida huyendo y estoy cansada. No quiero seguir así. Castígame o perdóname, pero acabemos de una vez.

La casa crujió alrededor de ella. Chasquidos de maderas viejas, de vigas astilladas.

—Si quieres que te diga la verdad, creo que ya estoy suficientemente castigada... Entiendo muy bien la rabia que sientes: yo siento lo mismo. Rabia por esta vida sucia y fea, por esta mala vida que hemos vivido. Y tú todavía tienes suerte, porque ahora puedes descargar tu furia conmigo. Resulta muy cómodo buscarse un culpable. Pero luego, después de que te hayas vengado, seguirá todo igual. La misma vida de mierda, la misma violencia comiéndote el corazón, la misma rabia. El otro día dijiste que no se puede volver a empezar. Es verdad, pero tengo un amigo que dice que se puede ser feliz siendo un tullido. No sé cómo explicártelo. Yo quiero vivir, Nicolás. He hecho cosas horribles, como denunciarte, pero tú también has hecho cosas horribles. Vivíamos los dos en el dolor, en el dolor que nos habían hecho y en el que nosotros hicimos. No se puede vivir ahí. Es un agujero sin oxígeno.

Zarza sintió que los ojos se le volvían a inundar de lágrimas, desbordada como estaba por su nueva emocionalidad, por esa blandura sentimental que últimamente padecía. Era una ñoñería repugnante. O tal vez no.

—Te he traído dinero. Todo el dinero que he podido reunir. Está ahí, sobre la chimenea. Son 950.000 pesetas. No es mucho, pero no tengo más. No te creas que estoy intentando pagar tu compasión. Y tampoco mi culpa. Esas cosas no tienen precio. Te lo he traído porque te quiero. No, esto no es verdad: porque te quise. Por lo mucho que nos quisimos, Nicolás. No sé si lo recuerdas. Fue en esta misma casa. Cuando éramos niños e ignorantes. Cuando todavía no habíamos hecho nada. Porque hicimos malas cosas. Elegimos hacerlas. Fuimos unos cobardes, tú y yo; nos acomodamos dentro de nuestra pena, nos hicimos un nido en ella, nos creímos moralmente justificados. Ahora te pido que nos demos otra oportunidad, que elijamos mejor. Para qué seguir odiándonos y odiando. Intentemos vivir.

Zarza apenas si conseguía hablar con voz audible. Tenía la garganta tan seca y tan apretada que las palabras le hacían daño. Con mi pistola, pensó. Tal vez me pegue un tiro con mi propia pistola. Aunque no, Nicolás nunca lo haría así, desde las sombras. Primero se asomaría y diría algo. Siempre le gustó rodear sus actos de teatralidad.

—Te lo pido, hermano. Por todas las cosas buenas que hemos vivido juntos. Y también por todas las cosas malas. Escucha, no hemos tenido suerte, pero tampoco nos la hemos ganado. Yo también podría reprocharte algunas cosas. Fuiste tú quien me llevó a la Blanca; y luego me buscaste un empleo en la Torre. Pero para mí la partida está acabada y las deudas saldadas. Te lo pido, Nicolás. Intentemos vivir.

Volvió Zarza el rostro hacia la ventana, angustiada por su incapacidad para expresarse. La luz exterior había aumentado y caía, blanca y uniforme, sobre una fina capa de escarcha que envolvía la tierra, como el celofán envuelve un dulce. El jardín devastado centelleaba ahora como un parque de fábula, todo recubierto de diamantes. Un mirlo aterido picoteaba la costra cristalina: era un puñado de plumas temblorosas, un calor negro y frágil sobre un fondo de hielo. Zarza parpadeó, cogida de improviso por la magnificencia del espectáculo. Se recordó a sí misma contemplando una escena parecida, colgada de la mano de su padre, dispuesta a comerse la vida de un bocado. Los ojos volvieron a llenársele de fastidiosas lágrimas y sintió que rebullía en su pecho el minúsculo y empeñoso afán de ser feliz. Y en ese preciso momento se precipitó sobre ella la belleza del mundo, como una revelación abrasadora.

Los psiquiatras los llaman *momentos oceánicos*, los místicos creen que en esos instantes ven el rostro de Dios, los biólogos aseguran que no es más que una liberación masiva de endorfinas. Sea como fuere, esos agudos raptos visionarios forman parte de la realidad de los humanos: son barruntos instantáneos de la totalidad, destellos de resplandecientes gemas entre el barro. Traspasada por el rayo del entendimiento, Zarza lo vio todo. Vio a las madres muriendo estoicamente de hambre en el sitio de Leningrado para dar de comer a sus hijos pequeños. Y vio caer en la batalla de Leuctra a los trescientos guerreros de la cohorte sagrada de Tebas, ese mítico batallón griego compuesto por ciento cincuenta parejas de amantes que, combatiendo espalda contra espalda, redoblaban sus esfuerzos para proteger al ser amado. Vio a Einstein intentando comprender la inmensidad del universo; y a Giordano Bruno dejándose quemar vivo en defensa de la libertad intelectual y la verdad científica. Vio a los ángeles terrenales como Miguel y a la imaginación pintando hermosísimos palacios en las paredes de las cabañas míseras. Vio la capacidad de superación de los individuos, la solidaridad animal, el esplendor de la carne. ¿De dónde sacan los humanos la fuerza suficiente para resistir el dolor sin sentido, el mal irrazonable? Del empeño en ser más grandes de lo que somos. Toda esa esperanza, esa potencia, a pesar de la nada que nos aprieta. La vida era un chispazo de luz entre tinieblas.

Cómo podría explicarle esto a Nicolás, pensó la deslumbrada Zarza. Con qué palabras podría hacerle entender que en el fondo de todo anidaba un prodigio. Y que incluso en el corazón de las tinieblas, en el centro del Tártaro, se escondía un giro final, un movimiento último, un camino para llegar a los colores tranquilos.

—Escucha: aunque no te lo creas, puedes decidir. Pese a todo, siempre se puede decidir —dijo Zarza con voz atragantada.

Entonces sucedió. La mirada de Zarza tropezó con el podrido espejo de la sala, y en un instante fulminante pudo abarcar toda la escena. Se vio a sí misma, desencajada y pálida, las ojeras violáceas, la cabellera como un fuego que se extingue; y le vio a él, justo detrás de ella, emergiendo borrosamente de las sombras, envuelto en una gabardina gris, alto y pesado, las mejillas caídas, los cabellos raleando en la cabeza, su mirada enfebrecida y turbia clavada en la de Zarza por encima de la resbaladiza superficie del azogue.

No era Nicolás.

Era su padre.

Zarza sintió que la tierra se le abría bajo los pies y la sangre se pulverizaba dentro de sus venas. Un terror indecible la atravesó como el coletazo de una descarga eléctrica. Cerró los ojos, incapaz de seguir contemplando a ese espectro feroz salido de las cavernas de la infancia. Cerró los ojos y le pareció flotar, a la deriva, en el maremoto de su pánico. Transcurrió así un tiempo sin tiempo, indiscernible, tal vez cinco segundos, tal vez cinco minutos, mientras Zarza era incapaz de pensar y de moverse, Zarza petrificada por la Gorgona, cayendo y cayendo hasta que ya no pudo caer más, hasta topar con el fondo más remoto de sí misma.

Desde esa sima abisal volvió a emerger, lenta y agónica. Si la vida fuera sólo una cuestión de méritos, Zarza se ganó el derecho a su vida con el heroico esfuerzo que tuvo que realizar para alzar nuevamente los párpados. Gimió, crispó los puños y consiguió posar otra vez su mirada en el espejo. Detrás de ella no había nadie. Giró la cabeza, cautelosa, tan rígida en sus movimientos como si tuviera las vértebras soldadas. No cabía la menor duda, la sala estaba vacía. Se asomó al vestíbulo: la puerta de la calle se encontraba entreabierta. Regresó a la habitación con el pulso desenfrenado y el paso incierto; el dinero de la chimenea había desaparecido y en su lugar estaba la cajita de música. La creciente luz del día diluía con rapidez los remansos de sombra de los rincones y Rosas 29 empezaba a parecer un lugar sin historia y sin misterio, una simple casa abandonada y sucia que algún día comprarían y habitarían otras personas. Un pasado desechable, prescindible.

Un taxi la llevó hasta su piso. Zarza no recordaba haber estado nunca tan cansada; era una fatiga milenaria, un raro entumecimiento del cerebro y de los músculos. Pero el deseo de vivir seguía aleteando dentro de su pecho, como el mirlo aleteaba en el jardín helado. La asistenta había hecho la cama y ordenado un poco, aunque el apartamento continuaba teniendo un aspecto de cuarto de hotel recién desalojado. Zarza apartó los libros que cubrían el aparador de la sala y colocó la caja de música. Dio un par de pasos hacia atrás para ver el efecto: era el primer detalle decorativo que ponía en su casa. Le gustó. Se veía bien. Era un objeto hermoso. Levantó la tapa y la musiquilla china que nunca fue china empezó a llenar la habitación con el fino y delicado flujo de sus notas. Zarza sintió ganas de reír. Era esa risa floja y sin sentido de la niña que regresa, extenuada, tras un feliz día de excursión. La caja de música irradiaba un aura de tibieza, haciendo que el apartamento pareciera un lugar agradable. Zarza miró a su alrededor y se sintió satisfecha. De la casa, de los libros, del color plomizo del cielo de invierno, del calor de la calefacción, de la blanda cama en la que iba a acostarse, del manuscrito de Chrétien en el que estaba trabajando. Porque, para alguien que ha vivido en el infierno, la vida cotidiana es la abundancia.

Descolgó el teléfono y marcó el número de Urbano, sintiendo un cosquilleo en el estómago: era la primera vez en muchísimos años que alguien esperaba su llamada, y esa expectación le producía euforia y temor al mismo tiempo. De manera que habló con el carpintero y le contó lo que había sucedido; y que estaba en casa y que se iba a acostar para dormir un poco; pero que luego, si a Urbano no le importaba, le gustaría verle. Y a Urbano al parecer no le importó.

También telefoneó a la editorial y habló con Lola, la otra editora de la colección:

—Hola, Lola, soy Zarza... Soy Sofía Zarzamala. Oye, ya me he decidido, voy a incluir en el libro la segunda versión de Harris... No, no voy a cambiar el texto, sólo añadiré el otro final... Creo que hay que publicar las dos versiones. Te quería pedir un favor, si no te importa vete anunciando lo del segundo texto en la reunión de esta mañana... Yo iré al despacho por la tarde y ya hablaré con los de la imprenta.

Incluso Lola parecía estar más accesible y más amable en ese nuevo día de la nueva era. Zarza entró en el dormitorio, abrió la cama y se quitó la ropa, sucia y arrugada, como si se estuviera arrancando una piel vieja. Se metió entre las sábanas con un suspiro de alivio y de placer, convencida de poder dormir un buen sueño sin sueños. Esto es, sin pesadillas. Ahora que lo pensaba, Zarza no estaba del todo segura de la identidad del hombre del espejo. Podía ser su padre, desde luego, como creyó en un principio. Pero también podía haber sido Nicolás. Estaba envuelto en las sombras, se le distinguía mal, hacía siete años que no se veían, su hermano debía de haber envejecido y a fin de cuentas siempre se parecieron físicamente. Claro que, por otra parte, la malignidad del acoso al que había sido sometida, ese estúpido juego persecutorio, casaba más con el perverso talante de su padre. En cualquier caso, y fuera quien fuese el que estuvo en Rosas 29, lo cierto era que ambos, padre y hermano, se encontraban todavía ahí, en algún lugar del exterior, en el mundo ancho y enemigo. Podrían reaparecer en cualquier momento, peligrosos y enfermos, y volver a hostigarla y perseguirla.

O tal vez no.

Dentro de unas horas vería de nuevo a Urbano, recapacitó Zarza blandamente, enroscada en la cama, mientras sentía que la somnolencia le iba alisando los pensamientos como las olas del mar alisan la arena de la playa; dentro de unas horas vería al carpintero, y sin duda recomenzarían su relación, y ella volvería a abandonarle en unos pocos meses, ella volvería a hacerle daño y a destrozarlo todo.

O tal vez no.

La hepatitis C podría acabar reventando el hígado de Zarza y provocarle una cirrosis como la de Harris. O tal vez no. El anhelo insaciable de la Blanca, eternamente inscrito a fuego en su memoria, podría volver a arrojar a Zarza en brazos de la Reina. O tal vez no. La vida era una pura incertidumbre. La vida no era como las novelas decimonónicas; no tenía nudo y desenlace, no existía una causa ni un orden para las cosas, y ni siquiera las realidades más simples eran fiables. Y así, Zarza creía que había mantenido relaciones prohibidas con su padre, pero Martina pensaba que no. El hombre del espejo podía haber sido Nicolás, pero también ese padre tal vez incestuoso. Y *El Caballero de la Rosa* podía ser una obra de Chrétien o una falsificación de Harris. Incluso era posible que el mismo Harris no hubiera existido jamás, ni tampoco la bruja de Poitiers, ni ese Mirval que Borges no escribió. ¿Y Capote, existió Truman Capote? ¿Y Perry, el asesino enano de las piernas tullidas? Al borde ya de la tibia inconsciencia, a punto de zambullirse en el agua gelatinosa de los sueños, Zarza pensó que, en realidad, sólo había una cosa que supiera con total seguridad, y era que algún día moriría. Pero tal vez para entonces hubiera descubierto que, pese a todo, la vida merece la pena vivirse.

El papel utilizado para la impresión de este libro
ha sido fabricado a partir de madera procedente de bosques
y plantaciones gestionados con los más altos estándares
ambientales, garantizando una explotación de los recursos
sostenible con el medio ambiente y beneficiosa para las
personas. Por este motivo, Greenpeace acredita que este libro
cumple los requisitos ambientales y sociales necesarios para
ser considerado un libro «amigo de los bosques».
El proyecto «Libros amigos de los bosques» promueve
la conservación y el uso sostenible de los bosques,
en especial de los Bosques Primarios,
los últimos bosques vírgenes del planeta.

Papel certificado por el Forest Stewardship Council®